贵婉日记

张勇 著

# 胡歌

  非常感谢张勇老师创作了《伪装者》如此优秀的作品。身为演员,能够参演其中明台一角我感到十分幸运。作为一部谍战剧,《伪装者》完全突破了传统的写作模式,让观众身临险境的同时又时时感受到家庭的温馨,亲情的温暖,牺牲和奉献在这类作品中是永恒的主题。张勇老师的高明之处在于类型明确但不生硬,巧妙地在情节推动过程中揭示了人性的残酷,更完美呈现了信仰的力量,我很幸运遇到明台这个角色,他在我心里是演员生涯中非常重要的一个角色。

  听说张勇老师的新作《贵婉日记》又将搬上银幕,我非常期待。在那个动荡的年代,中国大陆一片焦土,每天都有残酷的厮杀,同时也上演着可歌可泣的故事。记得《伪装者》中明楼说过"我最大的心愿就是活在阳光下"。相信张勇老师在新作中能够让更多的观众看到在黑暗中默默奉献和牺牲的战士,看到无名英雄为后人所做的一切。

# 靳东

尤记得《伪装者》剧本版小说出版时,斗胆为其作序写下《死之阴影,生死博弈》。当时想的一个主题是,如何使自己心中对这部作品的喜爱之感和对"明楼"的真挚之情能够跃然纸上。在作者张勇老师细腻、刚硬的笔墨下不仅写尽了历史的沧桑,也把明楼的一生或明朗、或隐喻,描写得有血有肉,栩栩如生。《伪装者》传达着一种爱家爱国的精神,更留下了一段难以忘怀的历史记忆,"明楼"也不再是一个单纯的戏剧人物,而是一群作为后辈的我们都应该铭记和仰慕的英雄缩影,在影视生涯中能遇到"明楼"甚为荣幸与感动。

和每一个喜欢张老师作品的读者和观众一样,《贵婉日记》也让我尤为期待。它不仅是继《伪装者》之后另一幅家国篇章;也是另一段中国迈向新起点的漫长征程。血浓于水的骨肉亲情、得失之下的真情大义,是一幅承载了小情与大爱,欢笑与泪水的和美画卷。

"贵婉不死,精神永恒"是信仰,是行动,是憧憬,是未来。期待《贵婉日记》继续燃烧起每一个人心中的那一簇星火,逐渐燎原,铭记历史。

# 王凯

  好剧本对于演员来讲是最大的财富,我一直非常荣幸我能参演张勇老师的这部作品,我喜欢"明诚"的风骨与气度,尽全力让大家记住这个人物。《伪装者》是一部值得流传的经典作品,它严肃中不乏温情,更重要的是国家情怀贯穿始终,缜密的逻辑以及恰到好处的细节描绘,同时张勇老师通过自己细腻的情感润物细无声地感化了读者和观众,在谍战题材中,它树立了一个新的高度。

  张勇老师是个励志又十分低调的人,她的文字细腻、清丽又不乏凝练,可字里行间却是风起云涌,有巾帼不让须眉之势,她总是通过一个个场景让大家看到有那么一群鲜活的人,他们曾经奋斗过、忠诚而认真地活过。我会和张老师的剧迷们一起期待《贵婉日记》,相信她肯定会给我们带来又一部大爱之作。

# 贵婉日记

张勇 著

一个面目全非、简单神秘，懂生活、爱游历却为信仰而死得其所的『烟缸』。

一个玩世不恭、劣迹累累、狡黠傲娇却又正义善良的优雅痞子。

人民日报出版社

图书在版编目（CIP）数据

贵婉日记 / 张勇著. —北京：人民日报出版社，
2017.3
ISBN 978-7-5115-4812-2

Ⅰ. ①贵… Ⅱ. ①张… Ⅲ. ①短篇小说－中国－当代
Ⅳ. ①I247.7

中国版本图书馆CIP数据核字（2017）第156455号

书　　名：贵婉日记
作　　者：张　勇

出 版 人：董　伟
责任编辑：陈　丹　马苏娜
特约编辑：默媛静
装帧设计：万　冀　刘龄蔓

出版发行：人民日报出版社
社　　址：北京金台西路2号
邮政编码：100733
发行热线：（010）65369527　65369846　65369509　65369510
邮购热线：（010）65369530　65363527
编辑热线：（010）65369522
网　　址：www.peopledailypress.com
经　　销：新华书店
印　　刷：大厂回族自治县彩虹印刷有限公司

开　　本：710mm×1000mm　1/16
字　　数：320千字
印　　张：21
印　　次：2017年7月第1版　2019年1月第3次印刷

书　　号：ISBN 978-7-5115-4812-2
定　　价：45.00元

# 目录

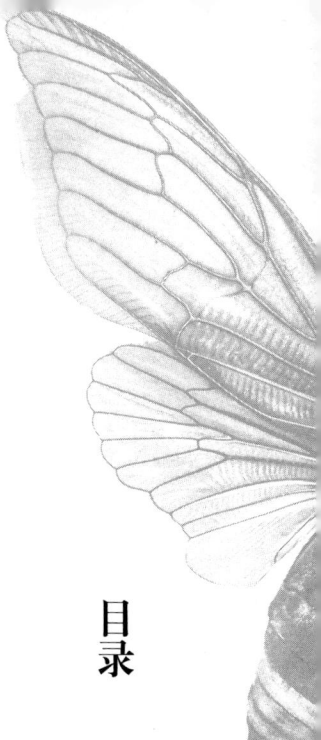

| | | |
|---|---|---|
| 楔子 | | 001 |
| 第一章 | 我叫资历平 | 003 |
| 第二章 | 少女的祈祷 | 016 |
| 第三章 | 杀四门 | 024 |
| 第四章 | 尸体 | 033 |
| 第五章 | 查无此人 | 042 |
| 第六章 | 贵婉日记 | 053 |
| 第七章 | 张冠李戴 | 059 |
| 第八章 | 不速之客 | 070 |
| 第九章 | 声东击西 | 086 |
| 第十章 | 凶手 | 103 |

| | | |
|---|---|---|
| 第十一章 | 才子佳人信有之 | 115 |
| 第十二章 | 红色交通线 | 128 |
| 第十三章 | 布鞋的秘密 | 147 |
| 第十四章 | 危在旦夕 | 162 |
| 第十五章 | 迷魂阵 | 181 |
| 第十六章 | 殊途同归 | 207 |
| 第十七章 | 穷追猛打 | 232 |
| 第十八章 | 狩猎季节 | 252 |
| 第十九章 | 绝对控制 | 278 |
| 第二十章 | 毕其功于一役 | 296 |
| 第二十一章 | 换谍者 | 311 |

# 目录

## 贵婉日记

楔子

"我给自己挖了一个坑，不止一个。"
——一九三三年的最后一日。

两年前的最后一日里，我写了这本日记。日记的风格很简约，没有隽永细腻的文字，也没有复杂的情感交流，没有一丝的矫情和粉饰生活，甚至没有任何与己有关的心情记录。

有的只是符号，我生前的符号。

一只透明的玻璃烟缸。画在日记的扉页上。

虽然我不吸烟。

日记里的文字却像落在烟缸里的烟灰，灰飞烟灭，我的气息却无处不在。人都说，人生的尽头就是死亡的故乡。对于我而言，人生就是对信仰的追求，我坚信，我用生命开辟的新世界会与明天的太阳一起冉冉升起。

春日，草长莺飞，万物复苏。

春天的枫叶一大片，一大片，绿得郁郁葱葱。偶尔夹杂几片骄阳似火的红枫，带了几分妖娆，红得明艳欲流。仿佛初次遇见"彼此"，有一种偶遇的惊艳。

我不喜欢把枫叶看作"离人泪"，我总想着枫叶林是悲壮的"英雄血"。无论她是一片绿，还是一片红，她都竭尽所能地释放出生命的光彩。

虽然我不想当"英雄"。

但是，我还是来了。为了理想奋袂而起，永不回头！

我站在一座新坟前，深呼吸。我没有带祭品，没有买鲜花，没有悲愤的捶胸顿足，甚至没有伤心的哭泣。

我的心在痛。剧痛感几乎撕裂了我的神经。

因为，这坟地里的人，便是"我"。

我已经在三个月前的一个黑夜里悄无声息地死去了，死得面目全非……

# 我叫资历平

## 第一章

这是一场不同寻常的"兄弟"见面。

他们并不相识,二十多年来,没有见过面,彼此生活在不同的城市、不同的环境,有着不同的家庭背景。

1936年（民国25年），上海。

天气阴冷，春寒峭料。仿佛是一个很清冷、很闲适的下午茶时间。

贵翼坐在思南路的一家中式茶餐厅里，看着街对面一排银杏树，披了一层层细碎的新嫩黄叶子，有点挣扎"春意"的朦胧，平添了一丝寒气，倍感凄凉。

贵翼到上海三天了。

贵婉已经埋葬了三个多月了，这三个多月来，全家都沉浸在悲哀的阴霾里。赴上海就职，原本打算透一口气，释放一下孤冷的情怀。谁知刚到上海，就接到父亲的电话，叫他务必去找一下二十一年前，被父亲遗弃的女人和她带走的孩子。

父亲年纪大了。贵翼想。

二十一年前，父亲喜欢上一名色艺俱佳的坤伶，为传统道德所摒弃，据闻祖父设局，摆了那坤伶一道，让父亲与从前的不良嗜好彻底决裂。

父亲曾经铁了心不要那坤伶肚子里爬出来的孩子，他甚至剥夺了那孩子的姓氏，对于过去种种经历，他深以为耻。

直到贵婉去世。

父亲认为是那孩子的缘故。

因为，小妹贵婉用的这个名字，当年是给那孩子取的。父亲原意要那孩子温婉和顺，对于出身不好的世家子弟来讲，只有性格婉约，才有立足之地。

所以，贵婉离奇死亡的事件。对于父亲来说，打击甚大。于今，父亲要自己过来看看那孩子现在过得怎么样，对于贵翼来说，多少有些踌躇。

这是一场不同寻常的"兄弟"见面。

他们并不相识，二十多年来，没有见过面，彼此生活在不同的城市、不同的环境，有着不同的家庭背景。

贵翼想着，这孩子进门来应该是怎样一副姿态？

趾高气扬？亦或是悲悲切切？是诚心诚意打算"认亲"？还是"蜻蜓点水"般走走过场？贵翼觉得自己最好以第三者的面目出现，他打定了这个主意，所以显得气定神闲。

如意婶坐在贵翼对面，她是被贵翼的手下"请"来的。

她一进来，就沉不住气地嚷嚷："你们都是些什么人啊？啊？我们东家是正经人家，你说让三少爷过来，他就得过来啊。不讲道理啊——我还要买菜呢。"

林副官一直好声好气地哄着她："如意婶，我们只是请三少爷过来坐坐，你看，我们像坏人吗？"

"电话已经给了你们啊。"如意婶说。

"那不是他不在吗。"林副官解释，"你说他在繁星报馆当记者，我打电话过去，说他下午不上班；你又说他在风行钢琴社调钢琴，我专程派人去接，说他干完活就走了；你又说他下午有课，你家三少爷到底打几份工啊？"

"那……那这一大家子要养活，总得有人挣钱吧。"

这是一个劳碌命的孩子，贵翼想。

"那，你们那一大家子其他人就不能出去找事做啊，你家大少、二少干什么去了？你家三少爷底子好，能干，他要不能干，你们一大家子喝西北风去啊？"林副官有点冲。

"我家大少爷在提篮桥呢，你有本事，你把他给弄出来啊。"

"提篮桥？"林副官愣住。

提篮桥是上海公共租界工部局监狱。

贵翼的脸色有些难看。林副官声气不自觉弱了点："你家二少呢？"

"在医院里躺着呢。"如意婶说，"我家三少爷能干，那也是我们资家花钱教育出来的，与别人有什么相干？"

林副官哑了。

如意婶说了这句话，多少帮资家找回些面子，她心里恢复了平衡。

"你们不用急，再等等吧，他得从黑山路走过来。"如意婶说。

"没车吗？"贵翼终于开口了。

"坐车要五角钱呢。"如意婶说。她一说出来，又感觉不该说，好像自己家的主人穷到要省车钱的田地。如意婶脸红了，不为自己，为家主。

贵翼没说话了。

如意婶紧张地看看整个茶餐厅里的人，吭吭哧哧地动了动嘴唇。贵翼抬眼望她，很客气的表情，鼓励她说。

"我家三少爷胆子小,从小就有精神紧张的毛病,你们,你们千万不要吓着他。"如意婶几乎是看着贵翼的眼睛把整句话说出来的。

"大婶,您在他家帮佣有多少年了?"贵翼问。

"我是跟太太一起陪嫁过来的。"如意婶说,颇有些主人家"元老"气象。

"三少爷是什么时候到你家的呢?"

"三少爷是跟……"如意婶踌躇了一下,"三少爷是跟姨奶奶一起进门的。"她言语间眉头皱起来,好似替三少爷惋惜。贵翼想,这就是民间常说的"拖油瓶",人见人轻。

"来的时候,他多大?"

"一岁左右吧。"如意婶想了想,算了算,又说:"会说话了。两岁?"她不确定了。

"太太跟姨太太关系好吗?"

"不好。"这句话斩钉截铁,好像是如意婶到这里说得最干脆的话。

贵翼不作声了。

时间就这样滴答滴答、一分一秒地过去了。

"来了,来了。"不知道是谁站在门口说了一声。包间里所有人的目光都汇集到了门口,一个身材修长的男子抱着一个小女孩走了进来。

他是一个清瘦的、皮肤白皙、文静清秀的人,和包间里其他人不同,他身上有着明显的斯文气质。他手上抱着的小女孩,穿着花布小袄,梳着齐刘海,扑闪着一双亮晶晶的眼睛,十分乖巧地"猫"在他怀里。

他穿着一件米黄色的风衣,脖子上套着松软的银灰色毛线织的长围巾,态度温和,眼睛清澈,着装干净。

他以询问的目光扫了一下周围的人,林副官手勤眼快,立即上前指点着他。

"您的位置在那里。"林副官说。

"谢谢。"他看见了如意婶。

如意婶也看见了他,赶紧站起来:"三少爷,你可来了。"

只有贵翼有点被他怔住。贵翼窝在沙发上,足足几十秒的时间盯着他看。

太像了。

贵翼心里直翻腾。

因为这个孩子的长相、神态，包括嘴角边淡淡的浅笑，无一不酷似刚刚过世的小妹。贵翼想，血缘真是一个很微妙的存在。

"我刚出门买菜，就被他们给弄来了。"如意婶抱怨的同时不忘悄悄叮嘱他一句，"他们有枪。"

"见了太太，别说太多。"他口气温和。

"知道，知道。你自己小心。"

"今天代课的钱。"他从口袋里掏出几块钱来给如意婶。如意婶数了数，说："怎么只有七块钱啊，一半都不到。"

"学校说，到年底给补。"

"每次都说年底给补，到了年底就把补的钱当过年钱发了。"如意婶一边唠叨，一边从手里抽出一块钱塞给他。"也就是欺负你们读书人，老实。"她整了整衣襟，说，"我先走了。记得去医院给二少爷送饭。"

"知道。"他应声，目送如意婶离开。

"您好，我叫资历平。小资的资，经历的历，平安的平。"他大方地伸出修长的手。贵翼站起来，跟他握手。

"坐。"贵翼说。

"谢谢。"资历平把手中抱的女孩先放下，让她坐好，自己再坐。

"你妹妹？"贵翼问。

"不是。"资历平答。

"你结婚了？"贵翼有些意外。

"啊。"资历平的一声"啊"，属于模棱两可。

"你孩子？"贵翼问。

"我媳妇。"资历平答。

贵翼诧异地张开嘴："谁？"

"不好意思，稍等一下。"资历平站起来，朝包间门口站着的服务生喊了一句，"麻烦你，来一大碗鸡蛋面。"

"好的，先生。"服务生转身出去了。

"小妹妹,你几岁了?"贵翼问对面端坐的小女孩。

"六岁。"小妹妹声音稚嫩可爱。

贵翼说:"他是你什么人?"

"未婚夫。"

贵翼稳住心神,稳住了,再问她:"你知道什么是未婚夫吗?"

"未来的丈夫。"小妹妹声音脆亮。

"好吧。"贵翼从心底彻底投降。

"不好意思,让您久等了。"资历平坐下来,"听说先生从天津来?"

"是的。"贵翼答。

"先生贵姓?"

"我姓贾。"贵翼说。

资历平嘴角挂起一抹难以捉摸的浅笑。初次见面,对方有着如此不体面的家庭,所以就托"贾"而来,这是何必?

"贾先生。"他声音里藏着的一丝紧张和干涩消失了,取而代之的是一种标准社交礼仪,"简单自我介绍一下,我是工部局联办中学的代课老师资历平。家里人都叫我小资,外面的人都叫我资老师。"

厉害,一语双关。

还挺好为人师。贵翼从这一段自我介绍里发现他静逸中藏着狂野,温婉的眉宇间竟也时不时充溢着霸悍之气。贵翼想着自己也算阅人无数,眼光毒,是自己独具的优势。那么,这一次,自己会看错人吗?

贵翼希望自己看错了。

"我年纪比你大,你要不介意的话,我叫你小资。"贵翼笑着打了一个漂亮的推手。看他反应。

资历平微笑,笑容很甜。

"好啊,您要不介意的话,我叫您老贾。"

贵翼的笑容凝住。"我很显老吗?"

站在一边的林副官有些替资历平着急,怕这个没头脑的酸腐秀才出言不逊,他突然插口道:"哎,我们点的鸡蛋面怎么还没来啊?服务生,鸡蛋面,上鸡蛋面。"

"来了，来了。"服务生应声而来，他端了一大碗热气腾腾的鸡蛋面过来，林副官直接接过来，恭恭敬敬地放在资历平面前。

资历平跟他说谢谢。

资历平跟服务生多要了一双筷子。贵翼看着资历平把热面条端到小女孩面前，资历平说："妞妞，吃吧。"资历平一边帮小妞妞把蛋白和蛋黄剥离开，一边替妞妞夹断长长的面条。他还兼带着应酬贵翼，说："不好意思，我时间紧，边吃边聊吧。"

小女孩拿着长长的一双筷子津津有味地吃面，小眼睛还时不时地看看对面的贵翼。

"你，成天都做这些事？"贵翼问。

"什么事？"资历平看着他，忽然就明白了他话里的含义，资历平浅笑，说，"担水砍柴，比事父事君，容易多了。"

贵翼眉一抬，这孩子出口不凡，语带双关。

万事开头难，自己先不忙做预断。

"你父亲让我过来看看你。"贵翼说。

"我父亲？"资历平看着贵翼。

"你生父。"贵翼说得明确些。

"冒昧地问一句，您是我父亲的同僚？还是……"

"同僚。"贵翼答得很干脆，又迟慢了一下，说，"也是远房表亲。"

"他老人家身体怎么样？"资历平问得不咸不淡，没有任何感情色彩。但是，很礼貌，礼貌得让人挑不出刺，可也听着很不入耳。

"还好。"贵翼答。

资历平说："他家里不是出了什么事吧？"

淡淡的一句，一针见血。贵翼想。

"是。你……父亲的女儿去世了。"

资历平停下了手中夹面条的筷子。他忍着心底的疼痛，藏紧心底最深最无常的那根弦，恍若不经意地抬头，看了一眼贵翼，问："他女儿多大？"

"二十一岁。"贵翼声音很低沉。

"太可怜了。"资历平喃喃自语了一句。回头就看见妞妞吃得满嘴连汤带水,资历平赶紧帮着她揩干嘴角的油末,说:"慢慢吃,一会儿呛着了。"

贵翼心底很酸。

自家亲妹子过世了,当不了他眼前"童养媳"嘴角边油末。他就像听见街坊四邻里突然过世的乡邻一样,不,连乡邻都不如,犹如路人吧。贵翼感慨起来,你金尊玉贵,在别人眼中就像一粒沙子,微不足道,你身在贫贱,一样有人爱如珍宝。

"我想吃蛋糕。"妞妞望着贵翼面前放着的两盘西点。林副官不等贵翼开口,也不等资历平的反应,主动把一盘小点心送到妞妞的面前。

妞妞咽着口水,拿眼睛瞧资历平。

"吃吧。"资历平微笑着。

妞妞迅即拿了一块粉红色香糕塞到小嘴里。

"谢谢大哥哥啊。"资历平这句话仿佛是代妞妞说的。

"谢谢大哥哥。"妞妞说。

很奇怪的感觉。

安安静静,一家人温暖地围坐在一起。贵婉要活着该有多好,贵翼想,这世界上有资格叫自己大哥的女孩子,除了贵婉,就只有这个妞妞了吧?

"听说你大哥在提篮桥。"贵翼仿佛漫不经心地提了一句,他并不想让资历平感到尴尬。就像是朋友间互相问问家中近况般,态度温和自然。

"是。"资历平乍一听到"提篮桥"三字,表情有些不自然。

"你大哥犯了什么罪?"

"杀人。"资历平答。

几乎没有什么可避讳的姿态,反而让贵翼有些局促了。大约停顿了半分钟,贵翼问:"判了多少年?"

"死刑。"资历平低下头,妞妞的小手紧紧地捏住筷子。

"缓期?"贵翼追了一句。林副官都觉得这一句追得让人窒息。

"下星期五执行。"资历平的目光愈发黯淡。

贵翼和林副官不自觉地互相望了望，包间里一片寂静。性格乖巧的林副官想着打破沉默，至少调节一下茶室里严肃的气氛。

"资老师，你二哥得了什么病啊？"林副官抻着脖子问了一声。

"心脏病。"资历平的头略有前倾，有问有答，而且极具礼貌。

"富贵病，要养啊。"林副官说。

"是。"资历平答，并无多话。

妞妞喝了面汤，打了一个饱嗝，把筷子放下来。资历平直接把碗端过去，当着贵翼的面把剩下的残汤剩面蛋白渣一口气全吃了。

林副官看得那叫一个恶心。这专吃粉笔灰的家伙，太不识时务。当着贵翼的面，做给他亲大哥看吗？穷到这份上了，要两个人吃一碗面。

果然，贵翼不明原因地烦躁起来。

"你下午有空吗？"贵翼想尽快把这件事办妥了。

"我下午要去一趟工部局的医院给我二哥送饭。"资历平答。

"我派车送你去吧，顺路去一家照相馆，我们合张影吧。"贵翼话说得淡淡的，但好似无可更改的口吻。

资历平看着贵翼。贵翼补充了一句："你父亲想看看你。"

"我以为他会想念我的母亲。"资历平说。

你母亲？贵翼心中的鄙夷并没有完全掩饰住，那种高高在上俯视的优越感，是与生俱来的。"你母亲，还好吧？"

"还好。"资历平答。

他心里一定藏着卑怯的愤怒。贵翼想。

"当年的事情——毕竟是长辈的故事。"

"故事？流言罢了。"资历平浅笑着。

茶室里气氛冷起来。

"我很好奇一件事。"资历平说。

"你说。"贵翼显得很配合。毕竟自己是以第三者的身份来的。

"在我生父的家庭里，我叫什么名字？"

"你，叫贵婉。"贵翼很珍重地说出这个令自己心痛的名字。贵翼不知道对面貌似不相干的人，此时此刻，心也是"痛"的。

"这是一个女孩的名字。"资历平嘴角挂着一丝令贵翼感到很奇怪的笑容。

"你父亲希望你，温顺和婉。"

资历平看着贵翼真诚的眼睛，放低了自己的目光："我可能会让他失望了。"

贵翼不答。

一个打三份工，为穷愁所逼的孩子。失望的，的确是父亲。

资历平并没有想逃避茶室里不适而又怪异的氛围。他明白，自己要什么，自己必须做什么。

人心可以等待，不能等的是时间。

资历平站起来，他给妞妞整了整衣服，对贵翼说："走吧。抓紧时间。"他把妞妞抱起来，说："妞妞，我们跟大哥哥拍照片去。"

"好啊。"妞妞甜甜地笑着。

贵翼也站起来，他跟林副官交换了一下眼色，不得不佩服资历平的涵养，这年头，愈年轻愈能识大体。

黑色的劳斯莱斯驶过平平坦坦的洋灰马路，显得尊贵且霸气。

尽管贵翼要求出行要低调，但是这种超豪华的汽车就像是一块"大人驾到，闲杂人等回避"的招牌，惹人注目。

资历平抱着妞妞与贵翼一起坐在汽车后座上，都没有说话，妞妞喜欢趴在汽车玻璃边上看外边的行人，看见有卖小吃的，就用胖乎乎的小手敲着玻璃，嘟嘟囔囔，喃喃自语。让贵翼听得最清楚的一句，就是"买，要买"。坐在副驾驶上的林副官，心疼那汽车玻璃，又不好开口，只顾着干咳了两声，资历平会意，把妞妞的身子抱端正了，让她够不着车窗玻璃。妞妞不乐意了，嚷着要大哥哥抱，贵翼也没二话，直接从资历平手上接过来，抱到自己怀里，妞妞的身子又靠拢另一侧的车窗玻璃，继续用小胖手招呼那光洁明亮的车窗，颤摇有声。资历平终于出声制止了："妞妞，不准敲。"

妞妞扭过头去看资历平，大眼睛闪了闪，抿了抿小嘴，有些小委屈。

"干什么啊，小孩子嘛。"贵翼一边说，一边从口袋里拿出一块金表哄妞妞玩。果然，这亮闪闪的带壳金表很快吸引了妞妞，她就猫在贵翼怀里笑嘻嘻地玩表。

一路无话。

沿途银杏叶迤逦，汽车向北偏南驶向福佑路松雪街三十六号关福记照相馆。林副官进门很快就办妥了拍照的手续。

"一张照片就要三块钱。"资历平仿佛是嫌价格贵了。

贵翼不答话。

这家照相馆布置得很有特色，橱窗里清一色的美女照片，好多是上海滩的女明星玉照，只有室内的墙上，挂置了许多镶有家庭照的各式相框，各具意态，大多是等候顾客来取的。如此安排，一来让取相片的顾客一目了然，二来为照相馆做了极好的广告，免去了宣传的成本。

贵翼和资历平一一看过来。照相师傅先问了二人的身份，资历平说是长辈，贵翼却说了一句：表兄弟。

林副官有点奇怪贵翼反常的表现，心想，一家人毕竟是一家人，哪怕资历平出身低呢。

资历平反而局促地低着头，只顾看脚下红漆地板的纹路，权当没听见。林副官此刻上前与照相师傅耳语了几句，照相师傅立即就明白了。

在照相师傅的安排下，贵翼坐在了一张楠木雕花椅上。妞妞是自来熟，小孩子终究不避嫌疑，她左手扯了贵翼的衣角，右手攀上贵翼的胳膊，又窝在贵翼怀抱里，继续玩她的金表。

照相师傅示意资历平站到贵翼的旁边，资历平会意，大家庭的等级制度仍然是不可冒犯的，他也无心冒犯。于是，资历平乖巧安静地往贵翼身边一站，妥妥的一幅画，四个字，长身玉立。

照相师傅喊了声："准备了，小姐请抬头，看着我……小姐请坐好了……小姐请笑一笑。"贵翼在照相师傅的喊话中，极富耐心地哄着妞妞。妞妞坐得规规矩矩、端端正正，笑得一脸娇憨。

照相师傅满意了："好，先生们，预备！"

"啪"的一声，一股青烟，一张照片定格了。

"洗几张？"照相师傅问。

"两张吧。"贵翼说,"什么时候可以取?"

"一个礼拜以后。"照相师傅答。

拍完照片,贵翼想,自己也算完成了父亲交待的任务。一行人走出来,妞妞玩着金表不放手,资历平叫她还给大哥哥。妞妞这才依依不舍地把金表还给贵翼。贵翼笑笑,说:"拿着吧,算见面礼。"资历平说太贵重了。贵翼淡淡地说,一个小物件而已。资历平就不推辞了。

贵翼吩咐林副官派人开车送资历平和妞妞去医院给资家二少爷送餐。

林副官早就安排好了一辆小汽车,打包好了两个精致的食盒,都是开胃爽口的精致小菜,还有瘦肉粥。资历平道谢。

贵翼打算坐车走了,林副官慌不迭跑过来。

"啰嗦什么呢?"贵翼问。

"小资少爷说谢谢您。您别说,小资少爷人挺不错的。"林副官说得很由衷。

"他有什么长处吗?"

这句话问得有点刁,林副官愣了一下。

"他有什么长处?"贵翼又问了一句。

"他,很会持家。"林副官笑起来,笑得有点勉强。

贵翼浅笑,说:"你怕他回来跟你抢活干?"

"您……您这话说的,他……他再怎么样,也是少爷啊。"

"他怎么样了?"贵翼问。

"他……您,什么意思啊?"林副官反问。

"大哥!"资历平一句很亮的声音,顿时打断贵翼和林副官的话,二人互相看看,贵翼有点紧张,他看见资历平抱着妞妞朝他们走过来。

"贾先生,不好意思啊。"资历平礼貌性地跟贵翼点头后,径直走到林副官面前,说,"大哥,能拜托你一件事吗?"

林副官有点尴尬,他看了看贵翼。贵翼不理他。林副官说:"小资少爷,您别客气,有事尽管吩咐。"

"我想跟你借一辆车。"

"借车?"林副官一愣。

"是救护车。"

贵翼大约知道资历平要做什么了,他心底是最不屑这种穷亲戚顺杆往上爬,且不教自会的本领。

贵翼很反感。他示意林副官敷衍一下。

"大哥,您帮帮忙。"资历平对林副官说,"我想要一辆救护车替我二哥转院。现在这家医院医疗设备和条件都很差。"

"医院没车吗?"林副官问。

"出一趟车要三块,来回就是六块。租一辆一天也要三块半。大哥,您要出面替我借一辆就太好了。"

资历平左一句大哥,右一句大哥,让贵翼越听越不舒服,这孩子逮谁管谁叫大哥。林副官也是听得芒刺在背,满头包,他一摆手:"得,得。小资少爷,您踏踏实实的,这件事,我来办,一定给您借辆车。"

"谢谢大哥,那我先去了。"资历平满心欢喜,"谢谢贾先生。"他回头又对贵翼客气了一下。

妞妞冲贵翼甜甜地笑着,手里的金表光泽夺目。

"大哥哥再见。"妞妞的声音很酥很糯。

"妞妞再见。"贵翼说。

贵翼上车了。林副官也欠身坐上副驾驶。资历平目送他们。兄弟二人隔窗相望,贵翼总感觉资历平的眼神里含了依赖,他的思绪如行驶的车速,电光般一闪而过,他想,也许资历平对上流生活有了艳羡?穷人志短?

事实上,都错了。贵翼所有的感觉都错了。

游戏开始了。

# 少女的
## 祈祷
### 第二章

  这支曲子太熟悉了！是谁？在这样敏感的时段，陌生的环境，拨动了他心中最痛的一根弦。

华灯初上，贵翼在霞飞路的"法国俱乐部"召见了陆军部驻上海军法司及军械司的官员。

贵翼出身名门，民国十五年，获得美国普林斯顿大学文学学士学位，同年他受到美国西点军校的约谈，到那里接受美国陆军高等教育。三年后，贵翼以第九名的优异成绩毕业回国，并供职于陆军部。1929年任航空局委员，1931年任交通部总长，同年晋升陆军少将。1932年春，出任江浙军务督办之职，同年晋升陆军中将，仕途一帆风顺。今又任军械司副司长一职，一时门生故旧、同僚好友无不追逐道贺，仿佛一颗星辰冉冉升起，大伙儿垫高了脚仰面瞻望，唯恐落了单。

贵翼处理完公务，就顺应同僚们的好意，在"法国俱乐部"稍作流连。俱乐部里，灯光柔美，一张张陌生的面孔，华丽的衣着，在贵翼眼前一一滑过。一双双钦羡的眼睛，追随着他，有欣赏，有期待，有嫉妒，有浪漫的幻想。男人们在高谈阔论，各取所需。女人们风情万种，莺莺娇媚，燕燕轻盈，气氛暧昧，炽热骚动。贵翼的心却至始至终被无以名状的哀愁所笼罩，花香鬓影间，他总觉得贵婉就藏在光影里，朝自己微笑。健康、美丽、亲切。他几乎有冲进光影里的冲动，贵婉的脸庞却模糊不清了。

林副官走来，向贵翼报告，说手下人陪资历平去了趟教会医院，听护士长说，资历平的二哥资历安患有严重的心肌梗塞，已经准备好转去上海沪安医院了，那里有最好的心脏病大夫。

贵翼想了想，说："你看看，还能帮他点什么，能帮就帮吧。"话音一顿，又说，"不过，还是要保持一定的距离。"

林副官点头说："明白。"

贵翼说："我对这个人的感觉，有点怪怪的。说不清是什么。"

"贵翼。"

有人在喊他的名字。

贵翼一回头，看见方一凡。方小姐是他在美国普林斯顿大学的同学，毕业回国后，两人一直都没有什么联系。贵翼听闻方小姐的父亲生意失败，破产自杀了。她现在利用自己的资源，在商圈的交际场上周旋，也曾经被花边小报诟病、嘲笑。但是，嘲笑是笑不死人的，饥饿一定会饿死人。

"一凡。"贵翼说，"好久不见。"

"好久不见。"方小姐的脸上荡漾着春意，"我以为你会认不出我了。"

"怎么会，普林斯顿的红玫瑰。"贵翼说，"听说你最近在商场上做得风生水起。"

"唉，我是家门凋零才废学从商，哪儿像你春风得意，壮志凌云。"方小姐伸手出来拉了一下贵翼的袖口，"走，我给你介绍几位新朋友。"

贵翼几乎是被方小姐拽着走进一个小圈子。

"上海明氏矿业公司董事长，明堂先生。"方小姐说。

"我们认识。"贵翼说。

明堂俯首欠身，伸出双手来与贵翼握手："贵军门，天津一别，有两年了。"

"明先生又开我玩笑了，小小督办，当不起军门二字。"贵翼微笑着说，"将来军械司还要仰仗明兄的大力支持。"

"那是一定，一定。我的铁矿还指望着贵军座大笔一挥，多下订单呢。"明堂爽朗地笑起来。

"这一位是上海金融界大亨杨羽柏先生和他的公子杨慕次先生。"方小姐殷勤介绍。杨羽柏是一个很斯文的商人，他的公子杨慕次十分俊朗，风华如岚。

"您好。"贵翼对杨羽柏说，"杨氏企业经营的规模在上海滩首屈一指，我们政府部门都应该向你们学习。"

"哪里哪里，贵军座过誉了。"杨羽柏嘴里谦虚，眼中笑意满满。

"令郎在哪里公干？"贵翼问。

"在一家英国银行。"杨羽柏答。

"听说汤家百货要跟杨氏企业合作了，有这回事吗？"方小姐问杨羽柏。

"哎，汤家向来有融资的习惯。"杨羽柏油滑地说。

"不是我说大话，他们的水准和眼光都差了一大截。"明堂说。

杨慕次喝了一口红酒，说："我看是少了胆气。"

"这话不错。"方小姐笑起来，"要是把上海的苏绣加工出口到巴黎，一定赚大钱。"

"不够具体，操作起来会有一定难度。"杨羽柏说。

方小姐说："刚才有人说，胆气。"她意指杨慕次比父亲更具挑战意识。杨慕次看见父亲的脸上略有尴尬，笑着对方小姐回击："你又不包销。"

大伙儿笑起来，各有得意。不动声色间，一个商业小秘密就随风传播了。"哦，差点忘了要紧事。"方一凡从口袋里拿出一封信来。

"是什么？"贵翼问。

"工商妇女联合会为教会的孤儿院赈灾的捐款倡议书，请督军大人详阅，并签上大名。作为赈灾活动的推动者，您将获得工商妇女联合会和上海红十字会颁发的善心人士奖章一枚。"

原来如此。

贵翼嘴角挂了一丝淡淡的讽意，方小姐那么猴急地跟自己套交情，无非收了工商妇女联合会的钱，要自己的签名和印章去做幌子。

他把捐款倡议书打开，仔细看看，上面密密麻麻倒也盖了许多市政府、工商局、商会的印章。他待要细看，忽然，一阵优美的琴声传来，贵翼心中一震，恍惚且惊疑。

这支曲子太熟悉了！是谁？在这样敏感的时段，陌生的环境，拨动了他心中最痛的一根弦。

贵翼看见了资历平。

他的同父异母兄弟此刻就坐在灯光璀璨的表演台上，演奏钢琴。

贵翼愣住了。偏偏方小姐催促他签名。贵翼心绪混乱地在倡议书上签上自己的名字，他的眼光却投向了资历平。

灯光下，贵翼看得异常清晰。

资历平修长的十指划过黑白琴键，那略带伤感而又异常柔美的旋律从他优雅的指尖流淌开来，波浪式的旋律，柔和的回旋，让人感到亲切、温婉，充满了青春的幻想。

这支《少女的祈祷》是贵婉生前经常弹奏的。坐在钢琴前面的"资历平"不就是另一个"贵婉"吗？这个名字是属于他的，贵婉剥夺了他的姓氏，却死于非命。

"他怎么在这里？"贵翼不知道自己为什么会说出这样一句话。

"他是一位非常有前途的艺术家。"方一凡笑着说，眼神里带着轻蔑，"贫穷的艺术家，因为他连一件像样的礼服也买不起。"方小姐"啪"的一声，从贵翼手中拿过了签了名、落了印章的倡议书，脸上带着几分得色。

"你好像很了解他。"贵翼说。

"这话什么意思？"方小姐直视着贵翼的目光，"你拿他跟我比？"

"你和他都是有故事的人，不是吗？"贵翼换了一种调侃似的口吻，借以缓和气氛。方小姐低头一笑，朝资历平的演奏台走去，她把一杯红酒递到资历平的唇边，资历平一边弹奏，一边低头欲饮杯中酒，却被方小姐用一根食指轻巧地推偏了方向，方小姐放肆地笑起来，仰头对贵翼说："沙土里也许会埋着黄金，但是，地沟里会生出春芽吗？永远都不会。"她说完这句话，还回头看资历平，蔑视地问："你说我说得对不对？伟大的平（贫）民艺术家？"

许多在座的贵宾都在暗影里低笑。

那受欺辱、遭嘲讽的情形，换作是贵翼，早就一走了之了，偏偏资历平受了屈辱，还在微笑。

这笑容让贵翼寒心，生存的谦卑，不知不觉中触及了贵翼骨子里的家族尊严。

资家仿佛走到了尽头。

当方一凡自以为是的笑容再次展现开的时候，贵翼从心底开始蔑视她，不为什么，他才不在乎什么原因，厌恶了就是厌恶了。

"他很好吗？"贵翼问。

"他很傻。"方一凡答，"他曾经以为会吹拉弹唱就会成为我的座上客。他还是一个以为跟我接过一次吻就算是情人了的大傻瓜。"

"你玩他？"

"不好玩吗？"

"好好玩。"在贵翼眼中，方一凡"堕落"的情致与交际花无分彼此。

"你吃醋啊？"方小姐笑盈盈地看着他。

这次轮到贵翼苦笑了。

此时此刻，贵翼恍然明白方小姐在害"单相思病"。她在自己面前不停地展示女性对于青年男子的无穷魅力，仿佛告诉自己，原来自己一直不识货。

贵翼非常厌恶在爱情上恶作剧式的互戏互娱。他面无表情，微微一耸肩，转身离开。

方小姐对贵翼没有任何表示的宽宏姿态，感到灰心丧气。玩这种欲盖弥彰的游戏，真是太低能了。

贵翼走到资历平身边，把盛满红酒的高脚杯放置在黑色的琴台上。

"真是太巧了。"

"你没听说过无巧不成书吗？"资历平微笑着说。

"你是存心来让我难堪的，是吧？"

"一表三千里。"资历平说。

"你记恨？"

"我只是来挣钱的，贾先生。"资历平的态度很谦逊，"绝不会对您的名誉有任何影响，请您放心，演奏完了，我立即就走。"

"是吗？"

"当然。"

"你是什么时候知道我真实身份的？"贵翼问。

"您误解了。我对您是贾是贵，根本没兴趣知道。"资历平的话中显然对贵翼的家族有不屑之意。

"你究竟有什么不可告人的目的？"贵翼追着他，继续审。

"事无不可对人言。"资历平的琴声愈加婉转，兄弟娓娓而叙"家务事"，只不过，两个人都是站在家门以外。

"你能不能不弹这支曲子。"贵翼抑制不住上升的虚火了。

资历平很敏感地把手高抬，他一双清澈如水的双目，平静地看着贵翼眼眶中悲伤的痛，"少女的祈祷"落在贵翼耳中，不是美妙的享受，而是残酷的折磨，欢乐触发悲情，贵翼的心绞痛难耐。

资历平一双手再次按响琴键时，一小段活泼流畅、充满了勃勃生机的音符跳进了众人的耳中。"旱天雷。"贵翼反应过来。

欢欣跳跃的音符，很快就让资历平陷入一种精神享受中。声色并茂的演奏，足以掬起一捧情热来。

资历平的脸上挂着淡淡的微笑，方小姐快快乐乐地翩翩起舞，贵翼慢慢地拿起那杯红酒，一饮而尽。

"旱天雷"不需要如此强悍有力的弹奏，只有一种解释，资历平在借机发泄内心压抑已久的情绪，耐人咀嚼，另有味道。

但是，贵翼却不想再追究了。

贵翼从方一凡身边飘过，方小姐舞姿优雅地跳到了资历平的钢琴架旁。她的一只手上变魔法似的变出一封信来。

"干得不错。"资历平单手弹奏，另一只手跟方小姐迅捷地交换了信封。

方小姐斜倚着琴架，打开资历平给自己的信封，看了一眼里面的支票，说："大手笔。"

资历平浅笑，说："我现在穷得就只剩下钱了。"

"你觉得你这么做，理智吗？"

"不理智。"

"那你还做？"

"必须这么做。"资历平以潇洒的手势结束了"旱天雷"。

"我感觉一下就索然无味了。"方一凡看着贵翼离去的方向。

"想想下个月就到巴黎了。"资历平说。

"你大哥会恨死我的。"方一凡说。

"我大哥说，谢谢你。"资历平笑容中裹挟着一股锐气，"一路顺风。"

"后会有期。"

此刻，杨慕次从光影里走来，他用眼神跟资历平对接了一下。资历平站起来，关上琴盖。方一凡问："这就走了？"

资历平答："准备下一场。"

资历平从闪烁的灯光中穿过，从一群新贵和财阀身边走过，从贵翼审视的眼光中滑过。突然，明堂斜插着走过来，拍了一下资历平的肩膀，满嘴酒气地说："小资，赶场啊。"

"是。"资历平低头说。

明堂转头跟贵翼介绍,说:"小资的戏不错,家传绝学。贵军门如果有兴趣,改天我做东,请堂会。叫小资给您演一场。"

资历平抬起头,看贵翼。

贵翼的脸色铁青,好在壁灯昏昏,也没人看得到。

"你今晚上什么戏码?"明堂问。

资历平铿锵有力、掷地有声地说了三个字:"杀四门!"

# 杀四门

## 第三章

雨水滴洒在长街,风声激扬。雨珠儿挂在我长长的眉睫边,视野朦朦,在一个图穷匕首见的夜晚,裹挟着沉甸甸的杀气,我登场了。

我来了！

在风雨交加的黑夜里！

雨水滴洒在长街，风声激扬。雨珠儿挂在我长长的眉睫边，视野朦朦，在一个图穷匕见的夜晚，裹挟着沉甸甸的杀气，我登场了。

一头秀逸的长发，被雨水清润着，被风吹拂着，发丝上还含着血腥味，这味道并没有被风雨所洗去，反而更加重了惨烈的痕迹。

一双红色的高跟鞋，步伐坚定地行进在风雨中，鞋面被雨水淋湿了，高一脚、低一脚踩在高低不平的石子路上，脚下一片狼藉。在昏黄的街灯下，这双不太合脚的鞋子愈发显得猩红、可怖。

我化了妆，一副将死成灰的面容。

我相信，我的出现，会给敌人带来惊惧，惊惧背后是"致命"的"毒"。我既已踏上"死途"，我就要追究到底。

所谓，杀人偿命，欠债还钱！

沪安医院的走廊上，安静极了。

我悄无声息地来了。

顺着昏暗的走廊一直走下去，走到值班的护士站，走到"地狱"的门口。我把无色无味的"毒药"均匀地涂在一个水杯底，然后，若无其事地将水杯放在原处，静静地等待着水杯的"主人"。

她来了。

步子沉稳，不似普通护士那样轻快。夜晚值班并不轻松，她也有些疲惫，有些倦怠。她走进护士站，关上门，取了水杯，倒了半杯开水。

她坐下来，一边看护士交接班的内容，一边喝开水。

很快，她蹙紧了眉头，手按着胸口，气促胸闷，杯子被她用力推开，她大约意识到了什么，毒液开始渗透到她的身体。

我从暗影里走出来。

她看见了我，身心俱震！

我不动声色地微笑。我知道，我此时此刻的笑容一定诡异极了。

"贵婉。"她惊诧地张着嘴，喘息维艰。"你，你居然活着。"她思维混乱，

眼珠子都快从眼眶底迸裂了。

"你是人是鬼?"她不甘心地问。

我为什么要告诉你?

我用怨毒的眼光盯着她,不说一句话。她快被我的目光给逼疯了,她嘶哑地嚎叫起来:"你是谁?"

我伸出手来,用长长的指甲掐住她的喉管。我把她轻而易举地给拧起来。

"为什么杀我?"我的声音显得很沧桑。

她听见我的声音,脸上惊恐万状。

"到底是谁?"我问。

她浑身颤抖。

"谁出卖了我?"我再问。

"救、救命。"她凄惨地哀求。

"谁?"我低声怒吼。

她嘴唇泛着青黑,嘴角渗出血,眼眶里充溢了殷红的血,她说:"你别怪我,是……"她张开五指,头颅倏然垂下,整个人瞬间倾倒。

她死了。

我送她去了"地狱"。

我把她的尸体装进一个朱红色皮箱,我用白色的粉笔在皮箱上画了一个"茶杯"的形状,算是给她一个"名分"。虽然,这"名分"是假的。

下一个,该谁了?

夜,十一点。

风头如刀。

雨点敲打着楼梯的窗户。有人敲门,你下楼来开门,顺便吸一支烟。你左右看看,没见人影,心中略有狐疑。

你穿着精心,但不刻意。五官端正,皮肤绷得很紧。潮湿的空气里,你就像干燥剂一样,恨不得所有的水分都吸附在身体里,透出一口口新鲜水蒸气来。

电车驰骋着,从你眼帘划过。

电车尾拖着一丝水雾气，雾气中，我来了。

我的脸与你的脸面对面，直视，平视，俯视。你一刹那间出了神。

我穿着一件大红色的旗袍，衬着一张惨白的脸，笑盈盈地轻飘飘地向你走过来。不是幻觉，我真真切切地站在了你的面前。

你猝不及防，惊愕不已。

"我感觉要出事了，结果，真出事了。"你强作镇定地说。

"为什么要杀死我？"我问。

"因为，只剩下你一个了。"你答得很坦然，"整个小组，只剩下你一个是真的了。只能这么做，别无选择。"

"你还想对我说什么话？"

"对不起，贵婉。"你居然眼中噙了一丝泪花，鳄鱼真的会有眼泪吗？我真想剖开你的皮来看看。

"不知怎么就变成那样了。"你哽咽了，"我真的不想的。太难了。你没法想象被抓进去后的滋味，太难了。"

昏暗中，我露出一种奇异的怜悯眼色，我要给你一个谢幕的舞台。

"你把这个世界看得太简单了。"你很认真地望着我说，"一个人如果连生存都做不到，怎么可能去救世界？"可惜了，每一句辩解都会深深地加重我对你的恶意，每一句诉求都成了你背叛我的强证。

"一个人一生当中不幸死了两次，是因为信任。"我悠悠地叹了口气，"正如你们想象的那样，派来的人越有经验，损失就越大。所幸的是，经验告诉我，死人是不会构成危险的，你，死期到了。"

你竭力站稳脚跟，陷在绝境，竟然有点楚楚动人。

"我警告过你，你不相信我。"

"谁出卖了我？"我不想紧盯着一双即将死去的死人眼，扑过去，像吐着毒蛇的红信，扑过去，用尖锐的指甲戳进你的脖子。你痛苦地惨叫。

"不是我。"你挣扎着，"我也是被人出卖的。我们一个个像咬了饵的鱼，逐一被出卖。唯一的区别是，你被贱卖了，我卖了点价钱。"

"唯一的区别是，我死了，而你活着。"

"不是我！"你吼着，"你要找的人不是我！"

"那是谁？"

"瓶子。"

"他在哪儿？"

"你、你……应该比我清楚。"

我张开五指，问："这是什么意思？"

你双目圆睁，不知所措。"你能放过我吗？"你泪光盈盈，贪生怕死。

我凄惨地笑了，问你："我还能活过来吗？"在我余光所及之处，你内心的恐惧到达了致命的高度。

"我只是一只替罪羊。"你嘴上求着我，你的手却从腰际掏出了一把枪。混乱中，我的手握住你握枪的手，用力拧转方向，你的脸色青紫，手冰凉。我的嘴唇贴在了你的耳边。我拔尖了嗓子，居高临下地对你说："知道我为什么重返人间吗？因为正义必须得到伸张。"

枪声响了。很闷，雨下得很欢，很稠密。你的血像雨花一样，喷洒而出。

你苦笑着说："贵婉说过，她是猫，有九条命，我不信……原来她的命就是你的命，难怪……好冷。"你的视野一片模糊。

的确很冷。

你的话尾被冷风刮走了。

我把你装进了一只黑色皮箱，皮箱上有白色粉笔画的记号，一个"青花瓷"。

我开车去了"瓶子"的家。我所知道的"瓶子"是一个阔绰的股票经纪，但是，我不识其貌。不过，不要紧，只要他认得"我"就成。

我把救护车停在雨地里。拎着一只黄色的空皮箱，摁响了一座小洋楼的门铃。我很谨慎，低着头，戴了一顶帽子，他看不见我的容貌，只能听见我有节奏的紧急"求助"门铃声，三长一短。

他打开门。

我瞬间穿进去。

我背对着他。

他很讶异:"你是?"

我转过身,他锁上门。灯光很暗,彼此还是看得清面目。他打了一个寒颤,客厅里响起了凄凉、颤抖的时钟声。

刚刚十二点。

他紧闭的双唇里吐出一个名字,声音轻,但是,很清晰:"贵婉。"

我把帽子摘下来的同时,长长的十指如风胜刀地戳向他的喉管。他发出一声低沉的吼声,由于我先发制人的速度过快,他还没有及时反应过来,就被我掐住咽喉要害。

他瞪着血红的眼珠,用喉音嘶哑地喊叫:"装神弄鬼!"他拼尽全力反抗,咬断我的指甲,十甲尽落。他发现我戴的是假指甲,知道我不是索命的"鬼",而是来"杀"他的人!顿时,他来了胆气,凶神恶煞般向我反扑过来。

他是练家子,求生的欲望迫使他每一招都凌厉凶狠,扑近身前,有一股夺命的气势。

我轻步难以对持,身腰旋转,"脆生生"一脚招呼他的前胸,干净利落,迅如疾风,快如骤雨。"砰"的一声,他的脊骨撞在落地的自鸣钟上,勉强煞住身形,他脸色惨白,他的骨头断了,此刻一定撕裂骨髓般的痛!而我四肢平起,稳如一座铁板桥。飘飘落地,无声。

"你……你真的是贵婉。"他看懂了我的"心意"拳。

"谁是真凶?"我平静地问。

他喘息着:"我会告诉你吗?我已经快死了。"

"你可以死得舒服点。"我言语里含着讥诮。

"你是贵婉的什么人?"他问。

"亲人。"我答。

我很疑惑,我为什么要回答一个将死之人的提问。他不配问,只配以死赎罪!

"有没有人告诉你,命相长得一样的人会有一样的死法。"他临死前还在以"预言"的方式恐吓我。

我淡笑一声。"刮地风"以劈山倒海之势，攻击他的要害。他满脸恐惧，发出最后一声呻吟。

我踩断了他的气管。

猩红的血渗到我高跟鞋的鞋面上。

我从他的口袋里摸出一串钥匙。我想尽快取走我要的东西。我摸黑上楼，走到他书房门口，书房门上了锁。

黑暗里，我找不到合适的钥匙。我冷静地想了一下，决定开灯。我打开楼道上的灯，试着把那串钥匙捅进锁孔，终于，有一把细且长钥匙开启了书房的门。

我把台灯打开，把灯头拧转到另一个方向，灯光照在雪白的墙上，而我依旧置身于黑暗里。

我把书房的书柜打开，他一定想不到"我"会杀一个回马枪，所以，密码本就藏在原处，没有换过位置。我拿走了密码本。忽然，我看见他橱窗里放了一张相片，是"我"生前所照，他居然还留着，他是什么意思呢？

不管他心存何念，都是死有余辜。尔等杀"我"不死，注定要兴风作浪。

我费了很大的力气，才把他塞进皮箱。黄色的皮箱上有触目惊心的血渍，血渍画了一个"瓶子"的形状。尽管画得有点意识流。

我该回"家"了。我的脸色愈发难看，铁青似的发冬瓜灰。因为，我要面对另一个"贵婉"。

除掉最后一个障碍，除掉另一个躲在阴暗角落里的"我"。

传说中的鬼打架，莫过于此。

我从花园的门穿过门廊，熟悉的路径，让我心酸。因为"我"再也回不来了。我有一把火烧了这房子的冲动。

我很好奇，一个以他人名义活着的人，晚上会睡得着觉吗？

答案是，能。

假"贵婉"睡得很熟，很香甜。穿着"我"生前的衣服，用着"我"生前的物件，包括首饰，那些物品一件都没有少，只不过有两件是赝品，真货已经随"我"灰飞烟灭了。我一直在想,要不要唤醒梦中人,以真"贵婉"的名义处决假"贵婉"。

我低头看了看手表,剩余时间不多了。我心想,便宜她了,就让她在睡梦中拥抱死亡吧。

我不再犹豫。

拔出手枪来,装上消音器,对准她的太阳穴,轻轻一扣扳机。"砰"的一声,结束了。一切都结束了。

我把另一个"我"装进了最后一口空皮箱。这个皮箱是我生前用过的,颜色是泥土色,我犹疑着,要不要把"烟缸"的符号画上。

最终没有画。

我还在,"烟缸"就在。

凌晨两点,我开着挂着军用牌照的救护车沿着冰凉的洋灰马路稳稳地驶进上海"提篮桥"监狱,一路畅行无阻。

我有一张上海警察厅特别通行证,还有一份普通刑事犯人"保外就医"的文件,资料齐全,事先我代表新任上海警察厅的厅长助理与监狱长有通过电话,也派方小姐专程去送了一笔"心意",所以,一切尽在掌控之中。

我下了车,顶着风,站在铁丝网筑成的分界线下。我的双脚很疼,因为这双不合脚的高跟鞋,死死地勒住我的脚背,硬碰硬生生给我的脚踝磨出血来。没办法,这是我"装神弄鬼"付出的代价。

卫兵打电话到监狱的医护室,少顷,卫兵出来告诉我,狱医马上带犯人出来。

禁区内,探照灯忽明忽灭,惨白的月光和监狱的灯光交相辉映,让人心跳加快,有一种深入敌后的感觉。

十分钟后,狱医带着犯人来了。交接过程很顺利。"犯人"戴着黑色的面罩,由狱医移交到了我的手里。

我签了字后,交给狱医一个信封,一个非常默契的眼神,心照不宣地互祝"好运"。

我带着"犯人"上了车,车行警戒区外,卫兵放行。我踩着油门,加足马力,风驰电掣般离开了提篮桥。

此刻,风停雨住,空气格外清新。

"犯人"试图摘开面罩,我单手制止了他。还不是时候,我需要"犯人"心平气和地跟我撤离危险。

一旦"犯人"看见了"我",所有的行动都会"停摆"。

几分钟后,救护车穿进了茫茫夜色中。

一切尽在我算计之内。没有人知道今夜到底发生了什么事,知道的人都已经从这个世界上"消失"了,除了"我"。

# 尸体

## 第四章

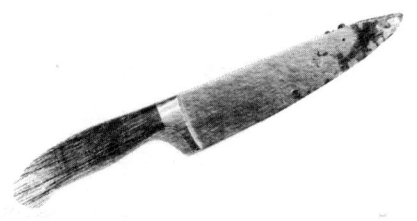

　　书房朝南,阳光蕴含着水气射入薄薄的窗帘直扑人面而来,原本是良辰美景,却被四具死尸的血腥面目浸得阴森无味。

尸体，不止一具。

四口浸透血的皮箱张着狰狞的嘴，四具死状惨烈的尸体以四种怪异的姿势从皮箱底伸出手脚，非常引人注目。

非常恐怖的画面。

贵翼第一眼看到形态各异的尸体时，便从心底打了一个问号。这是谁干的？居然把尸体送到新任军械司副司长的家门口，简直胆大妄为，肆意挑衅。

林副官站在贵翼身后，一脑门的汗。

"爷，今天一大早，卫兵就看见一辆救护车……挂着陆军总院的军车牌照。卫兵以为……车上有司机，就去叫司机把车开走，别挡着路，谁知车上根本就没人，就这四口箱子，上面写着转呈新任军械司副司长贵、贵翼先生。"

贵翼转过身，看着林副官。

"我……我啊，我看着那皮箱邪门，一股味道，我也说不准是什么味道，而且……皮箱上用粉笔画着瓶子啊杯子什么的，很怪异。我怕有什么不妥，就叫卫兵给打开了……于是，就这样了。爷，我跟您说清楚了吧？"

"清楚。"贵翼冷冷地说。

一股青烟冒起，"啪"的一声，有人在拍照片。

"不准拍！"贵翼冲着突如其来的新闻记者们怒喝。他环顾左右，一群记者模样的人正在抓拍和记录。也难怪，四具死尸姿态招摇地摆在军械司副司长的家门口，写一个炫目的大标题，足以抓住任何人的眼球，这绝对是一则轰动上海滩，颇具爆炸性的头条新闻。

凶杀的版面再配上一些煽阴风、点鬼火的文字，军械司、江浙督办府就会成为四面受敌，八方交火的靶心。

贵翼作为新上任的上海军械司首席长官，面对舆论的责难，首当其冲。

"你们想干什么？"贵翼用手一指，指尖沿着拍照的新闻记者们划了一个圈，"全都给我扣下来，听见没？"贵翼面红气促，怒形于色。

林副官大声吼道："是"。

督办府的士兵们荷枪实弹、气势汹汹地把整个督办府外围都给包围了。"咔哒"两响，枪栓一拉，整个记者圈顿时鸦雀无声。

"千万别让他们借题发挥。"贵翼喃喃自语了一句。

"明白。"林副官答。

"立即叫警察厅刑侦科的人过来。"

"是。"

"立即封锁现场。"

"是。"

"还有……"贵翼声音压低了一点,对林副官说,"问清楚记者的消息来源,他们来得太及时了。"

"是,属下明白。"林副官答。

贵翼朝那辆陆军总院的救护车看了看,回望了一眼林副官,林副官心有灵犀,马上双腿一碰,说:"这辆救护车,是我昨天借给小资少爷那辆,我已经核查过车牌了,确认无误。"

贵翼脸色阴沉,色如寒冰。

林副官侧了侧身子,再次压低声音:"爷,还有一件事。我今天早上接到一个很奇怪的电话,是提篮桥的监狱长打来的,说我们交待他的事情,他都办好了,叫我们放心。我想,我们刚到上海,哪里有事要找到他身上?要他莫名其妙地来巴结。后来一想,小资少爷的大哥在提篮桥。"

几句话,贵翼就全听明白了。他抬起头来,目光炯炯地审视着精于世故的下属。林副官被他盯得难受,只好一低头,说:"我觉着是出事了。"

"他,应该不会乱来吧?"贵翼这句话仿佛是说给自己听的。

"他大哥是死刑犯,按常规,不能保释。他一个教书先生,不可能有那样大的神通。"林副官蹙了蹙眉头,说,"您觉得呢?"

"我昨儿见他,感觉他是个有胆色的人。"贵翼说,"你是怎么回答监狱长的?"

"我含糊地应了一下。"林副官低声说,"我怕这里面有事,所以我就先应下来。如果是个误会,也不用解释;如果是小资少爷真闯了大祸,咱们这里多少还有斡旋的余地。"

贵翼点点头。

"救护车是你亲自去借的吗?"

"不是。是我派司机小何到陆军医院去借的车,今早上,我觉着事情不对劲,马上安排小何回天津了。我倒不是怕小资少爷给我们惹事。只不过,是做事的一个习惯,能不被牵扯尽量不被牵扯。"

聪明。贵翼在心底赞了一句。

林副官办事总会给自己留下些伸缩自如的余地,绝不会把自己的路给封死。这良好的习惯,为贵翼在变幻莫测的官场打下了良好的务实基础。

"不过,爷,我多一句嘴,这要真是……那就麻烦了,这可不是单纯的挑衅,这是……谋杀。"

贵翼盯着林副官看。

"这样,你马上去一趟提篮桥。"余下的话,贵翼不说了。主仆二人,心照不宣。林副官点点头。

很快,上海警察厅所属的刑侦科人马到了,十几个穿着黑色警察制服的人来来往往地忙碌着。拍照、按例询问、取证、检查现场的蛛丝马迹。

其中,有一个办案人员特别引人注目。

女性,短发,中等身材,皮肤白皙,穿着笔挺的中山装,鼻梁上戴着一副漂亮时髦的金丝眼镜。

"灾难。"苏梅喃喃自语,"真是一场灾难。不知道是临时起意,草率处理,还是精心策划,故意为之。"

"目的呢?"贵翼走过来。

"好让全天下都知道,他干掉了这四个人。"苏梅一转脸,看见贵翼站在自己面前,苏梅立正敬礼:"长官!"

"你好。贵姓?"贵翼问。

"我叫苏梅,上海警察厅刑侦二处新任探员,您可以叫我苏警官。"

"苏警官,有什么发现吗?"

"暂时还没有什么突破性的发现,凶手很狡猾,也很凶残。杀完人以后,不是掩埋尸体,毁灭证据,而是急吼吼地把尸体送到督办府来,够嚣张,也够胆量。亦或许,他以他的方式在祭奠什么。"

"什么？"贵翼追问了一句。

"不知道。"苏梅犹疑了一下，"也许，是在祭奠亲人。"

贵翼敏锐地看了苏梅一眼，但是她好像并不介意，苏梅是迎着贵翼的目光来的。

"祭奠亲人？你是这样想的？"

"不然凶手为什么费尽心思地，执意要把尸体送到督办府呢？"苏梅抬起头，反盯着贵翼看。这让贵翼感觉很不舒服，贵翼的眼光抬得更高，侧了身子，调整了自己和苏梅的距离。苏梅也感觉到了这细微的变化，退后一步，说，"凶手可能想向您示威，抑或是凶手在向你暗示着什么。"

"暗示？"贵翼不解。

"您家里最近有人遇害吗？"她问得直截了当。

贵翼心中一惊。

"有还是没有？"苏梅问。

"有。"贵翼答。

"凶手很有可能在暗示您，他已经帮助您除掉了杀害您家人的凶徒。"苏梅想了想，含糊地说："也许，重点不是所有，而是其中一个，很特殊的。皮箱上唯一一个没有画玻璃器皿符号的泥土色箱子。"她把泥土色皮箱里的女尸的头用手托起来。问贵翼："认识吗？"

贵翼摇头。

苏梅的神情略带遗憾。她的手把女尸的头放回原位，叹了口气。"他们个个都无力反抗。"苏梅说，"或者说是自救无能。"

"这不是重点，重点是谋杀。"一个中年男人走了过来，他对贵翼行了一个标准的军礼，"贵军门，属下是刑侦科的科长刘玉斌。"

"辛苦了。"贵翼说。

"这不是第一凶杀现场，我们需要找到现场的目击者。"刘玉斌说。

"深夜犯案，要找到目击者，恐怕很难。"苏梅搭腔。

"这辆车是陆军医院的，只要找到开车的人，我们就会离目标近一步。"刘玉斌说。

贵翼的眼神很微妙："希望你尽快找到凶犯。"

"是，军门。我们会把尸体都带回去解剖。过几天，我们会交给您一份详尽的验尸报告，有进展，立即汇报您。"

"好。"贵翼言简意赅地结束了与探员们的谈话。

此时此刻，对于贵翼而言，他更想马上找到资历平，然后详详尽尽地问他一个水落石出。

一辆救护车，涉及杀人事件，可大可小。资历平如果被人利用，情有可原，如果不是呢？贵翼朦胧中有一种不好的感觉，感觉资历平一定"藏"着什么。

他必须在最快的时间内掌握大局，处置得当。

贵翼感觉头很沉，回书房倒在沙发上休息。

书房朝南，阳光蕴含着水气射入薄薄的窗帘直扑人面而来，原本是良辰美景，被四具死尸的血腥面目浸得阴森无味。

贵翼的脑海里总是闪回苏梅说的一句话——

"您家里最近有人遇害吗？"

这句话是戳心的"毒药"。

贵翼想起了贵婉，脑海里却浮现出资历平的穷酸相。

贵翼心烦意乱，昏昏睡去，他又梦见了贵婉。

贵婉还是小孩子的模样，梳着小辫子，穿着小花袄，笑嘻嘻地穿梭在一片花海中。贵翼虽在梦中，也潜意识知道，贵婉已经没了，所以，轻手轻脚怕惊动了小孩子，他感觉，只要自己一动不动，贵婉就还在花丛里自顾自地玩耍。他不敢走近妹妹，妹妹却笑着向他跑过来，笑得纯真可爱，笑得没心没肺，直笑到跟前来，一跤跌倒，爬起来，满脸都是血！

贵翼哭出声来！！

很久了，压抑很久的悲情。终于在梦中释放了。

贵翼倏地坐起来。泪水一片。可怜，梦境已逝，人事已非。

门外，有人敲门。

"爷，是我。"林副官从提篮桥回来了。

"进来。"贵翼站起来。

林副官推门进来,脸色很难看。贵翼心中"咯噔"一下,觉得真"出事"了。林副官走近贵翼,劈头一句:"爷,出大事了。"

"别慌。"贵翼说,"慢慢说。"

"我去提篮桥,见了监狱长。他拿了一张您亲自签署的一份'犯人保外就医'的手令给我看。保释的囚犯叫佟阿大。据狱警说,昨天晚上有一个女人拿着您签发的文件,接走了一名囚犯。"

"佟阿大?"贵翼的嘴里念叨了一下这个陌生的囚犯名字,"我们不认识啊。"

"是啊,这个佟阿大,我们不认识,但是,我们知道一个资历群。"

贵翼抬起头:"小资的大哥?"

"对,那个死囚犯叫资历群,昨天晚上,人间蒸发了。"

贵翼懂了。

根本就没有什么"佟阿大",这个所谓的"佟阿大"就是资历群。

事态迅速升级。

"昨天晚上,人间蒸发的恐怕不止一个资历群吧。"

"对,提篮桥的狱医也消失了。"林副官说着说着,又迟疑了一下。他看了看贵翼,小心翼翼地说,"爷,您不会是……跟小资少爷……有约定?"

"你脑子烧坏了吧。"贵翼骂了林副官一句。

林副官不敢接话了,索性不说话。

"你昨天是怎么找到小资家的?"贵翼问。

"那不是老爷提供的地址嘛。"林副官说,"爷,您忘了,老爷一直留着那、那个女人的来信,信上有资家的地址,西门蓬莱路十九号,我就是按图索骥找到资家、找到如意姊的。"

贵翼知道,林副官口中的那个女人,就是资历平的母亲。

"景轩。"贵翼低声叫了一句。

景轩,是林副官的名字,这会儿,贵翼称呼他名字,那就是放低身价,要跟他说家常话。林副官赶紧俯身低头,说:"是,爷,您说。"

"你不会是和老爷有什么约定吧?"贵翼摆出一副臭脸。

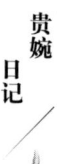

林副官急了,一跺脚:"我的爷,咱俩就别瞎猜了。"

贵翼看他真急了,反而伸手去拍了拍林副官的肩膀,算是安抚一下下属。

"小资劫狱,是为了救他大哥,他杀人,送尸体,又是为什么呢?还有那些闻风而动的记者……"贵翼沉吟。

"我问过那些记者了,他们都是一上班在报馆接到了一个爆料电话,说我们督办府门口有重大新闻,所以他们来得很及时。我已经吩咐过了,今天的谋杀案,不准见报。"林副官说。

"小资到茶室见我们,向我们借救护车,伪造文件,救出他大哥,他签名哪来的?印章哪来的?"贵翼一步一步在整理思绪。

林副官立即把那封伪造的签名文件拿了出来,呈给贵翼。

贵翼三下五除二拆开来看,贵翼也懵了。

太像了。

伪造得几乎乱真。

他怎么会有自己的印章和签名?

贵翼的脑海里闪现出方小姐甜美的笑容。

——是那张工商妇女联合会为教会的孤儿院赈灾的捐款倡议书。

方小姐和小资认识,他们联合起来唱了一出"盗印",只是自己不知道,被人耍了,都不知道为什么!

贵翼"啪"的一声,把伪造的文件拍在了书案上。他用力过猛,震得书案上的茶盏都跳跃起来。

他愤怒了。

"爷,息怒。"林副官说,"就算是小资少爷救了他大哥,那也是他兄弟情深。谋杀的事,不见得是他做的。爷,您别气坏了身子。而且,狱警说,昨天接犯人的是个穿旗袍的女人……"

贵翼一摆手,林副官马上噤声。

贵翼眸色稍敛:"借车,劫狱,还车,谋杀。"细细推敲起来,似乎少了一个实实在在的东西,那就是证据。

贵翼想,自己所掌握的资家信息是否完全准确?这场大风波绝不是由资历平任性而发，而是一场经过深思熟虑、谋定而后动的谋杀，自己只不过是他棋盘上的一颗棋子，悲剧性地在不知不觉中扮演了一个在这起事件中起着决定性作用的关键角色。突然之间，贵翼感觉陷入一条灰暗盲目的死胡同，出口在哪里呢？

"他隐藏了他真实的能力。"贵翼下了断语。

"可是……咱们见到的小资少爷，您看，他还带着一孩子，还跟着一老妈子，小资少爷眉清目秀，一教书匠，一调琴师，一小报娱记……您要说他杀人劫狱，真是差太远了。"

"有多远？"贵翼冷冷地问。

"天差地远。"林副官老老实实地答。

必须找到他！

"找到他。"贵翼说，"找到他，马上，立刻。"

"是，军门。"林副官立正说。

"我要知道，天差地远，到底有多远！"贵翼的脸上居然露出一抹寒厉的笑意。林副官被贵翼的笑容所震慑。

贵翼真的动了雷霆之怒。

# 查无此人

## 第五章

　　花园里,残树枯枝,死水一滩,惨不忍睹。一层薄霭像水蒸气一样飘散在荒凉阴森的宅院里,池塘上面铺了厚厚一层绿色的青苔,像一床破棉絮,腐败不堪。

"对不起，我们报社真没有叫资历平的人。"一个戴宽边眼镜的先生很认真地对林副官说。

可怜林副官站在"繁星报社"社长的办公室里，一个劲儿地跟社长解释，连比带划地说明，他几乎是从未有过的耐着性子，压着心火，态度诚恳地说："我们昨儿，昨天中午打电话过来问的，就是打的你们繁星报社编辑部的电话。你们的记者同事，告诉我们，说资历平下午不上班，要去风行钢琴社调琴……"林副官的头很沉重地点着，手指很用力地点着社长桌上的电话机，"就是你们这里的人，告诉我说，资历平他就在这里上班。"

"那么，请问，那个接电话的记者，叫什么名字？"社长不温不火地问。

"叫……"林副官陷入僵局，"我要知道他名字，我还问你干吗，我直接就去问他了。对不，社长？"

"那我真的是无能为力了。"社长说，"我们这个繁星编辑部是和明星杂志社合租的一套房子，来来往往、上上下下什么人都有，来发广告的，经纪人买明星版面的，结婚、离婚来登报的，哦，还有，家里走丢了老人、孩子来登寻人启事的，事多人杂，你说，我到哪里去给你找这个接电话的人？你说的那个，资历，资历什么来着？"

"资历平。"

"对，我管他资历深资历浅，说不准他用的是笔名呢？"

"笔名？"林副官好像看到一线曙光了，"那您这里是不是有一个年轻、俊朗、修长的年轻男记者呢？"

"你朝外瞅瞅。"社长口气很淡，"外面跑娱记的好多都是你说的，年轻、俊朗，长不长的我不清楚，都是喜欢泡女明星，写花边新闻的。"

林副官朝外一看，忙忙碌碌的男娱记们，果然个个都很精神、帅气，一个个西装革履，打扮时尚，比起资历平来，多了份浮华，少了份清雅。

"我劝你啊，还是去风行钢琴社问问吧。"社长说，"说不准，他在这里用的笔名，在钢琴社用的真名。"

"你怎么知道，我没去呢。"林副官没好气地堵了社长一句。社长也没怎么明白，他推了推眼镜，很无辜地看着林副官。

"长官,你打算一直在报社等着吗?"

"我等着,我等得到吗?"林副官气哼哼地摔门走出去。

"长官,长官。"社长追出来。

林副官在走廊上站住了。

社长说:"还有一个法子,你有那个资历深、浅的照片吗?"

"照片?"

"对啊,有照片,不就一目了然了吗?"

"对啊。"林副官也是这样想的。他想到贵翼和小资的那张合影。"谢谢社长,我有了照片,再来麻烦您。"

林副官带着他的两名手下,匆匆离去。

林副官真的很郁闷。

他已经找了资历平一整天了。从上午十一点找到了晚上七点半,林副官水米未进,嘴唇都干了,嗓子也冒了烟。他翻遍了所有跟小资有关系的工作地点,一无所获。

他最先去的地方,是风行钢琴社,一番询问后,钢琴社的人都说不认识资历平,也从来没有听说过这个人。

至于昨天下午,谁接了林副官打来的找人电话,大家都不知道,总之一句话,一问三不知。

林副官赶去工部局联办中学,学校的莫校长亲自接待了林副官。

问起资历平来,莫校长想了想,说:"有。"林副官就像天上落宝贝一样,踏实了。莫校长说,资历平老师,年轻,有活力,活泼,爱笑,浑身上下充满了朝气。

林副官问:"资历平今天有没有返回过学校?"

莫校长叹了口气,说:"资历平老师,去年就去世了。死于产褥热。"

林副官当时就傻眼了,问:"产褥热?生孩子?"

"是啊。"莫校长说。

"女的啊?"林副官怪叫了一声。

莫校长不解地盯着他看:"你以为呢?"

"我说的资历平是男的。"林副官声音略大。

"男的?"

"对。"

"叫资历平?"

"对。"

"没有,从来没有过。"莫校长说。

"我能看一下资历平老师的照片吗?"林副官不死心。

"没有。"

"没有教师档案吗?"

"有。但是,资历平老师去世后,档案就自动作废了。"

"作废了?"

"对,销毁了。"

林副官彻底被打败了,怏怏地告辞而去。

林副官到"繁星报社"的时候,他不停地给自己打气,一定会有眉目的,一定会的。结果,报社根本就没有这个叫"资历平"的记者。

林副官开车前往西门蓬莱路十九号,资历平的家。林副官想,跑了和尚跑不了庙,资历平再有本事,总不会把自己的老宅给弄得凭空消失吧。

资历平的家,是林副官找到资历平的最后一线希望。

林副官的车停在了西门蓬莱路十九号。

林副官感觉有点异样。安静,特别的安静。

林副官记得,昨天清晨,他就是在这里找到如意婶的。当时,资家的两扇大门虚掩着,但是,有两个仆役提水扫阶,一看就是大户人家的光景。巷子前面还有小贩卖早点,热腾腾的蒸笼冒着白烟,有买有卖,有吆喝,一片生活气息。

如意婶从门里走出来的时候,还吩咐仆役去花园修枝,说大太太要请客人来吃饭,林副官一眼就能看出如意婶是资家的资深佣人,所以立即就把"如意婶"请走了。通过如意婶提供的资历平上班地点的电话号码，林副官才顺利地"找到"了资历平。现在，林副官就站在资家大门口，可就是觉得怪怪的，整个一片大宅子，一点声音也没有。

不应该啊。

林副官推开资历平家的大门，"嘎吱"一声，门打开了，林副官彻底傻了。

荒凉。

一片荒凉。

阴森森的一片荒凉。

林副官情不自禁地"嗷"了一声，他自己也纳闷，怎么发出这么怪异的一声"嗷"。见鬼了，活见鬼了。

昨天的高门华府还历历在目，今天就变成荒凉山庄了？

林副官是上过战场，打过仗的军人，素来不信鬼神之说，可是，这不信鬼的人偏偏喜欢听鬼故事，在客栈、书场，也听过聊斋，一肚子的画皮花妖。

林副官的两个手下也是惶惶不安的，问林副官还要不要进去。林副官想，再怎么也得查查清楚，便吩咐手下进去四处看看。

两个手下都把手枪给掏出来了，仿佛提着枪，胆子也粗壮了一倍，一个左，一个右，绕着回廊去踏勘了。

林副官一个人在空旷的庭院里走着。月华初生，秋露渐凉。林副官抿了抿干裂的嘴唇，沿着杂草丛生的小径，朝花园走去。

花园里，残树枯枝，死水一滩，惨不忍睹。一层薄霭像水蒸气一样飘散在荒凉阴森的宅院里，池塘上面铺了厚厚一层绿色的青苔，像一床破棉絮，腐败不堪。

有一种忧伤哀婉的声音在花园深处飘逸，林副官禁不住打了个寒战。

他不知道，此时此刻，一个穿着黑色褂子的老女人已经悄无声息地站在了他的身后，一只干瘪瘪的手向林副官伸来……

……林副官突然看见月光投射在树上的女人影子，他大叫一声，转身拔枪，动作迅猛，大有戾气逼鬼鬼欲退的勇气。

老女人朝林副官笑了。

林副官拉响枪栓。

"长官,你是谁?"穿黑褂子的老女人问。

林副官喘着气,拿着枪,说:"靠后,往后退。"

老女人没有动。

"林副官。林副官……"两个手下大约听到林副官的叫声,从不同的方向跑了过来,这一下,林副官就胆粗了十倍。

"你是谁?"林副官欺身近前,态度很凶。

"我是看园子的,长官。你是谁?为什么私自闯到别人家里来?"老女人说。

"家?这也算得上是家?"

"这家的确荒凉了,不过,再荒凉也是别人的老宅。"

林副官算是彻底稳住心神了,他把枪收回去,再长出了一口气,问:"这是谁的家?"

"资家。"

"对,资家。"林副官重复了一句,"资历平住在这里吗?"

"三少爷?"老女人很诧异。

"对,我找资历平。"

"三少爷已经一年多没有回过老宅了。"

林副官盯着老女人看,问:"如意婶呢?我找如意婶。"

老女人更惊诧了,张大了嘴,说:"如意婶?"

"对,大太太的陪房。"林副官故意这样说,显得自己对资家知根知底。

"她,她……"

"她什么她?"

"她死了有三年了。"

林副官晕眩了。

"什么?谁?谁死了三年了?"

"如意婶啊。"

林副官看了看眼前的老女人,再看看自己的两个手下,感觉匪夷所思。

"你是看园子的?"

"是。"

"老妈妈贵姓?"

"我还没嫁人呢。"老女人一下就扭捏起来。

林副官是多聪慧伶俐的人,立即改口。

"老姐姐贵姓?"

"我叫桂花。"老女人说,怕林副官没听清,又重复了一句,"跟主人姓,资桂花。"

"你昨天在哪里?"

"半个月前我去乡下看大太太了。今天下午才回来。"

"大太太在乡下?"

"是的。"

"那么说,这宅子有半个月没人住了……"

"是的。"

"那昨天……"林副官说到这里,自己先卡住了,在心底骂了自己一句,蠢材,蠢材,昨天摆明了被资历平给耍了。

"大太太身体怎么样?"林副官瞬间就转圜过来。

"不好。"资桂花说。

"你家姨太太,还好吗?"

"姨太太一年前就失踪了。"

"失踪了?"林副官心里又"咯噔"一下,"你家三少爷,也是一年前走的?"

"是的。"桂花点头。

"为什么呢?一年前发生了什么事吗?"

"一年前,老爷去世了,姨太太大约是不肯守寡,老爷死的第二天,姨太太就不见了。也有人说,是老爷喜欢姨太太,舍不得姨太太,勾了姨太太的魂魄,两个人做鬼夫妻去了。"

"……"林副官无语。

"那三少爷？"终究还得再问问。

"三少爷偷了大太太的金条，被二少爷给打了一顿，撵了出去，从此，就再也没回来。"

"你家二少爷，他身体怎么样？"林副官记得资历平说他二哥有严重的心脏病。

"二少爷身体很好，在市府里做大官。"

林副官听了这话，眼睛又瞪圆了。心想：资历平昨天到底说了多少谎话？他说谎连眼睛都不眨一下。

"你家大少爷呢？"

"大少爷……"桂花有些作难，还是说了，"在提篮桥监狱。"

仅有这一件事，小资是说了真话的。同时，也证明了这个桂花的话十有八九是可信的。

"你知道你家大少爷犯的什么事吗？"

桂花说："听说，是误杀了人。不是故意的。"她把"不是故意"这几个字说得很有力。林副官明白她的意思。

桂花问："长官是我家三少爷的朋友吗？"

"是，算是吧。"林副官敷衍地笑笑。

"三少爷还好吗？"

"还，算好吧。"林副官不想就"三少爷"的话题深谈，一个离开家庭一年多的孩子，估计谈也谈不出什么名堂。他看了看荒凉的院子，问："这么好的宅子，怎么就荒了呢？"

桂花说："老爷死了，姨太太失踪了，还有丫鬟莫名其妙地上吊了，到了半夜，总有人听见鬼哭，好多仆人都辞职不干了，主人们也觉得不吉利，就搬出去了。原想把这个宅子分成几份租出去，但是，总有人捣乱说这里是凶宅，也没人敢来住，就荒了。"

"你家老爷怎么死的？"

"病死的。"桂花说。

"老宅里有没有三少爷的照片呢？"

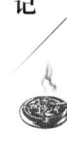

"三少爷的照片?"桂花想想,摇摇头,"三少爷的没有,好像有一张全家福,镶在大相框里。"

"全家福。"林副官终于有了一丝惊喜了。

"不过,资家的全家福里,没有小资少爷。"

"为、为什么?"林副官怪叫了一声。

"大太太不准小资少爷拍进全家福。"

"为什么?!"林副官有点替小资少爷抱屈。全家福都不准照,他算哪门子资家的少爷?

"我们做下人的,不好议论主人的是非。"桂花说了这一句,林副官也就明白两三分了。

"你一个人住在这里,不怕么?"林副官问。

"我不怕,我住在最后面的小杂院,开了一个后门,对面就是三鑫百货公司,热闹着呢。我也就是得了闲过来散散步。"

"您真胆大。"林副官由衷地夸了桂花一句,"你看园子看了这么久,有没有听到什么声音呢?"

桂花笑起来,笑得很俗气:"我不怕,我又没做亏心事。"

林副官听了这一句,觉得桂花一定是个好人,有底气。林副官很客气地跟桂花讨杯热茶,桂花十分殷勤地带林副官和他两个手下去了自己居住的小杂院。

林副官留心查看。

果然,隔着窗户就能看见对面的灯红酒绿。仿佛一个院子,一半水一半火,一半阴一半阳。

林副官喝了热茶,赶紧就走了。

他想趁天黑前赶到福佑路松雪街三十六号关福记照相馆,请老板连夜把资历平和贵翼的合影照片洗出来。


林副官还真拿到那张合影了,只不过,只有一半。

关福记照相馆的老板一直跟林副官解释,说,照相馆从来没有发生过这种事,真是太诡异了。

昨天夜里有"贼"潜入照相馆的暗室，什么都没拿，独独洗出了一张照片，就是贵翼和资历平的合影。洗印好后，那"贼"把底片给切碎了，就扔在垃圾桶里。

照片也被"贼"用裁纸刀整齐地裁成两半。

一半搁在玻璃板上压着，一半"贼"自己揣走了。

林副官真心佩服资历平了。

太会算计了。

到最后，连自己的半张照片也不肯留下。

这一天一夜，多少个料想不到啊。

林副官的手指一转，把半张照片翻了个面，照片背面的白色印纸上，写了一行漂亮流利的小楷，当林副官看到这行字的时候，冷汗都冒出来了。

他不知道，贵翼要是看到这行字，会不会把资历平给拆了。

林副官回到督办府见到贵翼，把前前后后发生的事详详细细地复述了一遍，贵翼只是静静地听，一直没有说话。书房里很安静，贵翼很淡定，这让林副官心里更加不安，他跟了贵翼这么久，太了解贵翼的脾气和性情了，越是不动声色，越是"雷霆万钧"。

"照片，给我看看。"贵翼终于说话了。

"那照片只有您跟妞妞，爷就别看了。"

"照片。"贵翼伸手。

林副官惶遽地把半张照片递到贵翼手上，马上立正站好。

贵翼冷着脸，看了看手中半张残照，照片上贵翼抱着胖乎乎的妞妞，笑得很敦厚，很温情，妞妞也笑得很可爱，一脸阳光。贵翼把照片翻转了一面，白色的照片纸上，有一行漂亮俊逸的小楷。

"贵婉已经死了，不是吗？"

贵翼倏地站起来，手已经握成拳，半张照片被他搓在手心底惨遭践踏。林副官不自觉朝后退了一步，彼此的脸色都很难看。

紧接着，贵翼没有动静了，一片沉默。

"他杀人不用刀！"贵翼慢慢地说了这一句，"他想告诉我，他绝不会做贵婉的替代品，他错了，在我心里，他连赝品都不配。"

"小资少爷是有目的来见咱们的，而且，他做事也挺决绝的，一点蛛丝马迹都没有留下。"林副官说。

贵翼沉吟了一下，重新把那半张照片抚平，再看看那行逼自己发怒的留言。贵翼哑然失笑。

他有目的地来，有计划地行事，胸有丘壑。他的"越狱"计划几乎是自己居间促成的，印章、签名、文件，处处藏着他精妙的算计。他又想到了方一凡。

"方小姐那里去问过了吗？"贵翼问。

"方小姐昨天去了巴黎。"林副官说。

贵翼鼻子里喷出一口冷气。他已经料到方小姐会"失踪"一段日子，只是没想到她"失踪"得如此爽气，再没有比出国旅游这条路子更好的理由了。潇洒地去，事过境迁，再风光地回来。

贵翼不想不明白，一想通了，越想越是这么一回事。

资历平居然敢在太岁头上动土，简直丧心病狂。

他想干了这样干净漂亮的一票，就带着他的死囚大哥舒舒服服地远扬。世上哪有那么便宜的事情？

"他以为自己做得天衣无缝，其实破绽早就有了。"贵翼说。

林副官立即俯首尊听。

"上海警察厅有全上海市民的身份证档案，你去一趟上海警察厅身份证档案管理处，把资家所有的身份档案都给我调出来，他资历平就算是上天入地，我也要把他抓回来。"

"是，军门。"

# 贵婉日记

## 第六章

　　日记的封面,装帧很别致,泥土色的封面上画着几株疏淡的兰草,素雅大方。书脊的底色也是泥土色,写着"贵婉日记"四个字。

第二天上午十一点,杨慕次穿着一套银灰色的西服,配着深灰色的领带,以清新得体的仪态出现在贵翼的书房里。

贵翼在心中给了杨慕次"不着名贵,尽得风流"的好评。

"您好,我是杨慕次,前天晚上跟贵军门见过面。"

"对,我记得你,杨氏企业的长公子。"贵翼说,"杨少爷,有什么事吗?"

"我跟令妹贵婉是同学。"

贵翼愣了一下,有些诧异。

"杨少爷与我妹妹是同学?"

"是的,我们还是很要好的朋友。"

"请坐。坐。"贵翼一边吩咐林副官上好茶,一边热情地请杨慕次就近坐在自己的身边,"你们认识多久了?"

"一年多了。"杨慕次答。

"你们是在哪里认识的?"

"我们是在布鲁塞尔皇家美术学院的一个绘画班里认识的。"

"哦,我记起来了,小婉去年去过一趟欧洲。杨少爷是学油画的?"

"学了一点皮毛而已,家父还是喜欢让我多研习书法和水墨画。"

贵翼点点头,说:"大多数长辈都更愿意让儿女继承传统文化。杨少爷的专长是绘画吗?"

"只是爱好,谈不上专长。诗、书、画、印,都会一点点。"

"不错,不错。现在的年轻人都喜欢赶时髦,动不动就谈哲学、经济、新文化,爱的是电影明星,喜欢空谈自由平等,口味也就那样。"

杨慕次含蓄地笑笑,他的笑容灵敏可爱。贵翼略作停顿,把话题纳入正轨:"杨少爷专程来访,是为了贵婉吗?"

"是。"杨慕次低下头,说,"我知道了贵婉的事,我很难过。"

贵翼没有说话,他只是默默观察着杨慕次。

"几个月前贵婉找到了我,她说,她遇到了一件很棘手的事,需要亲自处理。离开上海前,贵婉在我这里寄存了一本她的日记本。"

贵翼的神态由散淡变得严谨,他的眼光聚焦在这个从容淡雅的年轻人身上。

"贵婉跟我说，如果她遭遇不测，请将这本日记本转交给她的大哥。"杨慕次说到这里，肃然起立，从怀中取出一本日记本。

贵翼也肃然起敬。这个年轻的少爷竟然把自己妹妹的"遗物"贴身存放，可见他对贵婉的重视。

杨慕次双手将日记本递给贵翼，贵翼郑重地接过日记本。

日记本上有杨慕次的温度。

日记的封面，装帧很别致，泥土色的封面上画着几株疏淡的兰草，素雅大方。书脊的底色也是泥土色，写着"贵婉日记"四个字。

一目了然。

贵婉的手迹扑面而来，一种亲切感由衷而生，瞬间温暖了贵翼的身心。

"贵军门，贵婉是我的好友，对于她的不幸罹难，我深感痛心。也盼贵军门节哀顺变，阿次告辞了。"

"等一等。"贵翼说，"杨少爷，小婉有没有告诉你，她到底遇到了什么样的棘手事，导致她会失去生命？"

"很抱歉，贵军门。"杨慕次说，"令妹并没有告诉我，有关她遭遇的棘手事件。我很尊重贵婉，她不说，自有她的道理。我也不会追问。我相信她的选择，同时，我也十分钦佩令妹的果敢和智慧。"

"你拿了她这本日记本，一点也不好奇吗？"贵翼问。很显然，这句话有点伤到了杨慕次。

"这本日记本是贵婉用生命写就的，所以，我用性命担保，除了贵婉和你之外，再没有人翻阅过这本日记本。我保证。"杨慕次儒雅中透着一股刚毅的美。

"我向你道歉。"贵翼说。

"我接受。"杨慕次说。

"我想请杨少爷留下来一起吃午餐。"

"谢谢贵军门，我马上要赶去机场，军门的盛情，阿次心领了。改日有机会，再来叨扰。"

"杨少爷要远行？"

"是的。我要出国去旅行一段时间。"

"我让司机送你吧。"

"不用了,我的司机在楼下候着。谢谢军门。"

"那好吧,我就不留你了。林副官,代我送送杨少爷。"贵翼声音略高。

"是,军门。"林副官毕恭毕敬地打开书房的门。

"贵军门,再见。"杨慕次说。

"你要不见外的话,叫我贵大哥也行。"贵翼说。

杨慕次浅笑,点点头:"贵大哥,再见。"

"再见。"

杨慕次大步流星地走出去,扶门的林副官迅捷而有礼地关上了书房的门。

贵翼拿着日记本,走到窗前,看着林副官送杨慕次出门。果然,官邸楼下有一排私家车,大约有六七辆车,车门口都站着穿制服的司机。

这排场抵得上他一个督军出巡了。

杨慕次躬身、握手跟林副官告辞。所谓不骄不躁、行止有度。这个人是贵婉可以托付人生秘密的人,贵翼想。

有人替杨慕次打开车门,杨慕次上车,林副官巴结地跑了几步,指挥车辆鱼贯驶出督办府。

贵翼回到办公桌前,翻开"贵婉日记"的扉页。

"我给自己挖了一个坑,不止一个。"

——一九三三年的最后一日。

看到这一行文字,不由得贵翼心里不惊疑。自己给自己挖了一个坑,而且,不止一个,这个"坑"代表什么?难道是"爱情"?

贵翼翻开日记的第二页。

一只透明的玻璃烟缸。画在日记的第二页上。

贵翼愕然。

贵婉不吸烟。她画一只烟缸寓意着什么呢?

贵翼脑海里浮现出昨天早晨督办府门口出现的四只皮箱、四具尸体,皮箱上画的玻璃器皿，瓶子、青花瓷、茶杯……

……烟缸？

谋杀？

贵翼脑海里一片混乱，困顿。他继续翻阅日记本，第三页上写了一句话。

"我是战士，直到战死！"

贵翼惊骇。

在贵翼心目中，贵婉只不过是一个有修养、懂生活、爱游历的贵族女孩。

什么样的人会自称"战士"？参加正义战争和维护国家主权和平的军人，才当得起"战士"这个称谓。

贵翼心情很沉重，原来自己什么都不了解，包括自己的亲妹妹——贵婉。他自以为他是她生命中最熟悉的亲人，却对她一无所知。

林副官回来了，送走了杨慕次，他接到了上海警察厅的公文——资家的档案袋。林副官把资家的档案袋完整地交给贵翼。

"查到资历平的材料了吗？"贵翼掂了掂档案袋，又轻又薄。

林副官说："报告里说，资家的档案曾经被修改过，除了资家二少爷和资家大太太还在档案里，其余的，都被注销了。"

"注销了？"贵翼疑惑地看着林副官。

"就是……从资家籍贯里开除了。"

"为什么？"

"为……"林副官含含糊糊地说，"爷，像这种大家族，乱七八糟的事多，俗话说得好，家家有本难念的经。"

贵翼看着他，说："大家族乱七八糟的事多？你欠揍啊。"贵翼抬手把档案摔在林副官脸上。

"爷。"林副官抗议。

"资历平当真就是一块铜墙铁壁？"贵翼自言自语道，"我就不信……"贵翼说到这句的时候，停住了。他翻阅的"贵婉日记"中，有一张五寸的黑白照片闯入贵翼的眼帘。

贵翼惊呆了！

林副官偷窥了一下贵翼的表情，喊了一句："爷，您没事吧？"

贵翼恍然回过神来。他的表情很震惊！

贵翼小心翼翼把那张夹在手指间的照片，翻转过去，让林副官看，林副官瞬间张大了嘴巴，鼓起眼睛，简直，简直不可思议。

照片上，有两个人，一男一女，女的端坐于椅，一袭旗袍，庄娴雅丽，男的站立于侧，一套西装，清雅俊逸。女的是贵婉，男的是资历平。

照片左上角写了一行优美的法文：民国二十三年，立春。香榭丽舍田园大道照相馆。

主仆二人，除了震惊，还是震惊！

# 张冠李戴

## 第七章

这让他联想到了那四只血淋淋的皮箱上形态各异的玻璃器皿,亦是如此笔触鲜明,相比墙上的音乐符号,皮箱上的玻璃器皿符号更具真实的力度。

整个事件愈来愈扑朔迷离。

贵婉和资历平早在一年前就已经认识了，而且，他们的关系很亲密，非比寻常。

贵翼很认真地翻阅了"贵婉日记"，并没有得到什么确切的答案，因为这本日记是用"绘画"写成的，比如：一个杯子，一枚粉红发卡；一根燃烧的火柴，烧得半黑的火柴盒；一顶礼帽，一条丝巾；一辆急速行驶的汽车；一双高跟鞋；一个皮箱，三只手；两件一模一样的西装；飞机模型；一个青花瓷；一棵树；一个温馨的小木头房子；一条宽敞的大道；一双棉布鞋和一管口红等，诸如此类。贵翼看得一头雾水。

而资家的档案就过于简单了。

资家大太太和资家二少爷的档案也只有姓名、年龄、籍贯、指纹印，居住地址，仍然是资家老宅的地址。

资历安的工作一栏上写着：公务员。

"资家的老婢女桂花说，资家二少爷是在市府里做官的。"林副官说。

"嗯。"贵翼说，"在下人眼里，只要是公务员都算做官的。"他口气里明显有些不屑，"一个做哥哥的，把弟弟的身份从家族里注销了，气量也太狭隘了。"

"要不，小资少爷能在我们面前编排他二哥得了心脏病，就快死了。"林副官说到这里，禁不住笑出声来。

贵翼也率性地附和了林副官："话是毒了点。小资到底是缺家教，哥哥再不好，他也不该咒他去死。"

"要是能找到小资少爷就好了。"林副官说。

贵翼抬眼看了看林副官，口气凉凉地说："你认为小资见到我们后，就会老老实实、原原本本地把这些前因后果都说出来吗？"

"我……"林副官突然感到一丝怯意，"爷，我认为小资少爷是……故意为之。这一天一夜的工夫，小资少爷把一个滔天大案做得干净利落。以他的才情胆略，他完全可以不惊动我们，他既惊动了我们，无非就是把我们引入他设下的'迷魂阵'里来搅局。"

贵翼不说话。

"爷，你有听我讲吗？"

"有。"

"小资少爷蓄谋已久，难道仅仅是为了耍我们？"林副官略停顿了一下，说，"我觉着他是为小姐出头，伸冤来着。"

他口中的小姐，指的是贵婉。

"一张合影，说明不了什么，也许就是单纯地认识了。"贵翼说这话，有点勉强。

"小姐是什么人？冰雪聪明。资历平是什么人？这两日看下来，简直就是人精。他们彼此容貌如此相似。而且，贵家、资家的公案，外人不知，他们却是心知肚明。一对失散已久的兄妹，在异国他乡巧遇，能不亲近吗？小姐是什么心气？她要厌恶的人，她肯穿得这样正式去跟他拍一张合影？"

贵翼点头。鼓励林副官继续他的案情分析。

"小资少爷与小姐既然早就认识，小姐之死，他若不知内情，见到我们，就该表露悲伤之情，追思之意。他若知情，一定会设法将真相告诉我们，要我们替小姐伸冤。小资少爷却选择了对此事件'无动于衷'，他有目的地把我们引入他的'复仇'阵营……爷，说到底，小资少爷还是咱贵家的孩子。"

"你小子越发长进了。"贵翼不咸不淡地夸了林副官一句，"他既有心引我们去盘根究底，我们也不要辜负他的好意，索性就一查到底，走。"

贵翼站起来，合上日记本。

"爷，您去哪儿？"

"昨天你去哪里，我们今天还去哪里。"

"爷？"

"风行钢琴社、工部局联办中学、繁星报社，这些都是留有小资足迹的地方，昨天你是一无所获，皆因你两手空空。如今有了一张照片……我倒要看看资历平能藏多久。"

贵翼第一个行动就是直接找到了工部局联办中学的莫校长。他把那张资历平和贵婉的合影拿给莫校长看。

莫校长很仔细地眯起眼睛来看照片,他很肯定地叫出名字来:"这是资历平老师。对,一点不错。"

贵翼和林副官交换了一下眼色。

林副官忽然想起了什么,说:"莫校长,你不是说,你们学校里没有一个男教师叫资历平的,只有一个女的……"

"没错,是女的,这个照片上的姑娘就是资历平啊。"

"啊?!"林副官惊讶地怪叫一声。

"莫校长,您没有看错吧?"贵翼按捺着性子问。

"一点不错,就是资历平老师。"莫校长的口气很坚决,"你要是不相信,随便叫一个老师来问问。"

正好有一个女教师拿着一个开水瓶进来,给莫校长和贵翼沏茶。莫校长叫那个女教师过去看照片,"刘老师,你来看看,这是谁?"

女教师应声过来,低头一看,说:"这不是资历平嘛。"

"对啊。"莫校长很高兴有人附和和肯定。

贵翼和林副官此刻真是落在五里云中。"这真是太离奇了。"贵翼脸上的表情从惊奇到迷惑。

贵婉居然用的是资历平的名字。

"资历平老师,年轻,有活力,活泼,爱笑,浑身上下充满了朝气……"莫校长还是昨天一模一样的说辞,"唉,可惜了……"

"怎么了?"贵翼问。

"生孩子的时候,得了产褥热,去世了。"莫校长叹了口气。

贵翼的嘴张了张,又紧紧闭住。他看了看林副官,林副官做了个无可奈何的表情。"你昨天回来,可没跟我说这事。"贵翼压着声音责问林副官,林副官委屈地说:"我要空口无凭地跟您说这事,您还不得一脚踹死我。"

贵婉居然未婚先孕!!

这未免太荒谬了!

贵翼一双寒光流溢的双眸直逼着莫校长:"莫校长,据我所知,您所说的这个资历平老师,还没有结过婚。"

"贵军门大概不知道,资历平老师结婚都快两年了。"

"她丈夫是谁?在哪里?"贵翼追了一句。

"她丈夫是一个医生,原来在国立医院工作。叫什么,我真不记得了。资老师去世后,他也就辞职不做了,据说,是去了国外。"

女教师的目光依旧看着那张照片,欲言又止的样子。

"有什么发现吗?"贵翼主动问她。

女教师说:"照片上这位先生曾经来参加过我们学校的新年音乐会。"

"哦?"贵翼转头看了看莫校长。

莫校长赶紧又拿起相片来,端详了一下:"我想起来了,这个男的和资历平老师在去年的音乐会上一起合奏了'少女的祈祷'。"

"这男的不……不会是……是她先生吧?"林副官有点口吃地把贵翼最怕问的一句话给问了。

贵翼脸色铁青。

"不是,这男孩是她弟弟。"女教师轻轻一句话把贵翼紧绷的神经瞬间放松了。贵翼在心底长出了一口气,林副官直接"嗳"了一声,表示跟贵翼感同身受,却被贵翼狠狠地瞪了一眼。

这男孩是她弟弟!

贵翼快被这些突如其来的新状况搞懵了。

"你怎么知道这男的是她弟弟?"贵翼问。

女教师笑笑:"你瞧他俩长的,是不是很像?"

"你猜的?"

"不是,我亲耳听资老师叫他'弟弟',他也应着声。很是听话、乖巧的。资老师的弟弟来过几回,每次都替资老师做事。"

"譬如呢?"

"烧水啊,做饭,腌菜,晒书,对了,还给她做了一个书柜。"

"他还会干木匠活?"贵翼略带嘲讽地说了一句,"你知道她弟弟叫什么吗?"

"不知道,资老师就叫他'弟弟'。他弟弟也不大讲话,在学校里低眉顺眼的，来去匆匆。"

资历平明明是贵婉的哥哥，他兄妹二人就算再糊涂，也不会错到这个份上。故意为之吗？有必要吗？

贵翼脑海里真个是翻江倒海，新奇之念频出。

到底是为什么呢？

知道的都已经知道了，不知道的还得继续查。离开了工部局联办中学，贵翼第二个步骤就是找到了"繁星报社"的社长，寻找资历平的足迹。

社长还是昨天那副慢条斯理的样子，只不过，从坐姿到站姿都毕恭毕敬的，毕竟贵军门亲自造访，不敢怠慢。

"我们报社根本就没有资历平这个人……"社长话音未落，眼光就落在林副官递上的照片上，"咦……这、这不是贵婉吗？"

"你认识贵婉？"贵翼惊异地问。

"贵婉是我们小报的一个名编，很有才情，也很有明星缘。"社长兴致勃勃地侃八卦，说，"人长得帅气，文章写得精妙，钢琴也弹得好，好多女明星还倒贴他，风月场上的老手了。"

贵翼的脸色愈来愈难看。

"住口！"林副官帮着贵翼怒喝了一声。

"怎……怎么？我、我说的实话。"社长解释。

"有、有说人家姑娘是风月场上的老手的吗？"

"谁说姑娘啦！"社长的脸也黑下来，"我说的是贵婉！这个，男的！"

"男的？"林副官又惊诧了，"男的叫贵婉？"

贵翼经历了前一轮的"狂轰乱炸"，对这一轮已经有心理准备了，无非就是张冠李戴，李代桃僵罢了。

"这个贵婉，在报社工作有多长时间了？"贵翼问。

"有一年多了吧，他也不坐班，有新闻就跑跑，最近比较懒散，好几天没来上班了。"社长说，"没准，被哪个小明星给绊住了。"

"认识这姑娘吗？"贵翼指着相片上的贵婉，很耐心地询问。

社长仔细看了看，摇摇头，说："不认识，没见过。"

"贵婉要是来上班了,请你立即告诉我们。"贵翼说,"林副官,给社长留个电话。"

"是,军门。"林副官大声应着。

贵翼向社长告辞,转身走了。林副官和几名亲兵跟着跑下楼,引来过道上很多记者张望,还有胆大的,"啪"地就给贵翼的"背影"来了一张。

林副官听见动静,指着楼上的记者说:"不准拍!"

贵翼走出来,有人立即把披风一抖,给贵翼披上。有人拉开了汽车的车门,林副官跑过来,问:"爷,咱还去风行钢琴社吗?"

"去!"贵翼说完,就上车了。

林副官赶紧一猫腰,自己窜进副驾,等贵翼坐稳,就叫司机开车,直奔"风行钢琴社"而去。

风行钢琴社里琴音袅袅,有学生在弹奏"月光奏鸣曲"。

贵翼站在一间教室里,注目观看墙壁上一系列黑白琴键组成的音符图像,夸张,生动,拟人。这让他联想到了那四口血淋淋的皮箱上形态各异的玻璃器皿,亦是如此笔触鲜明,相比墙上的音乐符号,皮箱上的玻璃器皿符号更具真实的力度。

"您看,您见过照片上的人吗?"林副官拿着照片向一位教师询问。

教师看了看,说:"不认识。"

贵翼侧目,走过来:"你仔细看看,两个人都不认识吗?"

教师又看看,说:"没有见过。"

"你们的调琴师,每星期都来吗?"贵翼问。

"不清楚。我只负责给学生上课,不过,调琴师通常一个月来一次。"

"你听说过资历平吗?"贵翼有点不甘心。

教师摇头。

"那么贵婉呢?"

教师一脸茫然:"没有。"

"您再想想。"

"贵婉？这个名字听起来挺文艺的。要是我曾听到过，一准不会忘。"

贵翼默默点头，觉得教师说得有道理。

那么，资历平为什么要把自己引到"风行钢琴社"呢？

"爷，要不，咱们去教务处再找找。我寻思着，小资少爷引我们过来，一定有他的道理。"林副官说。

贵翼正要说什么，忽然看见对面霓虹灯一片狂闪，有点讶异。从房间的窗口看出去，对面就是"兰心大戏院"。灯光齐刷刷地打照在一幅巨大的话剧《西施》海报上，手绘的暗红色剧名映衬着黑白演员头像剧照，显得神秘静谧。

贵翼眼前一亮。

他健步走到窗前。

"林副官。"

林副官走近他，贵翼指了指对面广告牌。

林副官定睛一看，吃惊地叫出声来："如意婶！她、她是演员？"

霓虹灯下，一组《西施》人物头像栩栩如生，美貌的西施，威武的吴王，悲壮的越王，妖冶的郑旦。整个广告画面充满了古老奇异的东方情调。

"如意婶"的脸经过修饰、化妆，变成了古装"郑旦"定妆照，那神情、那容貌却是胭脂水粉抹不掉的。她的下颚处有一行漂亮的楷体字："陈萱玉饰郑旦"。

这个意外发现让贵翼和林副官都有点惊喜感觉。

"陈萱玉？"贵翼想着，这名字倒挺洋气的，"走，去看看死人是怎么活过来的！"

化妆间里的混乱也属于有条不紊的混乱。大家各行其道，各化各的妆，妆台上搁着胭脂花粉，甚至还有演员的手提包。一些演宫女、太监的小演员蹲在地上吃面条。

陈萱玉已经化好了郑旦的妆，坐在化妆镜前，一边吸烟，一边跟演"越王勾践"的演员说话。

"您要说京剧，那帝王将相，有一股霸悍之气，唯我独尊！再看咱们话剧演帝王将相，那就是一群地主老财开大会……那不是上早朝，那是逛早市呢。你看那西施，嗨，嗨，有那模样的西施吗？喔唷，拿腔拿调的，有点感情好不好啊。这戏啊，得分什么人演……"

"是得分什么人演。"贵翼话到人到。

陈萱玉从镜子里蓦地看见了贵翼，她倏地就站起来，一转身，手里依旧捻着香烟，腰肢慢捻，一脸惊叹："哟，长官真是包龙图在世，在世海青天啊，这么快就来了。"

林景轩走过来，打趣地说："哟，如意婶，你可年轻了十多岁啊。"

化妆间的演员个个不约而同地站起来，悄悄散开。

陈萱玉笑着："演员嘛，装龙要像龙，装虎要像虎。"

贵翼敏锐地看了陈萱玉一眼，大跨步走过来，直接扯过一把椅子坐下来。

"如意婶。"贵翼说。

"贾先生。"陈萱玉说。

贵翼"呵呵"一笑，说："真是强将手下无弱兵。"

"谬赞了。我啊，就是照着剧本，念念词，演演戏，依计而行。长官勿怪。"

"依计而行？依谁的计？"

"谁给钱，就演给谁看啰。"

林副官"嗤之以鼻"，说："哟，您也真舍得演，人家如意婶都死了三年了。你说你青天白日演一死人，你心里不堵得慌啊。"

陈萱玉反唇相讥，说："演死人怎么了？西施娘娘死了一千多年了，一万个演员哭着喊着要演呢。人们还不是追着看。大光明电影院放'白蛇传'，盛况空前，那白蛇妖精还不得几千年了。"她吐出一个漂亮的"烟圈"，林副官不提防被烟圈"呛"到，一边拿手挥挥烟雾，一边咳嗽。

贵翼单刀直入地问："资历平在哪儿？"

陈萱玉答："他可不好找。"

贵翼不温不火地说："你帮我们找！"

他这一句话出口，化妆间门口几名侍卫站了进来。

房间里的空气顿时紧张起来。

贵翼的表情依旧很悠闲。

"长官,我们在江湖上混口饭吃,不容易啊。"陈萱玉转身掐灭了香烟,从镜子里看贵翼的表情。

贵翼面无表情,喜怒无形。

陈萱玉在考虑了,她继续去香烟盒里拿烟抽。

舞台监督不知从哪里一下窜进来,喊:"再有三分钟就登台了,嗨,第一幕有郑旦啊,准备好了吗?"他说着说着,发现哪里有点不对劲,傻傻地"杵"在原地。

陈萱玉放弃拿烟了,一个漂亮地转身,说:"准备好了。"

贵翼站起来,反问她:"准备好了?"

"长官喜欢古玩玉器吗?"

贵翼不解地说:"什么意思?"

陈萱玉从古装袍袖里拿出一份报纸来。

"我能帮你的,就这么多了。"

贵翼打开报纸,惊讶地看到一大篇有关巴黎大学著名教授"贵婉"将在沪江大学举办"文物的精神与文化"的讲座广告。

资历平的黑白照片清晰地印在报纸上,他西装革履,一派时髦的教授风度,气宇轩昂。

贵翼在心底不得不佩服资历平的运筹帷幄。

"你真的是准备好了。"贵翼说。

"不是我,是他。神机妙算,那叫一个聪明。"陈萱玉托着古装的长裙,向台口走去。语音悠扬地说:"臣妾郑旦恭迎陛下——"

舞台监督反应过来了,喊着:"候场了,候场了。"

片刻,前台传来一片掌声!

林副官偏着头,好歹看清楚了贵翼手上拿的报纸,有关"贵婉"教授讲座的内容,整整刊登了一个版面。

林副官嘀咕了一句,小资少爷到底在唱哪出呢?

贵翼的头忽然"疼"起来。他脑子里充满了疯狂的想法,从与小资相见,一幕一幕展开来,都不是什么好事。

"爷，咱们要不要现在去一趟沪江大学？"

贵翼低头看了看，报纸上登的演讲时间，是在明天上午十点钟。

"小资摆了这么大一个迷魂阵，就是等我们明天过去给他捧场的，不要拂了他的好意，坏了他的事。"

"哦。"林副官似懂非懂地应着声。

"他真是奇才可仰。"贵翼最终说了一句不知是褒是贬的话。

很显然，贵翼对这个同父异母的弟弟的所作所为无法首肯，但是，总感觉有一种惊心动魄的力量，牵引着他去探寻"贵婉"的秘密。资历平用近乎"血腥"的手段，诡异的计谋，迫使贵翼在震惊之余，对资历平穷追不舍。

贵翼下决心要洞悉"贵婉日记"背后所隐藏的一切真相。


贵翼回到官邸。

奇怪的事情发生了。

他惊异地看到了资历平的小童养媳妞妞。

# 不速之客

## 第八章

　　有一个人没有笑。她坐在不起眼的角落里,梳着齐刘海的发型,低着头,手上攥着同样的一张报纸。

妞妞上身穿着粉红色的高领立袄,领口一律镶着金边,配着粉红色绣花裙子,白色的长袜子,梳着漂亮的麻花辫,扎着湖色的蝴蝶结。胸前挂着如意金锁,粉嫩嫩的小手上戴着一个翡翠镯子。

前日是小家碧玉,寒门童养媳;今日如大家闺秀,名媛小千金。

贵翼心中纳罕,似乎凭直觉预感到又有什么事情要发生了。

"妞妞。"

妞妞像一只活泼的小鸟,从客厅里蹦蹦跳跳地一路扑腾到门口,直扑到贵翼怀抱里,叽叽喳喳地叫:"大哥哥,大哥哥。"

贵翼和颜悦色地说:"妞妞,你怎么来了?谁送你来的?你小资哥哥呢?"

站在贵翼身后的林副官,一听到"小资"两个字,立即明白贵翼的意思,他拔枪在手,迅速检查客厅和书房。

客厅和书房都没有人,林副官给贵翼递了一个"安全"的信号。

贵翼把妞妞抱起来。

妞妞说:"小资哥哥送我来的。他很忙,没有时间照顾妞妞,叫我跟大哥哥一起住几年。"

几年?

贵翼和林副官交换了一下眼神。

"去问问门口的侍卫。"贵翼对林副官说。

林副官点点头,赶紧出去了。

"妞妞,你吃晚饭了吗?"

妞妞鼓着小嘴说:"没有。小资哥哥叫我过来跟大哥哥一起吃。"她伸出小手拍了拍肚子,"妞妞饿了,妞妞要吃小笼包。"

贵翼说:"好,妞妞乖。稍微等一等,一会儿跟大哥哥一起吃晚饭。"他转身吩咐佣人把妞妞抱到楼上去。

"到底什么情况?"贵翼低头沉吟。

林副官走来,说:"我已经问清楚了。是方小姐的司机开车送妞妞小姐来的,说是军门请妞妞小姐过府小住的。"

"他们到底想干什么?"

"我寻思着吧,也许小资少爷真的遇到很大的麻烦了,所以,先把妞妞小姐送到我们这里来。"

"他哪来的自信我们一定会替他养孩子?"

"那、那妞妞小姐从道理上讲,是我们贵家的二少奶奶,他不往贵家送,你叫他往哪里送?送孤儿院?"

话音刚落,林副官就被贵翼敲了一下头。他嚷嚷着:"我就说说——"

"你小点声。"贵翼呵斥地,"好好的提什么孤儿院,一会儿让妞妞听见。"

"好好好,我错了,错了。不提了。"

晚餐开始了。

房间里多了一个孩子,多少添了些热闹。妞妞坐在高高的椅子上,有点够不着餐桌上的甜品,她咿咿呀呀地发出抗议。贵翼就替她拿到跟前来。妞妞吃得欢喜了,用小胖手碰了碰贵翼的脸颊。

贵翼微笑着,问:"妞妞,你小资哥哥在忙什么?"

妞妞说:"挣钱。"

"妞妞,你认得方一凡姐姐吗?"

"方小姐喜欢听小资哥哥弹钢琴。"妞妞很自得。

"妞妞,你今天的打扮为什么跟前天不一样啊?"贵翼问。

"今天穿得好看。"妞妞答非所问。

"那我们妞妞平日里穿得好看吗?"贵翼换了一种方式问。

"好看!"妞妞很高兴地从椅子上站起来。

"前天穿得就不好看。"贵翼故意撇了撇嘴。

"好看!"妞妞不乐意了,"小资哥哥说,大哥哥喜欢看妞妞穿花布。"她俏皮地仰着小脸,小嘴上是一抹奶油。

贵翼拿餐巾替妞妞擦干净嘴角。林副官走来,凑近贵翼说:"上海警备司令部侦缉处二科科长资历安前来拜访。"

"资历安?"贵翼对这个名字很敏感,突然想起来,有些质疑,"不会吧?"

"没错,我也纳闷呢。这个资历安跟小资少爷的二哥的名字一模一样。"林副官把一张拜帖送到贵翼眼前。

"侦缉处二科?"贵翼接过拜帖,琢磨着,"军统?"

林副官点头,说:"蹊跷吧?"

贵翼合上拜帖,说了声:"有请。"

走进客厅来的是一个个子不高,皮肤白皙,鼻梁削尖,精神略显疲惫的人。他穿的中山装虽不笔挺,但那不卑不亢的姿态,却也自有一番气势。

"卑职是上海警备司令部侦缉处二科的科长资历安,冒昧前来——"话音未落,贵翼身后传来妞妞惊恐的大哭声。

贵翼一回头,妞妞不知什么时候站到自己的背后,她"哇哇哇"地大哭着,用小手指着资历安,嘴里喊着:"坏蛋!打坏蛋!打!!"

贵翼意识到了什么,他指着林副官说:"傻站着干吗,把小姐抱到楼上去。"

林副官瞬间明白了点什么,他一个健步冲上来,抱着妞妞离开大客厅,直奔楼上。妞妞哭喊着,除了"坏蛋"还是"大坏蛋",资历安颇感有趣地看着这幅"意外"的画面。

"资科长,请坐。"

资历安回应地微笑:"谢军门。"

"来人,给资科长上茶。"

有侍卫上来,换上新茶。

"刚才那位小姐是?"资历安不露声色地问。

"我家小妹。"贵翼答得干脆爽快。

资历安微怔。

"小妹素来任性惯了,可能是怪我没有陪她一起吃饭,跟我撒娇呢。真是有失体统,让资科长见笑了。"

资历安客气地笑笑。

"资科长,我们军械局和你们侦缉处好像并无什么工作瓜葛。资科长此来是公事呢,还是……"

"公私兼有。"

贵翼浅笑。

既然是"公私兼有",谈话的顺序自然就是"先公后私"了。

"资某是特地为了前日贵府门前发生的'惨案'而来。我想贵军门也应该知道资某的来意……"

贵翼不咸不淡地说:"调查刑事案件,不应该是警察局的事吗?"

"是。程序上是的。只不过,这次的事件与上海地下党有关,属于'共谍'案,警察局的刘科长把案件转交给侦缉处了。"

当贵翼听到"共谍"案时,止不住心头大震,他按捺住震惊,端起茶杯来,喝了一口,态度娴雅,不似有什么惊触。

资历安敏锐地看了贵翼一眼,贵翼二话不说,单刀直入地问:"死的都是些什么人?"

"护士、大学生、股票经纪、自由旅行者。"

贵翼淡淡地说:"听起来并无公害。"

资历安的态度严肃起来,语音尖利地说:"贵军门!他们都是老百姓,无辜的市民。"

"是吗?我怎么觉得这四个无辜的市民都与资科长有着千丝万缕的联系呢?"

资历安语气加重:"军门的意思,与资某有联系就不是无辜?"

"资科长!我之所以认为你我的对话很无聊,是因为你一进门就开始撒谎。"

资历安怔着。

"侦缉处惯以抓捕共产党为工作要务,而警察局是破获刑事案件的。贵某的官邸门口突发'惨案',是以刑事案上报警方的,侦缉处这么快就接手这件案子,贵某有理由相信,这个案子并不是警察局主动移交给你的,这个所谓的'共谍'案一开始就是你的。警察局模棱两可地打了一个擦边球,你就顺理成章地把案子拿回去了。"

"贵军门臆断了。"

贵翼轻描淡写地说:"是吗?"

"资某承认,这个案子与侦缉处休戚相关。但是,资某并非有意撒谎,而是出于对案件的保密。实不相瞒,对于共党的谍报站,我们正在不遗余力地打击！对此，侦缉处二科付出了高昂的代价。如果，我们任由信息外泄，那么死了的人就白死了。"

死了的人就白死了！

贵翼渐渐明了，死者一定与侦缉处有重大关联。而这个资历安，一定经过了严格的询问和缜密的调查才来找自己的。

贵翼心头千回百转，蓦地想到那辆借给小资的救护车。

"资科长，你来的实际目的……就是向贵某索取一个答案，是吗？"

"军门明鉴。"

"你想问，是谁借走了那辆救护车。"

"对。"

"我想请问资科长一句，这辆车和凶杀案有直接关联吗？"

"当然。经调查，这辆军用救护车是由贵军门的司机去陆军医院借用的。"

贵翼点点头。

"可是，这能说明什么呢？资科长。假如，我说的是假如，假如我遇到了'敲诈'，遇到了不能解决的麻烦。假如我与四个死者有所仇恨。我坐这个位置，军火商都要看我的脸色，我犯得上自己派司机出面去借一辆破车，来坐实自己与杀人凶手有某种关联吗？"

"凶手也许在向军门邀功。"

"邀功？"贵翼脸上生出一种冰凉的寒意，"我一直就纳闷，我与这四个人无冤无仇，素不相识，为什么凶手费尽心机地要将他们的尸体送到我家门口。资科长一句'邀功'，令贵某人豁然开朗——除非，侦缉处杀了我的亲人，凶手杀了你的人，来向我邀功！这才说得通，资科长！"

资历安意识到自己说漏嘴了。

"你杀了谁？！说啊！"贵翼一声厉喝，资历安没坐稳，差点摔下来。他站起来，拿出一张"梅花"手帕擦汗。

"贵军门，你误会了，误会了。资某此来，一是前日之事，令军门受惊，资某不安，特来问候。二来，二来啊……资家和贵家也算有些渊源……我家——不，不，小资的事情，我还没向军门告禀……"他已经有点慌乱，口不择言。

贵翼原就是为了摆脱"借车"嫌疑,来一个"声东击西",资历安既然败阵,他就存了"穷寇莫追,见好就收"之心。

"资科长也是为了党国的利益,操劳过度,贵某可以谅解。"他那意思,你不追,我不打,各退一步。

资历安说:"是,是。"

"你,刚才提到小资……"

资历安又有些懊悔,不该莫名其妙地给自己找麻烦。话已出口,索性就直言相告了。

"想必军门也知道资历平。他原是我家三弟,后来,被革除户籍……"

贵翼故作一怔:"为什么?"

资历安叹了一口气,说:"家门不幸,说来话长。"

贵翼前一刻的心情恨不得立即把这个资历安踢出去,后一刻觉得他说半句留半句,弄得自己心里不踏实。

贵翼诱导地问:"……他,有什么事吗?"

资历安的嘴角泛起一丝轻蔑来,眼睛里透出讥诮之色。表面上还是彬彬有礼,不过,口气有点酸:"说实话,我不大愿意在外人面前提起这个孩子,尤其是在贵军门面前。我是一个重感情的人,不愿意去揭别人的短处,更别说小资也曾是我们资家的孩子,做人,总要留点余地。"

贵翼淡笑:"资科长话中有话啊。不过,贵某素来不喜欢跟人打哑谜,你还是直说了吧。"

资历安踌躇了一下。

贵翼看他似乎有难言之隐,为了让资历安放松心态,贵翼主动地替他开场:"俗话说,家家有本难念的经。资科长不说,贵某人心里也是明白一二的。"

资历安笑笑。

"说到底,小资是我们贵家的'弃儿',我从不希图资家会把他当成'宠儿'。但是,他既已进了资家的门,就理所当然的是你们资家的孩子。资家为何要先养后弃?"

"贵军门在质疑我资家的教养门风?"

"不敢。"

贵翼这句"不敢",其实是承认自己没有"资格"问责而已。

"贵军门认为我们资家放弃了一个家庭应尽的起码责任?"

"我只是想说,以他这种身世……以他的身份在一个大家族里,地位尴尬,想必家庭环境的等级约束会制约一个孩子的自由天性。"

"贵军门的话,真是一针见血。不过,这一次,贵军门对我资家的种种猜测,都会错意了。"

"愿闻其详。"

"家父性情豁达。家母信佛,生性散淡,宽厚体恤,家中事并不是十分拘谨。小资的母亲嫁进资家,也是做的'两头大'。家母和姨娘不怎么见面,姨娘喜好奢华,喜欢办一些文化沙龙,夜夜笙歌。因为家父在世时,是一名洋行的买办,场面上的事是少不了姨娘帮衬的。家父与姨娘与其说是夫妇,倒不如说是事业上的帮手,相互扶持,两相益彰。所以家庭里最好的教育资源都优先给了小资,预科也好,留学也罢,小资总是排在第一位的。小资并没有在资家受到过一丝一毫的委屈,正相反,资家对他优厚的待遇,让他毫无拘束,为所欲为。他酗酒、赌博,通宵欢宴,肆意挥霍钱财,谎话连篇,金玉其表,败絮其中。喜欢不劳而获。跟他那贪婪的母亲极其相似。"

贵翼听了这话,也是半信半疑,大约是没有料到这一层的情势反转,他略微迟疑了一下,说:"再怎么说,资家也是书香门第,怎么能对小资如此忽略,任其发展,竟无管束?"

"军门这话说得中肯。我知道贵军门心里是怎么想的。资家对小资放任自流,就是任他自生自灭!"

此言诛心!

贵翼竟无言以对。

"军门你又错了。"资历安说,"我们资家到底是世代书香,小资纵有些神通,却也是施展不开的。在门第这块砧板上,可以有桀骜不驯,可以有愤世嫉俗,但最终,都会被砧板上的刀剁得温顺、谦和、守礼。"

"砧板上的刀又是谁?"贵翼问。

"是家兄资历群。"

"哦？"贵翼脑海中自动浮现出"死刑犯"的字样。

"家兄的性格敦厚，也有凌厉浮躁之处。我的修为不及家兄十分之一，也没有家兄的手段。"

"听起来，小资也是吃过些苦头的。"

资历安笑笑，说："可惜，江山易改本性难移。贼终究是贼。"

贵翼的脸一下就挂不住了。

"留点口德。"

"小资是个骗子。"资历安没有丝毫退却之意，反而侃侃而谈，"贵军门有所不知，小资不仅仅是一个高明的诈骗犯，他还是一个作案手法高超的贼。他在法租界巡捕房是挂了号的头号骗子。他仿制古画、偷窃、敲诈，无所不为。他进监狱只是一个时间问题。"

贵翼清楚地明白了一件事情，资历平有"前科"。

这一切到底是怎么发生的呢？他在想。

"小资是如何离开资家的呢？"贵翼问。他措词极为谨慎，不说"小资被逐出资家"，而用了"离开"两个字。

"他当时偷拿了家里的钱。"资历安说，"其实，他根本没有必要这样做。"

贵翼没听懂："我听资科长这话，小资是刻意要离开资家的。"

资历安点点头："我一直以来都认为，他是故意为之，好找一个适当的借口，让资家主动开除他。他好过回从前的自己。"

贵翼疑惑起来。

对于小资的过往经历，他有点想不通，理不顺。

"小资除了有'不体面'的工作，还有一个草率的婚姻。"

"是吗？"贵翼漫不经心地挑了挑眉。

"他娶了一个童养媳。"资历安说这话的时候，眼光微微上扬，望着楼梯上的方向。

"听上去很荒唐。"贵翼在引导资历安往下说。

"还有比这更荒唐的事情他也能做出来。"资历安一脸深恶痛绝的表情。

"到底是什么事呢？"

"小资的房东是一个隐藏很深的共产党间谍。"

贵翼听了这一句，很吃惊。

"我们侦缉处一个月前侦破了一件共谍案。抓捕了一对夫妻，缴获了共产党的地下电台，而这个共党恰巧是小资的房东……"

贵翼不答话。做出一副倾听的姿态。

资历安有点尴尬，他原以为自己卖了个关子，贵翼就应该顺杆爬来问一声。

瞬间冷场。

"……这对夫妻是死硬分子，我们侦缉处的十八般武艺、七十二套刑具全都用上了，都没有撬开他们的嘴。"

贵翼冷眼看着他，依旧一言不发。

"……不过呢，我们手上还有一张牌，就是他们的孩子，小名叫妞妞。"

贵翼的脸色渐渐变了，身子也绷起来，目光冰冷，审视着资历安。

"我们也是被逼无奈才出此下下策。"资历安毕竟是心虚的。

"后来呢？"贵翼淡淡地问。

"小资居然把这个孩子'绑架'了，还留了封信给我，公然声称这孩子是他的'童养媳'，他有合法的收养证明，还威胁我说，我要敢搜捕这孩子，他就公布于众，让我成为众矢之的。"

贵翼的眉头渐渐舒缓，嘴角泛起一丝不易察觉的笑意。

"资科长说的是小资'绑架'了那孩子？但不知，小资是在何处下手'绑架'的？"

"刑房。"

"哪里？"贵翼惊诧着，他难以置信。

"刑讯室。"

贵翼的眼睛霎时红了，竟然自带几分"凶光"。他忍着，克制着，心尖上仿佛插着一把刀。

资历安感应到了贵翼眼睛里蕴含的火焰。

"贵军门，卑职是职责所在！"

"好一个职责所在。刑房重地，不用来拘禁重犯，倒用来关押一个孩子。资科长你这样枉顾法纪，滥用私刑，党国的颜面何存？"

贵翼的话也是自己在腹中考量了一番，才一字一句地稳妥说出，因为凡是事关"共谍"的案子，都必须用词谨慎。他清楚军统局的规矩，凡牵涉地下党的案件，都是"杀无赦"。

"贵军门说得好，资某人也是顾及犯人之女尚在幼龄，派人在刑房照顾，并没有强制拘禁。但凡'共谍'有一点点悔过自新之心，资某人也不会利用小孩去达成自己的目的。正因为疏于防范，才被小资有机可趁，当日，他是冒充狱警将妞妞'绑架'而去，这件事，卑职已经呈文上峰，有案可查。"

"那对夫妇呢？"

"什么？"资历安一愣。

"妞妞的父母。"贵翼强调了一下，"现在怎么样了？"

"已经处决了。"资历安回答得很干脆。

安静，房间里没有声音。

贵翼与资历安安静地对峙着。

"资科长来的目的，贵某已经了然于胸。感谢你对我的坦白，你说了这么多资家的家务事，让我深感意外。"贵翼稳稳地说，"我为资历平感到骄傲和自豪。资家要是不反对的话，找到他以后，我会让他认祖归宗。"

"您真的一点也不了解他。他会成为您家族里的祸害。"

"我倒认为他正直而有胆量。"

"就因为他'绑架'了一个'共谍'的女儿？"资历安不屑之情溢于言表，"贵军门不要忘了，你我都是党国的军人。党国的利益高于一切。小资是一名潜逃的罪犯……"

"他在你眼里是潜逃的罪犯，在我眼里，是一个有情有意的人。老实说，我对这个亲弟弟的好感已经极不平常了。"

贵翼用了"亲弟弟"三个字，资历安同样深感意外。

资历安良久从嘴里吐出一句话："那他真是遇到'贵人'了。"

贵翼嘴角边泛起一丝反讽且自负的笑意。

"资科长此言差矣，你我都是为国效力，何分贵贱？"话里有刀，而层层叠叠的关系，让两人都感觉空气窒息。

"我还有一个问题请教资科长。"

"贵军门请讲。"

"令兄资历群是共产党吗？"

资历安的嘴唇泛白。

贵翼质问资历安："你大哥是共产党吗？"

资历安稳住心神，说："他不是。他只是一个杀人犯。"

贵翼点点头，说："你们资家还真是人才济济。"

"贵军门。"

贵翼知道这话伤到了"资家"。

"你作为资家一份子，你大哥是杀人犯，你弟弟，哦，不，你挂名的弟弟是个贼。我很好奇，你如何处理好家庭关系？你就从来没有想过去挽救你的弟弟，或者给你大哥请个好律师？"

"我个人能力有限。而且，我从不顾忌别人怎么想。"

"你够坦白。"

"还有一件事，前天晚上，犯人资历群越狱了，警察局正在着手调查。如果，我说如果资历平找到军门，请军门转达他一句话，不要插手管闲事，特别是资家的家事。"

"你怀疑是资历平劫了狱？"

"兄弟情深，保不齐这件事与他有关。"

贵翼笑了："好一个兄弟情深。"

资历安皮笑肉不笑地动了动嘴，说："有关前天发生的惨案，我不会让凶手逍遥法外的。"

"在这一点上，我和你观点一致。我绝不会放过杀人凶手！"贵翼用一句铿锵有力、掷地有声的话，结束了他与资历安的首次交锋。

林副官是等妞妞熟睡后，才下楼来的。眼见地上一堆茶杯的碎瓷片，几名侍卫在清扫房间。林副官知道，一定是贵翼等"客人"走了，发了一通"火"，把资历安用过的茶杯统统砸得粉碎。

"爷,您没事吧?"

贵翼抬眼望他,反问他:"妞妞没事吧?"

"没事。"林副官说,"妞妞小姐已经睡了。小家伙在被窝里哭得很厉害,哭累了就睡着了。"

"资历安根本就不是人!"贵翼说。

"爷,他冒犯您了?"

"他是个混蛋!!"贵翼愤愤地说,"他把一个不满五周岁的小孩子,关进刑讯室!想让她直面亲人血淋淋的惨状!他就是一个畜生!!"

林副官听了这话,也挺震惊的。

"难怪呢。"

"妞妞的来处已经分明了,她父母都是共产党,而且,已经……"贵翼略作停顿,说,"去世了。"

"那,那小资少爷,会不会也是共……"

贵翼双眼圆睁,狠狠地瞪了林副官一眼,林副官心中了然,话到嘴边又吞回肚子里去。

"我就不明白,小资为什么会大张旗鼓地在报纸上刊登演讲广告,他就不怕侦缉处以'共谍'同谋之名抓捕吗?"

贵翼百思不得其解。

"还是小资另有目的,故意为之?"

贵翼把资历安的话从头到尾梳理了一遍,大约知道了资历平的"故事"。小资的房东是中共地下党,已经被捕遇难;小资的童养媳是"绑架"来的共产党遗孤;小资的大哥资历群是杀人犯,越狱潜逃。而这个变化多端的小资明日即将以客座教授的身份登上高等学府的讲坛去做演讲。

贵翼的眼眸落在那张资历平意气风发的广告报纸上——

"我希望我们重新开始认识彼此。"


能写一手好字真是一件很幸福的事。

资历平的粉笔板书写得龙飞凤舞，潇洒飘逸。他身材修长，戴了一副金丝眼镜，穿了一身笔挺的西装，手腕上伸展出来的衬衣袖扣，闪着粉钻的光芒，显得优雅高贵，洋派十足。阳光透过玻璃窗毫不吝啬地洒在资历平俊美的五官上，一种广博的文化浸染，一种潇洒风流的仪态，让课堂上所有的男生们钦慕，所有的女学生们快乐得芳心萌动。

资历平以"贵婉"之名，站在高高的讲台上，对着他的学生们微笑，眼底充满了使命感和责任感。他手边搁着一份报纸。

"原谅我有点自恋，我把这张报纸带来了。"资历平向学生们展示那张印有他头像广告的报纸。

同学们在笑。

有一个人没有笑。她坐在不起眼的角落里，梳着齐刘海的发型，低着头，手上攥着同样的一张报纸。

干净、朴素，阴丹士林的学生装衬得她格外清秀夺目。

资历平早就注意到她了。他的心底"轰雷"般震动，因为那个她，居然是方一凡。

她没有走。

确切地说，她才是自己千辛万苦要找的人——中共地下党。

"有的人认为，老师太爱慕虚荣了。说得对，人人都有虚荣心，老师也不例外。恰当的虚荣心可以促使人上进，过分的虚荣心足以摧毁人的自尊。我拿这份报纸来的用意就是……不要任意相信你所看到的，譬如这广告上的宣传词，把我吹得神乎其神，其实呢，我就是一个教书匠而已。"

方一凡默默地把报纸折叠起来，放回书包。

资历平看在眼底。

"你们在座的每一个人都很优秀。每个人都不可替代，或者没有人不可替代。"

同学们面面相觑。

"我讲的是人与'文物'的关系，人有魂魄，'文物'也是有魂魄的。一个宋代的茶杯，一个明代的青花瓷，它们都有可能被赝品所替代，唯一不可替代的是，他的魂魄，他的精神，他的信仰。"

方一凡句句入耳，字字存心。

她的目光终于迎向了资历平，二人四目对接。

"在西欧国家，学艺术史的多半会去博物馆工作，而在中国，历史系和考古系的同学会首选博物馆。其实，我们忽略了一点，文物也是艺术研究中一项顶重要的工作……"资历平感觉有异，果然，他看见贵翼等人长驱直入"冲"进大学讲堂。

贵翼大剌剌地坐在了台下第一排正中间，手下人四面散开，纪律严明，几乎没有什么声音。学生们不明就里，窃窃私语。

"请继续，贵教授。"贵翼说得很客气。

"贵军门前来听讲，贵某人深感荣幸。"

学生们听到"贵军门"三个字，又引起了小范围的"骚动"。

资历平定了定神，深深地吸了一口气。

"开讲前，我先讲几句题外话。我小时候，很怕黑，不仅怕黑，而且怕鬼。"资历平说。大教室里一片学生们的笑声。

"为什么呢？因为，我住在黑暗里，看不见光明。"资历平说这话的时候，眼睛看着台下的贵翼。

"为什么呢？"有同学问。

"因为出身不好。"资历平说，"因为我是优伶之子。"

台下瞬间安静下来。

有几名女学生下意识地咬了咬嘴唇，仿佛受到了伤害，但是，没有人离席。

"感谢同学们对我的宽容礼遇。"资历平手抚胸膛，居然对台下深深一鞠躬。

大课堂上顿时鸦雀无声。

学生们被他身上所蕴含的神秘的光芒而吸引，而动容。安静后，是一片掌声。

"我还要介绍一下，台下这位不速之客……"资历平过分强调着"不速之客"四个字，尽管这是显而易见的事。

"家兄——国民政府军械司副司长贵翼。"

贵翼十分得体地报以官方微笑,给足资历平面子。

"鸟贵有翼,人贵有志。"资历平说,"贵军门,尔有何贵?尔有何志?要叫贵翼?"

# 声东击西

## 第九章

你误以为你与前世尘缘邂逅了,其实呢,你是与久违的亲情邂逅相逢了。

贵翼脸上的官方笑容一闪而逝，他十分严肃地往前靠了靠，"你听着，"他说，"'贵'乃中一联合，是为中坚，贝字为钱，人向往之。何为贵？价高情重，是为'贵'也。翼乃从羽，振鳞奋翼，高飞也。为国守土，疆场翼翼；为民勤勉，小心翼翼。是为贵翼。"

资历平双目有神，饱含深意地一瞥贵翼，说："贵军门总是这样妄自尊大。"

"贵教授难道不是故弄玄虚？"贵翼说，"温顺为婉，品质为贵，你桀骜不驯，目无尊长，有何品质，忝称贵婉？"

"叫贵婉就一定要温良谦恭让吗？"资历平笑盈盈地狡辩，"贵军门难道不知'物以稀为贵'？"

"好一个'物以稀为贵'。"贵翼冷哼了一声，"贵教授是一向不守规则的吗？"

"规则不重要，重要的是决定规则的人。我决定怎么玩，就怎么玩。"

"贵某人奉陪到底！"贵翼说。

林副官眼见二人火药味溅起三丈三，赶紧说："和为贵，和为贵。"

贵翼觉得很诧异，林副官向来都是晓事的人，从来不会打断自己的情绪。他瞪了林副官一眼。林副官一哈腰，说，"爷，这是学校，都是孩子，吓着孩子了。不合适。礼之用，和为贵。"

"这位大哥说得在理，贵军门，你需要恶补一下文学课程。"资历平滑稽地模仿了一下林副官的动作。

和为贵。

台下有笑声。

"请诸位同学们见谅。家兄是军旅出身，此次赴上海上任，于百忙中抽出宝贵时间来与我相见，与有荣焉。"他言下之意，无非就是大家族"是非"多。

大学的讲堂毕竟是宽松和谐的，"贵婉"教授寥寥数语就截断了同学们的诸多猜想，开始接着听课，记笔记。

贵翼看着资历平，佩服他的定力和风度，如果不是这几天来被他牵着鼻子来回跑圈，贵翼倒真有一种错觉，惺惺相惜，相见恨晚。

"今天在座的同学们都是研究文物、文学和历史的，文史哲三大学科皆与文

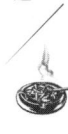

物研究的有必然关联。"资历平声情并茂地说,"我们与'文物'的相遇,其实是与历史的相遇。我打一个比喻。我们走在大街上,忽见一面貌与自己相似之人,我们会不自觉地停下脚步,在人群中回眸一瞥。也会偶然遇到一个十分投缘的朋友,彼此相见恨晚。你误以为你与前世尘缘邂逅了,其实呢,你是与久违的亲情邂逅相逢了。"

贵翼心中一块软绵绵的亲情情愫被击中了,他竟然有点难过。

"文物跟亲情有关联吗?"

"听不懂。"

学生们在问。

资历平看着贵翼说:"贵军门应该听懂了。"

"你装得挺像那么一回事。"

"军门海量,知人见道。"

"你为什么戴眼镜?"

"学术点,艺术点,斯文点。"

贵翼略有调侃地说:"我以为你眼睛出了毛病。"

"我俩谁的眼神不好,不是已有定论了吗?"

"现在下结论为时过早。"

"是吗?"资历平夹着粉笔头的食指轻轻一弹,"那就来分一个高下吧。"话音未落,资历平一脚踢翻了讲台。讲台的倾斜度正好可以砸到贵翼,贵翼完全没有料到,这个斯斯文文的秀才毫无预警地翻脸。宽大的木质结构讲台从高处滚来,贵翼以军人的速度,闪身、卧倒、护住头颈。

资历平犹如一股旋风,"嗖"地一下冲进了休息室,反锁住门。然后,他从另一侧走廊撤退。

林副官等人大叫着冲上来保护贵翼。

学生们惊叫着,大伙儿作鸟兽散。方一凡混在人群中,悄悄离去。

贵翼从地上爬起来,十分狼狈。吼了句:"去追!"林副官等人冲向休息室,才发现休息室的门被反锁了。

"走楼梯。截住他。"贵翼说。

资历平以最快的速度跑到楼梯拐角处。楼下传来脚步声。资历平顺着楼梯往下看，贵翼一马当先已经上来了，他身后跟着两个侍卫。

资历平回头看身后，林景轩带人已经冲破休息室的"防线"，向自己逼近。

贵翼说："你以为你会逃出我的手心吗？"

资历平有所动作。

贵翼拔枪，吼："站着别动！"

资历平不动了。

"别紧张，贵军门。"

"是你紧张吧。"

林副官等人已经从后面封住了资历平的路。

贵翼说："把手举起来！"

资历平高举双手，表示投降。

贵翼喝道："跪下！"

资历平特别听话，就在楼梯口跪下。

贵翼从楼下往上走，一边走，一边稳住资历平的心神，跟他对话。

"为什么选择上文物课？"

"因为历史悠久，影响深远。——我给你留个深刻的印象不好吗？"

"你觉得你给我留下的印象还不够深刻吗？"

资历平调皮地一眨眼："小打小闹，大餐前送给贵军门的开胃菜。"

贵翼收起了枪，正要有所动作——

资历平一个标准的"鲤鱼打挺"，飞起来，双脚踢向贵翼前胸，贵翼没有想到他瞬间反扑，被他踢翻，滚下楼梯。

林景轩一声惊叫的同时，资历平破窗而出。

资历平的动作是连贯性的，从踢翻贵翼，到侧空翻窗，纯粹的戏曲舞台动作，姿态流畅，一气呵成。

林副官惊叫着，也顾不及去看看贵翼，冲到窗前，去看资历平。

只见楼下有一个临时搭建的"读书棚"。资历平飞身落在硕大顶棚上，顶棚受外力撞击，顿时倾覆，资历平落在散落的书籍上，有惊无险，平安着陆。

林副官这口气才松下，贵翼撑着受伤的腰，已经奋不顾身地冲上来了，问："他怎么样了？"

林副官用眼神示意贵翼自己看。

贵翼灰头土脸地站在窗前，往下看。

资历平站在楼下，冲贵翼一笑，一边挥手道别，一边转身就跑，他向校园的花园方向一路狂奔。

资历平早有预谋。他连"逃跑"路线都是事先"设计"好的。

贵翼怒不可遏："追！"

"是。"

一队人马，稀里哗啦地往下跑。

资历平飞奔入林荫深处。他一边跑一边脱外套，衣服、裤子全都脱了，抱在手上。原来，他里面穿了一套学生装。

资历平跑到一个大的花坛边，伸手拿起藏在那里的学生帽和红围脖。他把手上的衣物塞进花坛的花丛里，鲜花被他给野蛮地折损了。他忙而不乱地给"花草"致歉，继续跑。

由于大课堂上突发的"意外"事件，被惊扰的学生们慌里慌张地从教学楼里纷纷而出，大伙儿成群结队地没头苍蝇似的乱窜，正好给了方一凡和资历平可乘之机，借乱势而隐藏。

"运气不错。"资历平从容不迫地贴近了方一凡。

他们都夹杂在学生群里行走着。

"离我远一点。"方一凡低着头说。

"听着，我是在救你！"资历平说，"你不该瞒着我，你早告诉我……"

"我听不懂你在说什么。"

资历平一把拉住她的手，仿佛一对"小情侣"："你答应过我，帮助我拿到贵翼的签名，然后去巴黎。是啊，'普林斯顿的红玫瑰'一夜之间消失了，变成了沪江大学的女学生。这发型一点也不适合你。"

"你大哥在哪儿？"方一凡截断他的话，"这是我今天冒死来接头的唯一目的。我以为你是，其实你不是。"

"原来不是,现在是了。"资历平坚定地说。

方一凡心头一震。

"你不要出去,至少现在不要走出校园,门口一定会有侦缉处的特务监视、盯梢。"

"运气真坏。"方一凡说,"可我必须出去,你摆了一场乌龙,让我错误地选择了接头地点,事情被你完全破坏掉了。我要设法挽回。"

"千万别去红玫瑰茶餐厅,是叛徒设的陷阱。"资历平说。

方一凡再次被"震惊"。

"你怎么知道我要去红玫瑰茶餐厅?"

"我还知道你们的人在找'烟缸'。"

方一凡盯着资历平的脸:"你到底是谁?"

"我就是'烟缸'。"资历平说。

"用什么证明?"

"用行动来证明!"资历平说,"我如果不是'烟缸',你现在已经死了。"他看看手表,指针走向中午十二点三分,"我替你去'红玫瑰茶餐厅'接头,换句话说,我替你去把叛徒找出来。"

"我要见资历群。"

资历平忽略她的请求,也不在乎她的态度,他自顾自地说,"丢掉你书包里的报纸和武器,如果你有的话。"

她的确有武器。

方一凡没有动。

资历平抛下她,扬长而去。

方一凡一转身,就看见贵翼、林景轩等人向自己的方向跑来。方一凡低下头,她改主意了,她决定不再冒险,她向校园深处走去。

方一凡决定暂时不走出校园的大门,她有了新的考虑和计划。

阳光树影下,贵翼、林副官等人跑得满头大汗。

"去学校大门,他绕来绕去,还得从大门出去。"贵翼说。

只差一步。

或者说是迟到一步。

贵翼和林副官眼睁睁地看着资历平从一条小径穿插出来,直奔校门口的几辆汽车。资历平绕过前面两辆吉普车,来到贵翼的座驾"劳斯莱斯"豪车前。

贵翼远远地喊着:"拦住他!!"

说时迟那时快,资历平凶猛地一把把司机扔了出去,发动汽车,冲出校园。他身后是一片叫嚣声和汽车轰鸣声。

资历安对苏梅失望透了。

他甚至有些懊悔自己在她身上付出了太多的时间和精力。假如在一开始抓捕她的时候,就一枪毙了她,也不会弄到现在自己进退两难的难堪境地。

她想嫁给他。

她居然想嫁给他。

而他在不知不觉中竟然开始迷恋她,这是一个极端的错误。仿佛老鼠爱上了猫,终究会被吃掉的残酷命运。

苏梅是资历安手下的一名"眼线",所谓"上海警察厅刑侦二处新任探员",不过是资历安通过自己的老同学刘玉斌为她临时"安置"的一个头衔,好让她能在第一时间替自己赶去"案发现场",为同僚收尸。

资历安耗费了大半年的精力,部署出来的"换谍"计划,就在一夜工夫,被人破解,这也是他开始厌恶苏梅的原因。他一直很信任这个共产党的"叛徒",利用她的经历和特长去织网捕鱼。可惜,她"出狱"后,一直没能和"组织"接上头。像这一次苏梅固执地要求"登报"接头的古老方法,资历安一直都是半信半疑的,直到他看到了资历平冒充贵婉"登报"的演讲版面,他终于相信了这简单且有效的工作手段。

在情报工作中,手法越简单越经典。

他没有派人去惊扰那个幼稚可笑的资历平,只是派人去沪江大学门口蹲点拍照,他相信,漏网的"鱼"一定会出现在照片里,他没必要去打草惊蛇。他此时此刻坐在红玫瑰茶餐厅的角落里喝茶等待着,他盼望着苏梅能给他一个惊喜。

苏梅坐在靠窗的位置上，这个位置能让窗外的人对自己一目了然。她脸上笼罩着一层薄薄的阴影。因为她的"善变"，因为她的"多种身份"转变，她的同僚和她敌人往往会让她混淆不清。苏梅自己给自己总结了一句话："这世上多半都是我的敌人！"不管资历安如何鄙视自己，苏梅知道，她从来都没有"输"给他过。

她在等一个机会，证明自己具备出色的谍报工作能力。

"砰"的一声，茶餐厅的门被推开了。资历平一身学生装束，朝气蓬勃地走进来。坐在阴暗角落里的资历安一眼就认出了资历平，他刻意把礼帽压低了帽檐，好在他坐得很远，以至于资历平的目光基本上探测不到他的存在。

苏梅在喝咖啡，她的桌子上放着一张报纸。

资历平选了一个靠窗的位置，坐下。他既可以看到苏梅的侧面，又可以跟她保持一定距离。他也拿了一份报纸来看，要了一壶英式红茶。

一辆劳斯莱斯傲慢地横在街面上，仿佛是一块指路的"指示牌"，一脸骄横跋扈的姿态，突出了资历平的个性。

贵翼等人一路追来，有点气急败坏。他先是看见自己的座驾，然后从沿街的茶餐厅玻璃窗上看到资历平的侧面。同时，他也看到了苏梅的侧面。他对这个女人有印象，来自于那句戳心窝的话："您家里最近有人遇害吗？"

贵翼敏锐地感知到了什么，他下意识地四周看看，街上潜藏着一股精干的力量，贵翼闻到了火药味。

"他倒是真心诚意'请'我来的。"贵翼脱掉了雪白的手套，递给林副官。

林副官已经跑得昏头转向了，不知所措地应一声："是。"

"去给军械局打电话，叫他们马上派宪兵过来。"

"是。"林副官两腿一碰，一愣神，"爷，你要干吗？不就逮一个少爷吗？用得着派宪兵吗？"

贵翼用眼角的威光扫视了林副官一下，林副官二话不说，一个立正，大声说："是。"

茶餐厅的门"嘭"的一声被撞开，声音很沉，很有力。餐厅的服务生和"客人们"都被震得一愣一愣的。

贵翼等人长驱直入。他直接走到资历平的面前。有服务生想近前,被两名带枪的侍卫给挡在后面。

贵翼向周围扫了一眼,凭他军人的本能,他感应到了苏梅的目光,以及隐藏在角落里的"客人"的目光。

目光是充满了戒备和敌意的。

偏偏资历平的目光是善意的,亲切的。

他仰着头,笑看贵翼。目光清澈,像个邻家大男孩。

贵翼盯着资历平脸上的表情,他很平静,温和,有一股"优雅"的痞子味道。贵翼心火难抑,想着自己被他设计、被他利用,甚至被他当作了一个提线木偶,在不知不觉中替他扫清了障碍,还不得一个"谢"字。

现在他就坐在自己对面,规矩且文雅。

"你怎么不跑了?跑啊,继续跑啊。"贵翼说。

资历平抿嘴一笑,"我就借你的车兜兜风——"他话音未落,贵翼端起桌上的一杯柠檬水,向资历平泼过去。

贵翼动作很迅捷,眼神极为阴郁,嘴角边绽开一丝冷笑。

资历平的面颊上挂满了晶莹剔透的水珠,前额的头发湿漉漉的,眼睛的睫毛上也裹着一层水雾。他正襟危坐,表情毫无温度。

"反应好大。"资历平说。

"你是不是把我当作你舞台上的一个活道具?"贵翼一字一顿地说,"不,不仅仅是一个道具,而且,是被你催了眠的道具。而你,连后台化妆都省了。"

此时此刻,打完电话的林副官,拨开几个看热闹的闲客,贴到贵翼身边,站得笔直。

"贵军门息怒。——我为我鲁莽的行为,向尊贵的先生道歉。您要的是这个吗?我可以更谦卑的,先生。"

贵翼冷笑地说:"现在交心,你不觉得晚了点吗?"

"我没打算跟你交心,我只是在跟你谈心。你我之间彼此互有隐瞒,互有长短。"

"长是什么?"

"长是诚意。"

"短呢?"贵翼问。

"贵军门的短处是太过骄傲,而我的短处是不够虚心。"

"所以你来取长补短。"

"是取大舍小。"

"谁是大?"

"贵军门是大。"

"谁是小?"

"小弟是小。"

"亏你还有脸说,你利用了我的同情心。"

"不是。我利用了你自以为是的掌控心。"

"说得倒是头头是道。"

"谢军门明察秋毫。"

"你除了激怒我,还有什么特别要说的话?再接再厉!"

"不敢。冒昧地说一句,小资身上的这些特质,不是让您特别'赞赏'吗?"

贵翼不避讳:"确实如此。"

"那好,请军门把我从这里带出去吧。"

"你说什么?"贵翼有点啼笑皆非的感觉,"我不知道你设了什么圈套,耍了什么花招。我的耐心已经被你给耗尽了。我不是你召之即来挥之即去的傀儡。"

资历平恳求地说:"你把我先从这里带出去,我告诉你……"他站起来,附在贵翼耳边说,"谁杀了贵婉。"

"你!"贵翼一下就明白了,自己现在仍然是资历平手上的一颗棋子,贵翼的直觉一直很准。

贵翼笑笑,"看来,你仇家不止一个。你不是很会算计吗?干吗不算算今天你会不会分身术,会不会有牢狱之灾?"

"你应该知道,我并非无所不能。"

贵翼"哈"了一声。

"人在身处绝境的时候，最想的就是得到亲人的帮助。"

贵翼听他刻意用了"亲人"两字，嘴角边挂起一抹反讽的微笑，"可是我不想帮你！"他很决绝，"你就该受点教训。"

"当然，你也可以选择不帮。"资历平坐下了，口气薄凉地说，"你会眼睁睁地看着我死在你面前。你无意中错过了一次，你还可以再错一次！"

贵翼突然发飙了，他双目圆睁，伸手一把揪住资历平的衣领，把他给拽起来："你！你是怎么知道的！"贵翼声音有些嘶哑。

资历平一双眼睛里竟然蓄起了泪花。

贵翼此刻像被荆棘刺伤的野兽，低吼："我警告你，不准再提贵婉的事。"

"这个你说了不算。"

林副官一看苗头不对，说："爷，咱们有什么，回家去说。回家慢慢说。"他在给贵翼暗示，说多错多，林副官怕被隐藏在茶餐厅不明身份的"客人"拿住把柄。

贵翼狠狠地把资历平扔回原位。

"我不会轻饶你的。"贵翼直直的眼看向左右，对林副官说，"带走。"话音未落，整个茶室里突然冒出无数个持枪的人，所有的枪口都对准了资历平，当然，也包括贵翼。

贵翼的侍卫们也把枪口对准了侦缉处的特务们。

贵翼一掌拍在茶几上，茶几上的灯具和杯碟丁零当啷一阵乱颤。贵翼脸色铁青，喝道："想造反啊！"

林副官双手伸展，吼着："放下枪！小心擦枪走火。"

"贵军门息怒。"持枪的人群中，资历安站了出来，"兄弟公务在身，得罪军门了。"

贵翼顿时来了兴致："好极了！好啊。今儿资科长唱的是哪一出啊。养弟亲兄都来了，'连环套'开场，'恶虎村'起霸，齐活了。就差了一个——投名状。"贵翼的眼中闪烁着极度亢奋，"贵某人算不算你资科长的投名状？"

资历安平静地说："兄弟就算要拿投名状，拿的也是共产党。"

贵翼冷呛一声："谁是你兄弟？"

"卑职职责所在……"

"谁是共产党？"

"我们侦缉处正在全力调查共党交通局一案。今天的红玫瑰茶餐厅就是共党接头地点。"

"资科长的意思，今天有谁踏进这个门，谁就是共产党？"

资历安纠正地说："谁就有可能是共产党！"

贵翼故意拿腔拿调地重复一遍："是有可能啊！你不确定吗？"

资历安无语。

"你不确定，你拿枪对准我？"

资历安对手下摆摆手："放下枪！"特务们面面相觑地放下枪。

"抱歉，贵军门，我们不是针对您的，我们是在抓捕诈骗犯资历平。您面前这个小贼，是个诈骗惯犯。"

资历平对贵翼说："别听他的，我只是有案底。"

资历安指着资历平说："你敢说三年前上海博物馆的失窃案不是你做的？"

"你有原告吗？警察局有立案吗？法院开了传票吗？"资历平转头对贵翼说，"陈年旧事了，我早就金盆洗手了。"

贵翼问资历安："你有原告吗？没有原告，就没有被告。"

资历安被呛住。

资历平笑意盈盈地对资历安说："我一直很受业内爱戴，不像资科长，听说侦缉处的同事个个都想弄死你。"

林副官怕出事，一指资历平："你安静点。"他准备带资历平走。

资历安挡住了去路："贵军门，你不能带他走！他是共产党！"

贵翼对资历安一脸寒冰："你说话小心点，资历安！"

"贵军门，你再官高权重，也是党国的军人！一切当以党国利益为重！"

"资历安，你哪儿来的自信？你资历安就代表党国了？——哈，你自信得都快把我给弄紧张了。"

"资历平有重大的共党嫌疑。"

"证据呢？空口无凭！拿证据给我看！"

"他今天来就是打算跟'共党间谍'接头的。我们之所以没有直接证据，原因就在于，他不在我们跟的这条线上。"

贵翼冷笑："我觉得你直接演示给我看，比较容易懂。"

资历平说："不用演。"他一指苏梅，"共产党在那儿。"

苏梅脸色煞白。

资历平脸上露出一抹难以捉摸的微笑："猜对了。"他来这的目的达到了。

苏梅站起来，强作镇定地说："我不知道你们在说什么？我、我——我只是来喝下午茶的。"

资历平对苏梅说："据说，我二哥的未婚妻是一个共产党叛徒，说的就是你吧？二嫂？千万别走夜路，夜路走多了遇到冤鬼。"他目露凶光，杀气腾腾。

苏梅的真实身份就这样暴露在光天化日之下了。资历安怒不可遏，扬手给了资历平一记耳光。

林副官生气地推搡资历安："你干吗打人！"

贵翼对资历安厉声喝问："你打给谁看！"

"没人敢干涉我的生活，何况你这个贼。"资历安恨恨地对着资历平说。

"传言是真的。二哥，你别狗急跳墙。注意身体，心脏已经坏透了，还怕不死。"

林景轩对资历平重复一句："你安静点。"

资历安转对贵翼说："贵军门，你也听见了，他叫我二哥。我们资家的孩子，自有我们资家的人来管教。我要把他带回去。"

贵翼转头就问资历平："你叫什么名字？"

资历平稳稳妥妥地答："贵婉。"

贵翼"唰"地冷下脸，说："大声点！"

"贵婉！"资历平的回答几乎与贵翼的音频拉平了。

"资科长，您听清楚了吧。他叫贵婉，我叫贵翼。他是我们贵家的孩子，我要带走我家里的孩子，不过分吧。"

资历安的脸色难看到了极点："您这是跟我为难。"

"不是为难,是为敌!"

"理由呢?"

贵翼笑起来,笑得很阴沉,笑得让人头皮发麻。"你还真把自己当一回事啊。"他贴近资历安的人,盯着他的眼睛,说,"我要你死,不需要理由。"

贵翼的气势取得压倒性胜利。

玻璃门外,军靴攒动,一队宪兵全副武装地冲进了红玫瑰茶餐厅。资历安隐隐约约感到有些不妥。

宪兵们直接包围了整个茶餐厅。

资历安恐慌起来:"贵军门,您这是要干什么?"

贵翼不慌不忙地说:"资科长你有所不知,上海军械库最近发生失窃案,我们接到线报,说有黑市军火商在红玫瑰茶餐厅做黑市交易。资科长,你也知道,贵某也是职责所在,要对党国负责,你抓你的共产党,我杀我的军火贩子,我们井水不犯河水。来呀,搜查整个茶餐厅,检查所有人携带的枪械。凡有不在所属部队、单位编号的枪支一律收缴。"他面对资历安,微笑着,轻声但是清晰有力地说,"抓人。"

资历安完全没有料到,这个受过高等教育的党国军官,居然也会用这种"下三滥"的手法,故意讹诈。

军械局的宪兵们开始搜查行动,命令所有茶餐厅的"客人"缴械检查。侦缉处的特务们对宪兵队历来没有反抗力,乖乖服从命令。

"柯尔特1911A1型——好,没问题。侦缉处二科专用枪——这是什么?勃朗宁手枪,没有编号,没有烙印。黑市手枪,抓人!"

"毛瑟手枪,有编号——不是你们二科的编号。抓人。"喊哩喀喳,有条不紊地查枪、抓人。侦缉处的特务们叫苦不迭。

苏梅也遭到全面检查。

"解释一下,为什么身上有武器?"宪兵问。

苏梅无奈,实话实说:"我是上海警察厅刑侦二处新任探员。"

"探员需要24小时佩枪吗?出示你的证件,佩枪号码,持枪日期。"

苏梅远远地看了一眼资历安,她知道,这一仗,一败涂地。她暴露了自己,同时出卖了资历安的无能和庸碌。

苏梅把枪掏出来，放在桌上，接受检查。

"好好检查侦缉处二科的枪支序列号，不该是他们处里有的，一律先没收武器。工作量虽然大点，但是对党国负责。"贵翼说。

资历安完全没有想到会有如此困境，他向贵翼服软："贵军门，真有必要这样做吗？兄弟们也是为国效力。"

贵翼态度诚恳地说："我真不喜欢这种处理方式，简单，粗暴，毫无道理可言。可是，规矩就是规矩。违规就得抓！犯法就得杀！当然，我也不排除看了资科长对于今天茶餐厅抓捕'共谍'案的报告后，再修改处理方式。抱歉，贵某公务在身，我就不奉陪了，宪兵队会跟你好好谈的。"

资历安还要进言，被林副官拦住："资科长，配合军械局搜查被窃枪支也是你分内之事，是每一个党国军人的义务，你身上要有私藏黑枪，趁早交出来，我看在你和小资少爷也曾为兄弟的分上，乐意为您保密。"

"你！"资历安气结，一口闷气堵在咽喉。

"恕不奉陪。"林副官说。

"干得漂亮。"资历平说。

"把他铐起来。带他走！"贵翼给林副官下命令，资历平被背铐起来。

资历平对林副官说："我看出来了，贵军门是个喜怒无常的主。我真担心你在他身边呆久了，得抑郁症。"

林副官笑笑："担心你自己吧。"

资历平走过资历安眼前的一瞬间，资历安说："你终于成了贵家的人，如愿以偿了。"

资历平一仰头，对资历安说："这实在不是什么值得庆祝的事。"

贵翼对资历平喝道："闭嘴，不然我马上把你扔给他。"

"贵军门毁了我的案子，就为了一个'贵婉'？"资历安说。

贵翼心被刺了一刀。

资历平对贵翼说："他会享受你的痛苦，你千万别让他得逞。"

贵翼控制住情绪，对资历安说："我告诉你，你千万别让我查出来，你跟贵婉的死有什么瓜葛,我会让你死无葬身之地。"

资历平大声喝彩:"好!说得好!"

贵翼一把揪住资历平衣领,大跨步拎着他往前走。街面上,梧桐树下,影影绰绰,贵翼并不介意,他意气昂扬地走着,有侍卫替贵翼打开车门。资历平探身要坐,被贵翼一把拎到车尾去。

贵翼打开汽车后备箱,把资历平扔进去。林副官替资历平捏把汗。

贵翼要关上车后盖——

资历平很诚恳地说:"贵军门,我们把这一页翻过去吧。"

贵翼似笑非笑地看着小资的脸。"你说翻过去就能翻过去了?"他"砰"地一挥手,关紧汽车后盖。

"军门、军座,不是,我的爷!您息怒。您说小资少爷这身子骨……后备箱空气又不好……如今老爷病着,小姐已经没了,您再把这个也折腾病了,他原本就是老爷的一块心病,您不看僧面看佛面。"林副官说。

贵翼在气头上,板着一张脸,问他:"你上不上车?"

"得,得,您说了算。"

一个深邃而狭长的目光从对街的二层楼房上投下,中共地下党交通局的军医苏成刚目睹了在红玫瑰茶餐厅发生的一切。

后车盖打开,一束阳光射进后车厢。林副官几乎愣在那儿。

"怎么了?"贵翼问。

"没、没怎么。"

贵翼走过来,看见一幅很安静的"画"——资历平睡着了。

资历平背铐在一个黑暗狭窄的空间里居然酣睡了。阳光照在他清秀的眉目上,一种暖洋洋、依赖温暖的情绪笼罩着他全身。

资历平已经把这个后备箱当作最安全的"家"了。他的脸色红扑扑的,左太阳穴上一根细窄的青筋在抽动,贵翼疑心他在发烧。

贵翼淡淡地说:"到家了。"他心里百味杂陈。

林副官几乎确定,他从贵翼的声音里听出了"心疼"的味道。他知道了,

贵婉日记

贵翼是真的把资历平当成了"贵婉"。

林副官在心底深深叹息了一声。

# 凶手

## 第十章

"那天,天气很冷。她痴痴地看着马车窗外漫天飘雪的世界,对生命充满了留恋。我说,你真悲观。难道这是你看到的最后的雪花。"

贵翼一拳打在资历平脸上，资历平被他打倒在地。资历平因双手背铐，无力回击，疼得蜷缩在地毯上。

"这一拳是还你那一脚的！居然敢跟我动手！"贵翼说。

"明明是你动手，我就动了动脚。"资历平依然不失风度地调侃，"你当时挡着我的路了。"

有恃无恐！

贵翼对资历平的"狂"有了太多的认识，以至于他忽略了一个问题，他凭什么在自己面前"狂"，他的"狂"隐藏了大量的内心活动，他其实是"走投无路的狂"，而非本性。

"我若要你服从，你不是我的属下；我若要逼迫你坦白，你会说我倚势凌人；所以，我要让你诚心敬意地遵从，明白吗？因为这是我们中国人的传统。"

"贵军门是重话轻实吗？"

"贵大教授的话，恐怕我没有听懂。"

"您无非就是叫我从头道来，表面上以礼相待，骨子里还不是刑讯逼供一样的套路。传统？诱供？惋惜？"资历平声音轻而有力，"你抓不到我什么。"

资历平的话敏捷而又准确。

贵翼从资历平身上看到了贵婉的影子，坚忍不拔，机智聪明："你真的是有恃无恐，我想问的是，什么人是你可恃之人？"

"远在天边，近在眼前。"

"我？"贵翼的表情略有夸张。

"我。"资历平很镇定。

"你以为你是谁？"

"我是贵婉！"

贵翼脸上一点薄薄的笑容转而变成淡淡的忧伤："小资，不是什么话都能随随便便说的，说话也得考量分量，不是什么事都能随随便便去做，做事要考虑承担后果。不是什么人都能随随便便当的，当了贵家的孩子，是要守规矩的。做事有序，做人守信，做男儿有担当有血性，能屈能伸，才是贵婉。"

一席话，平淡中有威力，忧伤中有勇气，顿时削了资历平一半的锐气和骄傲。但是，他依然强撑着底气，他有一股江湖豪气。

"贵军门，我不过就是借了你一辆车，你兴师动众地把我给抓来，你是打算要租车费吗？开个价啊，贵军门。"

贵翼厉声喝道："四条人命，什么价码？"

贵翼的威严做派顿时压倒资历平的清高不逊。

"我欣赏你。欣赏你，不等于你就可以为所欲为。你不能挑战我的权威，更不能挑战律法。"

"我向您道歉。"

"这不管用。"贵翼说，"道歉管用还需要法律来做什么？"

"你有证据吗？"资历平问。

"拿一双小姐穿过的高跟鞋过来。"贵翼话说得很轻巧，资历平心中一紧。

贵翼说："你不承认你犯过案，也不要紧。当天凶徒是穿了我妹妹贵婉的鞋子去杀的人。只不过，鞋子不合脚，凶徒的脚背上一定留有两路瘀血的痕迹。你没做过，你穿给我看。这是你自证清白的最好时机。"

资历平感觉自己落在刀口上了。

"不敢穿啊？"贵翼淡淡地笑起来，笑容里带有一抹自负，"你做了贼，就不该请我去分赃。"他的眼光凌厉起来，"既分了赃，就得把账目一笔一笔给算清楚了。"

"你想证明什么？"

"穿！"贵翼猛地冷喝了一声，"让我们看看你的庐山真面目。"

"是我杀的！"资历平承认了。

答案来得过于迅猛。

"四个都是？"

"四个都是。"资历平昂起头，"我是凶手！"

凶手当前，四条人命。林副官不敢懈怠，拔枪在手，按住资历平的肩膀，说："跪下。"

"他们都是有罪的！"

贵翼等他下一句，果然，他听到了自己想听的话。

"他们都是杀害贵婉的同谋！"

一语击中要害。

贵翼双眼犀利如刀！他倏地站起来，军靴有节奏地在地毯上踱步，他再转过身来的时候，手上拿了本"贵婉日记"，他小心翼翼地翻开最后一页，里面是用彩色涂料笔写的3个数字，3字上打了一个括弧，标注了2和1。

"绿色的3，泥色的2，白色的1。"

这是一本天文书。

贵翼把日记本翻转过来，让资历平看了一眼："你口口声声不离贵婉，你先来告诉我，这3—2—1，是什么意思？"

"春色三分，二分尘土，一分流水。"

妹妹想挽住春色？"她留得住春色吗？"

"不是春色，是挽留生命。"资历平答。

贵翼盯住资历平的脸，不必多言，双方这种语境问答，能使彼此最快掌握对方的秘密。

"你跟贵婉是什么关系？"

"从哪论？"

贵翼冷峻地扫了资历平一眼。

"我是说，从贵家论？还是资家论？"

"你还想从贵家论？"贵翼的话别有深意，"你觉得你有这个能力吗？"他不说"资格"，他说的"能力"就是"正直而善良"。

资历平颔首，表面很顺从，却从嘴里"蹦"出一句话来，一句令贵翼当场瞠目结舌的话来。很简洁，很清晰。他说："贵婉是我大嫂，我是她的小叔子。"

"谁？"贵翼懵了。

几乎是晴天里一个霹雳。

"你说谁？"

"贵婉是我大嫂，我是她小叔子。"资历平近乎机械地复述了一遍。

"贵婉结婚了？"贵翼摇着头，眼睛模糊得不能再模糊，"我妹妹居然瞒着家里人结婚了。"他喃喃自语，目光更加迷离。"我不信。"贵翼坚定地抬起头，严厉地瞪着资历平,厉喝了一句:"你撒谎!"

"我没撒谎!"资历平的眼睛里闪烁着倔强的光芒,"我没撒谎。"

事实就是事实,无可讳言。

"贵婉到底是什么人?"

贵翼其实已经怀疑贵婉是中共地下党了,他被自己这种猜测所折磨。他宁肯相信自己是"妄断"。

"共产党!"资历平的回答是坚定的!

贵翼从心底打了个寒战,空气仿佛是凝固的。

林副官面如土色,他用眼角的余光去窥视了一下贵翼。贵翼很清楚林副官这一瞥的含意,他犯了一个很可怕的错误,以自己的身份是绝不能介入"共谍"案的。

三个人,一个坐着,一个站着,一个跪着。紧张和压抑憋得三个人都透不过气来。

"贵婉?为什么会这样?"贵翼喃喃自语。

"她为自己的信仰而奋斗!"

"她一介弱女子……"

"精卫衔木石以填沧海,明知'徒劳',却也悲壮。"

房间里一片神圣的静谧。

贵翼审视着资历平。资历平身上有一种不可解的神秘,而贵婉的身上也兼具了不可说的秘密。

点点滴滴的秘密就像激流在贵翼血管里冲浪,迫使他血脉偾张,镇压着他的威严。

"你大哥资历群是共产党吗?"

"不知道。"

"你可以坦诚地告诉我,贵婉是共产党,为什么到了资历群这里,你就语气模糊了?"

"贵婉已经牺牲。"

贵翼的心"疼"得厉害,目光深邃地盯着资历平,说:"你是不是共产党？"

"我心向往之。"

"你知道我是什么人吗？我是国民政府军械司的副司长。你指控我妹妹是共产党，我现在就可以秘密处决你！！"

"权利不等于正义，更不等于真理。"

贵翼和资历平仿佛是充满敌意的对峙，但是，他们都明白，他俩身上有一种共同的东西存在，不为严酷所屈服，不为血脉有妥协，意志坚定，坚忍不拔。

"告诉我贵婉是怎么死的？"贵翼问，"凶手是谁？"

"告诉我贵婉同志是怎么牺牲的！"苏成刚代表中共中央苏区领导在汉弥尔登大楼的一间写字楼里秘密会见上海情报小组组长明楼的第一句话，就是询问贵婉的死因。

明楼正襟危坐着，心情很沉重。

"贵婉同志是三个多月前在巴黎牺牲的。我和明诚同志可能是贵婉事件中党组织内仅有的目击者。"

"您能详尽地叙述给我听吗？"

"当然。"明楼说，"这是我的责任。我最早接触过的交通局同志，就是贵婉，代号'烟缸'。不过，我能说明的事件经过，可能会与事实有些许误差，因为我和贵婉同志是没有横向关系的，我和她的相识，仅仅来自于，她曾经向我传送过苏区的情报，并发展了我弟弟阿诚入党。"

"明白。"苏成刚说。

故事是破损的，残缺不堪的。这很正常。在残酷的地下斗争中，没有任何一个情报来源是绝对可信的。

"上海交通局在中共中央的直接领导下，开辟了一条由上海进入江西中央苏区的地下交通线，全程3千公里。专门负责运输物资，传递情报，护送人员。他们的路线纵横交错，南至香港，西至西康。上海红色交通站成了中共中央与所辖省市地方党组织联系沟通的桥梁。而贵婉同志是上海交通站情报员中的佼佼者。"明楼说，"我们情报小组收集到的很多绝密文件，都是由红色交通线传递到苏区的。我的掩护身份是军统上海站情报科的特务,我和我的同僚王天风接到上峰命令,让我们配合上海警察局去巴黎执行一项秘密任务。由于事发紧急,我也没有办法通知到党小组,就匆匆去了巴黎。"

"你确定是上海警察局?而不是上海警备司令部侦缉处?"

"我确定。是上海警察局。他们原来的调查科科长寇荣是从原哈尔滨警察局转调过来的。"

"寇荣转调过来是什么时候?"

"大约民国二十二年。"

"哈尔滨已经沦陷了。"

"对,当年寇荣通过自己的人脉关系成为伪满哈尔滨警察厅特务科的留用人员。他与蓝衣社这边建立了一个小型间谍网,以镇压和破坏共产党地下组织而臭名昭著。后因为跟伪满人员分赃不均,导致火并,撤回上海。"

"你弟弟是什么时候被贵婉发展入党的?"

"民国二十三年。贵婉是在巴黎大学读书会上跟阿诚认识的,后经发展入党,参加了红色交通线护送小组,不到半年,即成为小组中坚力量,代号'青瓷'。"明楼答。

"确定吗?"

"确定。"明楼说,"事后,我审过他一次,证明情况属实。"

"可是,据我所掌握的情报分析,护送小组因叛徒出卖,几乎全军覆灭,而'青瓷'是最大的嫌疑人。"

"您怀疑'青瓷'叛变?"

"我怀疑护送小组每一个曾经被捕的人员。"

"'青瓷'并未被捕,这一点我可以作证。"

"当时你们得到任务指令,第一个去抓捕的目标是谁?"

"'烟缸'。也就是贵婉。"明楼说,"只不过抓捕过程中出了很多'事故'。当然,有些'事故'是我故意为之,目的只有一个,给红色交通线暴露的人员足够的撤退时间,保证他们的人身安全。"

苏成刚点头,表示赞同。

"因为上海警察局调查科为我们提供了'烟缸'的活动时间和地点，所以，我们去的第一处就是巴黎大学实验室大楼。那天是晚上七点左右。我和王天风假扮成大学讲师进入巴黎大学实验教学楼第三层，由于他的法语说得十分蹩脚，所以，我主动当起了向导。通常我党在活动或者开会的时候，过道上都会摆放一盆植物，表示安全。附近还会有观察哨。

"当时，有两三个学生在过道上看报纸，您要知道，过道的灯光很昏暗，所以，我故意恶狠狠地瞪了他们两眼。王天风提议从实验室的露台上爬上去，我提出了相反的意见，我执意要从实验室的正门进入。我的理由很简单，哪有大学教授爬窗户的道理。王天风特别信任我，执行了我拟定的行动方案。我们把枪搁在类似装乐器的长盒子里，穿得十分体面，堂而皇之地进入了实验室的正门。

"实验室是分教室的，我俩来到秘密情报所提供的11号实验室时，我故意'不小心'踢翻了过道上的一盆山茶花，花盆是泥土质地，倾覆时声音就像是一大块瓦砾落地。我当时记得王天风的眼神，恨不得一把刀插过来。

"不过，他的刀没有插过来，人倒是冲锋在前了。王天风怕错失良机，一脚踹开了11号实验室的门。我当时已经察觉到门口把手上有'诈'，来不及阻止他。果然，我听得'轰'一下，一瓶挂在门顶上的石灰粉'炸'开了。我听到了'疯子'的惨叫。

"王天风捂着眼睛，大声喊着，我的眼睛，我的眼睛。我听见里面的脚步声，那是嫌疑人在逃跑。我没有去追捕嫌疑人，我特意留给'烟缸'充足的时间离开现场，这是一个极好的'警示'机会。你暴露了，请转移。我把王天风拖到水池边，先找到油替他冲洗眼睛，好在实验室里预备了菜籽油，估计也是为了清洗烫伤所预备的。菜籽油冲过他双目以后，他大声叫着，让我去追，他自己用清水冲洗。我以他'看不见'为由，不肯离开，我们互相骂着，互相指责，互相推搡着，大约用了一个钟头的时间，我才完成了王天风眼睛的清洗工作。当时他圆瞪双目，清水直淌眼角，额头耸着一个被瓶子砸中的青头包，头发上沾的水汽俨然就像一团火气。看上去，极其恐怖。

"其实呢，我当时感觉就不对，我疑心房间里的嫌疑人不是'烟缸'，而是

'烟缸'的下线，实验室里有一股香水的味道，要知道，我弟弟阿诚一直在帮我堂兄研制香水，闻到那种特殊的味道后，我和疯子都安静下来。初时大家都没有说什么，我们休息了一下，彼此存了一个戒备的心理。我还是很担心疯子的眼睛，问他需不需要去医院？王天风鄙夷地说，死不了，看得见。

"我们又重新开始讨论下一步的抓捕计划，以'玫瑰花房'为线索，去缉捕要犯。我记得，王天风的眼睛直勾勾地看着实验室里的瓶子、烧杯、集气瓶、石棉网、碳石等东西。他说，我记得阿诚是学化学的。我告诉他，不要根据表象来判断事实。疯子意味深长地说，你什么时候也为我瞎一次？我说，我自从跟你一起工作后，一直就是瞎子，从未超越过。

"接下来，我们去挤夜间巴士，巴黎的夜间巴士不多，仅有两三辆，走了一路，疯子闹了一路的眼睛痛。到了共和广场，王天风要上厕所，去了一间酒吧，必须点了酒，才给一张小票去洗手间。我给他付了酒钱，他去了洗手间。我们说好去香榭丽舍大街碰头。

"甩开王天风后，我就直奔'烟缸'的秘密联络点去了。不幸的是，她的联络点已经暴露了，上海警察局的密探已经秘密包围了'烟缸'的住所。更不幸的是，我看到了阿诚，我当时极为震惊，虽然在实验室做过种种假想与推断，都远不及这样面对面地看到对方，彼此所带给对方的震撼感属于绝对极度的痛创感。

"你是我的兄弟。

"我是你的'敌人'。

"泾渭分明。

"我以为他会畏惧，退让。很显然，我的想法错了。阿诚像一只下山猛虎，钢拳致命。他几乎是不给我留任何喘息余地，招招毒辣，那种有进无退的勇力，有死无生的信念，足以打败任何情感枷锁。我的惊喜和惊心顿时化作木然的呆滞！真的，有一瞬间，我完全是呆滞的。好在贵婉及时出现，有效地制止了一场兄弟对决。"

"我和贵婉用最快的时间交换了情报。贵婉告诉我，阿诚是她发展的下线，组织内代号'青瓷'。因为护送小组内部出了问题，贵婉打算保存实力，送'青瓷'去莫斯科受训。暂时解散'巴黎护送站'。我当时很生气。我打了阿诚，他也吓坏了。尤其是他知道我的真实身份后，他眼睛里充满了令人怜悯的畏惧。贵婉制止了我的家法，她正告我，阿诚是她的下线，她有义务保证他的绝对安全。她说，在这个繁杂纷乱的世界里，没人可以隔山观景，没人能够全身而退。

"我明氏家族长期以来都期待子弟从文从商，讽刺的是，子弟们更关心国事家事，更关注战火屠城。到头来，一个个都变成了孤军奋战的勇士。

"我尊重阿诚的选择，也珍惜贵婉的信任。我告诉贵婉，他们小组里出了'叛徒'，玫瑰花房已经被警察局派来的鹰犬包围了，请她立即转移。贵婉说，她必须待在花房。她的丈夫是这条红色交通线的负责人，他曾跟自己约定，会在今日凌晨2点，准时过来接她。当然，这也可能是一个陷阱。因为她的丈夫已经失踪两天了。所以，她强调，今天的任务，一是让'青瓷'安全转移，二是等自己的丈夫回来主持大局，找出叛徒，恢复小组正常运转。我答应了贵婉的要求，决定全力配合她的行动。

"凌晨两点。我看见一辆装饰豪华的马车驶来，当时的街灯很亮，我听见车轮嘎嘎吱吱碾压着碎雪的声音，车速减缓后，在玫瑰玻璃花房停下了。

"贵婉裹着大红色的披风从花店里走出去。我看不见她脸上的表情，我能感觉到她期待和紧张的情绪。紧接着，'嘭'的一声枪响，枪声很闷，很沉。贵婉被马车上的人一枪击中头部。她没来得及吭声，扑地就栽倒在雪地里。我记得，那件红色的披风裹着她的身体喷射出一股殷红的血，满地都是她的血。而那辆马车迅捷地消逝在风雪中。

"她应该看到了凶手！……并且他们近在咫尺。

"凶手应该是她生前见到的最后一个人。"

绝无异议。

"那么凶手是谁？"苏成刚问。

"我不知道。"明楼说。

贵婉就像是茫茫世界里一滴晨露，一尘不染，走得从容。

"后来呢？"

"后来，为了保全阿诚的性命，我现场实施了苦肉计。当着王天风的面我要就地处决他。罪名就是他身在案发现场,有'共谍'嫌疑。阿诚表现得很好,他就像无辜卷进一场祸事的孩子,吓傻了一样,在雪地里打战,坚决否认自己是共产党。只承认他是来给贵婉小姐送花茶新配方的。因为贵婉小姐是在深夜舞会结束后,给他打的电话,所以,他凌晨到了玫瑰花房,纯属巧合。"

"王天风会相信吗?"

"他信了。"明楼说,"或许会半信半疑。总之,那一晚,疯子没有再追究下去,阿诚于九死之地求得一生。"

"上海警察局派去的寇荣呢?"

"被王天风杀死了。"

"为什么?"苏成刚颇为惊异。

"因为王天风认为寇荣就是马车上的凶手,杀了寇荣,就等于自己杀了'烟缸',立了奇功。可是……"

"可是什么?"

"后来,王天风才知道'烟缸'的家世背景,贵婉的大哥贵翼是国民政府军械司的大员。'疯子'私下跟我说,谁都不要再提'巴黎故事'。恐怕贵翼挟私报复。这个杀害贵婉的黑锅就让寇荣背到底。"

苏成刚点点头:"原来是这样,你还有什么需要补充的吗?"

"没有了。请党组织相信我。"

"你所说的一切,我们会向在伏芝龙军校里学习的'青瓷'同志做全面核实。最后一句,以你的观察,'青瓷'会是隐藏很深的'叛徒'吗?"

"'青瓷'绝对不是叛徒。"

"是以你敏锐的洞察力及荣誉来保证吗?"

"不。"明楼说,"我用生命来保证!"


贵婉生前见过的最后一个人,应该是"凶手"。这是贵翼的推断,而资历平对于谁是"凶手"也是语意模糊。

"我没有看到凶手。"资历平说,"我只听到了枪声。"

"你为什么去案发现场?难道你提前预知贵婉有危险?"

第十章 凶手

"是的,那天,在圣多米尼克路的广场上,我们在马车上见了一面,最后一面。"

"她有反常表现吗?"

"她说,她想留住春天。"

"那时候,是冬天。"

"对,她说,也许等不到春天了。"资历平的眼泪滑落下来,"那天,天气很冷。她痴痴地看着马车窗外漫天飘雪的世界,对生命充满了留恋。我说,你真悲观。难道这是你看到的最后的雪花。"

贵翼怔住,问:"她说什么?"

"她说,今生而已。"

# 才子佳人
## 信有之
### 第十一章

　　她身材修长，一头乌黑飘逸的秀发，一种沉着冷静的态度，表现出与她实际年纪不太相符的高深莫测。

"我当时真心有点受不了她的'疯话'。她一直沉浸在自己的各种严重猜测中。"资历平说。

贵婉铭心刻骨的一句临终遗言,资历平当时竟听成了一句"疯话"。

"我……很想知道,你和贵婉,过去种种的经历。你能告诉我吗?毫无保留地告诉我。"贵翼说。

"当然,我来,就是这个目的。"

贵翼上前,伸手扶起资历平,让他坐到沙发上。林副官眼力极好,很快替资历平打开手铐。

资历平的叙述开始了。

"我是贵家所生,资家所养。我的两个哥哥也是同父异母。我大哥资历群的母亲原是我养父的结发妻子,因难产去世,留下嗷嗷待哺的婴儿。养父为了我大哥能有个好的继母照顾,续弦娶了他妻子的嫡亲妹妹,我养母和她的姐姐感情极深,对大哥百般爱护,以至于对自己亲生的孩子,我二哥资历安都疏于照顾。养父对于爱情还是很执着的,他曾一度把我的养母当做他死去妻子的'影子'来'敬'着,直到养父遇到我的母亲,他们相爱了,爱得异常浓烈。养父爱屋及乌,对我非常溺爱。

"作为资家姨娘的儿子,反而我事事都有优先权。读书也好,住处也好,甚至丫鬟帮佣,都是我先挑选。这些都是外人所难以预料的。所以,那种小妾所生,就注定要在大家庭里卑卑怯怯、温温婉婉、战战兢兢地讨生活的模样,你在我身上是一定看不见的。有时候,我甚至窃喜自己被贵家弃养,我才能在资家享受生活,享受平等的待遇。要知道,尊严有时候大于血脉。

"我大哥资历群十分博学,严肃严谨,却也宽厚,通情达理;二哥资历安苛刻寡言,为人阴郁;我性格冲动,喜好繁华,喜欢美食美女美景。因为养父对我溺爱过度,反是姨娘嫌我太'野',托我大哥管教。我是一个桀骜不驯的人,不管我,我还能自控,但凡有人要拘束我,我就闹给他看。这种带着强烈挑衅意味的……恶作剧,使我声名远扬,成了一个有'前科'的人。

"我大哥当时正好在巴黎一家证券事务所上班,他设法从我的喜好下手,将我带到巴黎。在异国他乡,我经历了一场'再教育'。没有金钱,没有外援,语言不通，消息不灵，没朋友，没仆人，一切都要靠自己打理。我要上学，要工作，要找新的朋友，说实话，我毫无招架之功。我不停地被学校催促缴学费，不停地被老板解雇，我向家里要钱的渠道被我大哥给堵死了，我到最后，连住处都没有了。我就去博物馆倒卖复制的古画，去街头行骗，去马戏团变魔术。直到我被法警追捕，精疲力竭，我开始向家庭妥协。

"记得我当时被法警拘留在一间很阴暗很脏的水泥房间里，我已经忘了犯了什么事了。我大哥花了一大笔钱，从拘留室里带走了我。他跟我说，每个人都要为自己做的事付出相应的代价，而偿还的代价是翻倍的。他要我偿还这笔钱，并且，钱的来源必须是干净的，他要我用正当途径赚来的血汗钱。

"我开始跟我大哥一起生活。起初我是答应他从此悔过自新的，但是维持不了多久，我就厌倦了单一枯燥的学习和工作。我又开始故态复萌，酗酒、吸烟、赌博。我以为他会把我一脚踢回国，我就得偿所愿了。可是，这一次，我错了。他开始行使他长兄兼债主的权利，严厉地惩罚我。我就跟他打！我是姨娘亲传的'心意拳'，功夫是从小练的。舞台上的'闪转腾挪'干净利落。我很自信，我打一个文弱书生绰绰有余。

"结果是，我输了。原来他一直深藏不露。他的拳法很怪异，拳风凌厉，招招致命。

"我一败涂地。

"他告诉我，他早就看不惯我了，我一直在败坏资家的名誉。他是一个切实负责的人，不能辜负姨娘所托，必要使我脱胎换骨，重新做人。他说，人，必须为自己活一次。我跟他犟，我说，我要有一个三长两短，资家和贵家都不会放过他。大哥很郑重地说，你想多了。你以为你是谁？你在贵家根本不存在，你在资家就是一个败家子。贵家视你为空气，资家视你为草包，无论资家还是贵家，你都是一个微不足道的人。无论你怎么表演，都不会有人多看你一眼。你若自甘堕落，我就让你无声无息客死异乡，免为家族祸害，让亲族蒙羞。你若肯回头是岸，我自会体恤手足，尽力栽培，送你一个锦绣前程。

"人处于危险之中，就越能激发对手的侵略性和控制欲。

"大哥曲喻心胸，恩威并施。使我从颓驰悸愤中挣扎出来。至此，收了骄狂

的羽翼，回到温婉和善中来。大哥常说，人的自尊自爱，来自于人的自立自强。不依附家庭的财富，不做寄生虫，只是一个男子应有的见识和本分。他说，你现在改邪归正，将来见了贵家的人，就不会丢资家的脸了。

"我努力地读书，读书闲暇开始写文章，在报社打工的同时，我还参加社团的话剧演出，赚取廉价的演出费，等我赚足了一笔钱，打算还给大哥的时候。他才说，钱不用还了。原来他去警察局赎我的那笔钱，是我养父和姨娘给我寄来的生活费。我真是心悦诚服。我打也打不赢他，玩也玩不过他。他一番蓄意策励，让我成材，使我终生受益。

"我大哥常在巴黎与上海两大城市中往来。他也曾无缘无故失踪半年杳无音讯，他总也不让我打听他的去处。我也不敢问他的行踪。两年前的一天，他突然给我打电话，说是已经结婚了，要和新婚妻子一同来巴黎度假。我很惊喜，还问他嫂子的模样。大哥很得意地说，才子佳人。我记下了他的新住址，前去贺喜。

"说来也很奇怪，我当时很少看巴黎的小报，偏偏那一天准备去给我大哥大嫂买新婚礼物的时候，我在街道等汽车，买了一张小报看娱乐新闻。看到一条令我感兴趣的消息，苏州名门小姐贵婉即将抵达巴黎，参加慈善珠宝晚宴。

"新闻配发了一张模糊的黑白照片。那一张与我近似的脸庞，让我一下心潮涌动。不知道为什么，所谓江南名门，贵氏家族，注定要定格在我的想象中。

"就像是有的人注定要活在人们的回忆里，而有的人注定要在回忆中度过一段人生中最黑暗最艰难的时刻。

"就在那一霎，我与贵婉相逢了。我是刻意的，她是无意的。

"我开始走近了她的世界。

"我并不知道这是一次征服与光明的旅途。"

1934年，正月，巴黎。

一架飞机在气浪中降落在巴黎机场。

机场大厅的走廊上，客人们寥寥无几。贵婉穿着一身黑色的洋装，手腕上挂着一把时髦的阳伞，拎着一个行李箱匆匆走来。

她身材修长，一头乌黑飘逸的秀发，一种沉着冷静的态度，表现出与她实际年纪不太相符的高深莫测。

"早上好，小姐，旅途愉快。"穿着笔挺的机场空乘制服的资历平迎上贵婉。

贵婉微微一怔，默默点头。

"我可以帮您拿箱子。"资历平殷勤地说。

"不用了。"贵婉说。

贵婉在执行任务的时候，睡得很少。资历平能够感受到她的某种疲倦。他下意识地看了看贵婉手腕上的伞，贵婉注意到了他这偷偷一瞥。

"马上又要转机吗？"

贵婉不答话，向前走去。

机场出口处，有出租车和马车在等待远道而来的客人。天气阴冷，旅客不多。贵婉正准备踏上一辆马车。

突然，街口冲出一辆马车，横冲直撞地对着贵婉冲过来，贵婉闪身去让，一个踉跄，她感觉自己的腰被人扶住了，心一慌，手上的箱子一晃，伞落地了。一只男人的手瞬间替她拿稳了箱子，捉住了伞柄。

资历平就站在贵婉身边。

那一身空乘的制服给了贵婉安全感。

"小姐，你没事吧？"资历平的神态温婉，春风和煦。

"没、没事。"贵婉说。

"有没有受伤啊？"

贵婉扶了扶腰，说："没有，谢谢啊。"

"我帮您。"他要接过贵婉手中的皮箱，贵婉拒绝了。

"不用，谢谢。"贵婉说，"我自己来。"

马车夫来替贵婉打开车门，贵婉上车。资历平很绅士地伸手扶了贵婉一把，贵婉这次没有拒绝。

"谢谢。"

资历平帮她把皮箱放好。

"您去哪儿？"车夫问。

"左岸饭店。靠近拉丁区。"贵婉答。

"祝您玩得愉快。"资历平有礼貌地目送贵婉的马车驶离机场。

马车向前。贵婉手扶着皮箱,突然感觉皮箱有点不对,贵婉赶紧捏了一下伞柄,她的脸"唰"地一下变色了,嘴唇苍白,手指尖在颤动,她的皮箱和伞都被人换过了。

"停车!停下!!"

车夫一脸懵懂。

贵婉的心跳加剧,喘息起来。

她挽起马车的车帘,侧身遥望,街头人头攒动,熙熙攘攘,哪里去寻刚刚那男子的踪迹。

"小姐?你,你怎么了?生病了?要不要我送你去医院?"车夫问。

贵婉喘着气,渐渐镇定下来。看看手中的皮箱,自言自语地说:"他怎么做到的?"

原来,当街上那辆马车横冲直撞地对着贵婉冲过来的时候,贵婉一个趔趄,闪身去让,她感觉自己的腰被人扶住了,心一慌,手上的箱子一晃,伞落地了。一只男人的手瞬间替她拿稳了箱子,捉住了伞柄。

其实,马车冲过的一瞬间,箱子已经换了。贵婉的箱子落在那辆马车上了。资历平拿稳的是"假"皮箱和换过的"洋伞"。

此时此刻,一辆马车驶过。

资历平下车,他给了车夫一笔钱。车夫乐呵呵地拉活去了。

"啪"的一声,资历平打了一个响指,阳光下,他撑开了一把伞。春阳暖暖,伞底的资历平,手上提着一个皮箱,他得意洋洋地微笑着戴上一副墨镜。

资历平轻轻地吹了一声口哨,潇洒地回眸。

他朝贵婉离去的方向做了一个"再见"的手势。

资历平回到自己租住的公寓,打开皮箱后,大失所望。箱子里面几乎没有什么特别的东西,几份老掉牙的报纸,几个用棉花包裹起来的电子管,一叠换洗的衣服,一双高跟鞋。

真心没有一件值钱货。

资历平吹着口哨，嘴里嘟囔着，"妹妹，你也太省吃俭用了。"他翘着二郎腿，继续翻检皮箱，看到一串钥匙和一封信，信是法文写的，文笔流畅，好像是一个房东在告诫他的房客，不要在房间里使用煤油灯等。资历平搞不懂了，他迅捷坐起来，"妹妹，你并不是去左岸饭店吗？这可是去巴黎东站简易旅馆的地址！"

妹妹你在干吗呢？

资历平自言自语了一句："我也叫贵婉，你也叫贵婉。为了你这个贵婉，我就不能做贵婉。这不公平，对吧？妹妹？"

他拎起皮箱，直奔巴黎东站简易旅馆。

好奇心驱使他前往一探究竟。

可惜，好奇心是要害死人的！

很快，资历平就后悔了！

巴黎东站临街的简易旅馆二楼上，厚重的窗帘被拉开一道缝隙，一缕日光投射进来，资历平被枪顶着头，一步步后退。

"妹，妹，妹……妹，妹。"资历平双手高举，退到房间中央。

贵婉一管乌黑的枪口对准他的眉心。他口中的"妹"，被贵婉听成"没"了。

"没什么没？"

"我、我、我……我是来还你伞的。"

"是吗？"贵婉漫不经心地说。

"当、当然，伞——伞是你的——不是我的。"

"不是你的，你为什么拿？"

"拿错了。"

"伞拿错了？"

"是，是。"

"箱子呢？"

"也拿错了。"

"房间也进错了？"

"你真善解人意。"资历平笑笑。

"这么巧？"

"无巧不成书啊。"

贵婉的枪口用力一抵资历平的额头。吓得资历平"扑通"一下跪倒在地。

"下次想个更好的借口。"

"别、别开枪，妹妹。还你伞，是我想到的最好创意了。"

"胆够大的——"

"伞是撑出来的，胆是练出来的。"

"哦，原来你是个练家子。"

"承让了，妹妹。"

"谁是你妹妹？"

"妹妹，小心枪走火。你要谋杀你亲哥哥吗？妹妹。"

贵婉咬字清晰地，一字一顿地说："我只有一个哥哥，叫贵翼。"

"对，我拿错了你的箱子，是因为你用了我的名字。"

贵婉用眼睛盯住他，半响，明白过来了："我倒是听老辈人提过你。"

"一定不是什么好话。"

"你长得还真有点像我。"

"我在前，你在后。应该是你长得还真有点像我。"资历平慢慢站起来，贵婉冷着一张脸，打开保险，吓得资历平猛地又跪下去。

"妹妹，妹妹，妹妹有话好说，枪下留人。"

"伞给我。"贵婉说。

资历平有几分纳闷，她干吗惦着把遮阳伞？他灵机一动，伸手还伞，贵婉伸手来接，资历平起手如闪电，借伞推肩，以肩推肘，以肘推手，手法流畅，逼得贵婉为守为退，手枪脱腕，枪飞尘埃。

二人当面，各退一步。

"看不出来啊，心意拳打得不错啊。"贵婉说。

"你也不错啊。欺根拔节，寸土不让。"资历平说，"不过，好像底子弱，没练几年功。"

"太极十年不出门,心意一年打死人啊,哥哥。"贵婉说。

一句"哥哥",喊得资历平笑意盈盈,"妹妹你刚柔相济。"

"哥哥你内外兼修。"

"互相吹嘘就不必了。"资历平轻轻舒展了一下长腿。

"我还以为是彼此标榜。"贵婉活动了一下膝关节。

"还打吗?"

话音未落,贵婉左腿飞起一脚,直袭资历平面颊,资历平双手护头,贵婉右箭步跟上,一片刮地风起,一招"狸猫上树"。资历平见她来势汹汹,驾住头面,沉身之力贯注右臂,猛力后撞贵婉胸肋,贵婉一声惊叫,唬得资历平半空中收势,唯恐真的伤了贵婉。反被贵婉一脚踢飞在地。

资历平再要起身,被贵婉再次拿枪抵住头。

"要么开枪,要么把枪收起来,黑洞洞的枪口甩来甩去,唬我玩啊。"资历平说。

窗外传来汽车声。

贵婉侧身站在窗帘边,朝外面看了看,一辆警察局的车停在了楼下,两个膀大腰圆的法警下了车。

"我能相信你吗?"贵婉问。

"当然。"资历平答。

"给我一个相信你的理由。"

"我不会害自己的家人。"

"你千万别让我后悔。"贵婉一边说,一边收了手枪,说,"我们有麻烦了,必须马上撤离。"

"两个警察而已。"资历平看看楼下说。

"他们不是警察,是被人买通的'猎人'。你看他们的警服,连扣子都扣不上。"

"是吗?他们来干吗?"

"演戏。"

"演戏?"

"杀四门,你看吗?"

"杀四门"的意思就是"乱箭穿身"。资历平一下就紧张了,"你到底干吗的?"

贵婉不答话,拿起那把洋伞,拧开伞柄,里面落下几颗明亮的粉钻,她检查了一下,重新放回去。资历平看她娴熟而干练的动作,说:"你走私啊?"

"会用枪吗?"贵婉拿出一支手枪,准备递给资历平。

"我不会。"资历平说,眼见贵婉的手要收回去,他一把抓住手枪,说,"留着防身也好。"

"你先稳住他们。"贵婉说。

"为什么是我?"

"你不是很想做贵婉吗?"

"这是两回事。"

"我看是一回事。"

楼梯上响起了脚步声,贵婉闪身躲在了门后。

粗暴的敲门声响起来。

资历平打开门,两个法警愣了一下。

"有什么事吗,先生?"资历平用流利的法语问。

"我们接到报警,说这里有人非法走私军火,所以,过来看看,请出示你的证件,先生。"

资历平很有礼貌地出示自己的证件。

其中一个"法警"猛地冲进房间,资历平双腿蜷曲,一下变成"矮步",躲过了另一个"法警"的突袭。

贵婉一脚砸在冲进房间的那名"法警"背上,他"噗"地栽倒在地。

枪声响了。

子弹的穿透声,刺激得资历平打了一个寒战。

贵婉反手一枪,击中外面的"法警"。

双方开火。

打得资历平抱头鼠窜。

一片硝烟中，两名"法警"拖着一身血，在房间里嚎叫，滚爬着。贵婉拉着资历平冲下楼梯。

慌乱中，资历平看见贵婉也不忘拿了那把遮阳伞和那只不值钱的皮箱，反是自己，一心一意要逃出魔掌，哪里顾得其他。

贵婉发动警车，资历平惊魂未定地坐上去，警车像飞剑一样穿透到公路上去，一路飞着，飚得资历平头昏目眩，直至反胃。

资历平恨自己多事，恨自己好奇心作祟，莫名其妙地被追杀。遇到个"走私"的亲妹妹，动不动就开枪，枪火之下，岂不仓皇。

贵婉和资历平在进入市区后，弃车而行。很快，贵婉在附近的租车行租了一辆车，两人开车前往左岸饭店。

"你帮我个忙。"贵婉说，"我在左岸饭店存了个皮箱，你进去帮我取一下。"

资历平看看贵婉，说："小姐，我们刚刚才脱离危险。"

"你放心，没事的。"

"我真是太放心了。"

"是我的嫁妆，纯粹私人物品。"

资历平锐利的眼光刺了贵婉一眼。

"你多大，就要嫁人了？"

"要你管。"

资历平"哼"了一声，下了车，问："箱子搁哪儿啦？"

"在前台寄存着，你拿这张房卡去取箱子。"贵婉伸手到车窗外，递给资历平一张房卡。

资历平一伸手，刚接住房卡，就听贵婉说："听说你前科不少。"

"我不介意你对我有偏见。"资历平说，"要不，你自己去拿。这车啊伞啊箱子啊，交给我看着，一准丢不了。"

贵婉笑笑。

资历平昂首挺胸地走了。

时间一分一秒地过去了。

大约过了二十分钟，贵婉估计资历平一定遇到棘手的事了。她刚要发动汽

车,就看见一辆豪华汽车飞驰而来,资历平换了一身风衣,潇洒地一手拿着雪茄,一手握着方向盘,看见贵婉,他向她眨眨眼睛。

他把雪茄叼到嘴上,一只手举起皮箱给贵婉看看。

贵婉又好气又好笑。

"你能不能有点哥哥的样子?"

"我不走传统路线。再见了,妹子。"

汽车风驰电掣而去。

圣多米尼克路的街道上,干净,明朗。资历平西装革履,特意打了领带,抹了发油,拎着一箱子的"嫁妆",口里不停地哼哼着"才子佳人",高高兴兴地来给大哥大嫂贺喜。

他穿过古朴的楼门,看见花草芬芳,一片欣欣向荣的景象,心底欢悦,按照资历群提供的门牌号码,他很快找到了大哥的新家。

资历平整整衣领,摁了一下门铃。

门打开了。

资历平把手中的皮箱往上一提,他兴高采烈地说:"新婚快乐。"满脸阳光的资历平倏地笑容凝固了,他一脸惊愕!

门口站着的不是别人,正是贵婉。

资历平手一松,皮箱往下落,贵婉眼疾手快接住皮箱。

资历平转身要跑,才发现资历群就站在他身后,也不知他从哪个花丛中跳出来的,正好截住资历平。

资历平一副"太倒霉"的委屈样。

贵婉在他背后喊着:"跑啊,哥哥。"

资历平回眸,"求"她别说话。却被资历群一把拿住了,往屋里去。资历平一边走一边跟资历群"讨饶"。

"大哥,大哥你听我说,我真的不是故意的,我就……我就跟她开个玩笑。对吧?妹妹。妹——不是,嫂子,救命,嫂嫂,你可不能见死不救——哥,哥。我纯粹是拾金不昧,我这不是物归原主了嘛。哥——我错了,我错了。我以后再也不敢了——哥哥——"

　　资历平被资历群"拿"进屋了。

　　贵婉忍着笑意关上门。

# 红色交通线

## 第十二章

　　一个间谍对生存的态度愈是放松,游戏就越生动有趣。
　　但是,这一次仿佛没有那么有趣了,因为有了"感情",抑或说是"爱情",游戏开始变味了。

时间就像是倾斜的"沙漏"在不停地摇摆。

资历群听着厨房里新婚妻子和弟弟一起做饭、一起斗嘴的声音,这在每个家庭里都不例外。

满满的家庭温情弥散开来,嬉闹声隔空飘荡,温软的笑语令资历群感到窒息。

他不由自主地在房间里来回踱步。

傍晚,夕阳的余晖淡淡地投射到房间里,一抹骄阳的影子,忽明忽暗,忽闪忽黑。资历群听见自己的脚步声忽沉忽浅,忽快忽慢,忽忍忽歇,脚步声空荡荡的,他的心一直往下落。

资历群有点恍惚,因为这一切一切都是真的。他一直在回避某种不可回避的不可抗因素,他脚步停在了挂钟前,钟摆犹如沙漏,他能感觉得到自己的魂魄随着沙漏的摇摆,慢慢成为流失的沙子。

贵婉和资历平的提前"相遇",是资历群没有预测到的。他是真心不愿意让资历平掺和到"组织"里来,哪怕是外围,问题是我党组织没有外围,要么是,要么不是,界定分明。他从心底是疼爱资历平的,这个从小看着长大,有傲骨,有血性,天赋极高的孩子,虽然糊涂过,但是,他更想把这种"糊涂"归结到"胡闹"里来。在他眼底,资历平从来都没有糊涂过。

贵婉呢?

他也是很"爱"的。

资历群一想到贵婉明媚婉转的笑靥,就有一种空疏无力的感觉,他也不知这种感觉会持续多久。

一个间谍对生存的态度愈是放松,游戏就越生动有趣。

但是,这一次仿佛没有那么有趣了,因为有了"感情",抑或说是"爱情",游戏开始变味了。

资历群的"爱情"完全是在忘我的工作中溢出的。

他第一次看见她,是通往去哈尔滨的火车上。

她只有 18 岁。

而他比她大整整 12 岁。换句话说,他比她大了整整"一轮"。他们都是带着任务去的。为了去哈尔滨营救一对已经暴露的地下党夫妇。

而在奔驰的火车上,同样危机四伏。

哪怕只是吃一顿午餐。

餐车里,坐着六七桌旅客,贵婉和一名同包厢的太太坐在一起,点了餐。两碗面条,一盘鱼。

贵婉注意到有人在窥视自己,她看到资历群眼角的余光,她处于职业的高度敏感,准备简单测试一下自己有没有被跟踪,她跟同桌的太太致意,说自己去一趟洗手间。

贵婉离去的时候,故意在资历群的餐桌前经过,特意看了他一眼。一个文弱书生,低头在看一份日文报纸。

贵婉离开餐车后,资历群开始吃玉米面的馒头和一盘青菜。

大约两分钟后,几名伪满洲哈尔滨警察厅特务科的特务走了进来,其中为首的是特务科的副科长寇荣。

资历群低头吃饭。

餐车里的人都在低头吃饭。

只见寇荣走到一名太太面前,坐下,问她:"哪儿人啊?"

"南京人。"

寇荣点点头,又问:"哪儿人啊?"

那名太太有点诧异,说:"中国人。"

"抓人!!"寇荣一声暴喝!抓起餐桌上的一碗面条使劲地扣在那名太太的脸上!

五六个便衣警察上来就抓人,那个太太嘴里鼻孔里全是挂面和酱汤,她吓得浑身发抖,高声叫"冤",餐车里一片寂静。

一对日本夫妇回过头来饶有兴致地观看着。

资历群低头吃饭。

"你知不知道,中国人吃白面是犯法的!在满洲帝国,只有日本人才能吃大米、白面。简直不知天高地厚!抓起来,吃几顿牢饭,就本分了。"寇荣脸上因激动而泛红,他在标榜自己有多么卖力地在替新政府做事。

那名魂飞魄散的太太被鹰拿小鸡般给"拎"走了。那对日本夫妇笑脸盈盈地朝寇荣表示"哟西哟西"。

寇荣点头哈腰表示为帝国工作的荣幸。

此刻,餐车的门被推开了。

贵婉站在门口。

很显然,她不知道发生了什么事,但是,她感觉到了火药味。她眼光从自己坐过的那张桌子扫过,一片狼藉。

往后退,肯定来不及了。

寇荣眼睛直勾勾地看着贵婉,再回头看看那张酱汤满布的餐桌上,搁着的另一碗面。再回眸眯着一对小眼睛看贵婉。

资历群若有所思地有节奏地在餐桌布上敲了敲,只有贵婉的视角才能看见,他给她打了一个"摩斯密码"的暗号,"我不能去探望姑妈了。"

贵婉看见了,看得很清楚。

接头暗号是对的,但是,不在接头地点。这个时候,考量的不是接头规定,而是随机应变。

贵婉默不作声地走到资历群的餐桌前,坐下。

资历群分了半个玉米面的馒头给她。贵婉一口咬下去,资历群笑笑。

寇荣走到那对日本夫妇面前,弓腰询问着什么,而那对日本夫妇恰恰坐在背对贵婉的位置,所以,频频摇头,表示没有看见。

寇荣再直起腰的时候,餐车里所有中国人都噤若寒蝉。

资历群从口袋里掏出一支香烟,贵婉很自然地从提包里取出一个烟盒,擦亮火柴,要替他点烟。

他们都很清楚,传输的情报通常都以两寸长一寸宽贴在火柴盒里,用力擦亮火柴,故意点燃火柴盒,情报就及时销毁了。

果然,火柴盒的底面烧黑了。

"怎么这么不小心啊。"寇荣一副很感兴趣的样子,把身子凑过去,"餐车上空气不太流通,最好不要吸烟。"

"好的,好的。"资历群笑着说,要收回香烟,却被寇荣一把"拿"住香烟盒,"我替你收着吧,免得你忍不住烟瘾。"

资历群依旧笑着。他的笑意里潜藏着一种不屑和优越感。

"哪儿人啊?"寇荣问。

"满洲人。"资历群答。

"我没问你。"寇荣嬉皮笑脸地盯着贵婉,"我在问这位——"

"她是我太太。"几乎没有给贵婉考虑的时间,资历群做出了决定。

贵婉的嘴在咀嚼馒头,恰如其分地掩饰住她张着嘴的惊讶,"您有什么事吗?"贵婉从容不迫地抬起头。

"哪儿人啊,太太?"

"满洲人。"贵婉答。

"先生贵姓?"

"敝人姓刘。"资历群答,"刘品超。我太太,刘乔氏,单名一个敏慧的'慧'。"他随手拿出两个身份证。

贵婉沉寂着。听着他滔滔不绝的话,看着他细眉朗目的笑,想着他是敌是友。

寇荣认真地看着两个人,对照着身份证和照片。

并无疑义。

"刘先生是中东铁路局设计室的?"

"是的。"资历群说。

"中东铁路局设计室有一位松下一郎,不知刘先生——"

"松下一郎是设计室的元老,我是他的助手。他的儿子松下良佐是我的同学。您跟他认识?"

"不,不是很熟,不是很熟。认识的,认识的。松下先生是我们滨江省警察厅单局长的朋友。"寇荣开始谦和了。

"哦,失敬,失敬。"资历群依旧是一张不卑不亢的笑脸。

这种居高临下的交流,当场见效。

"打扰了。刘先生慢用,刘太太您慢用。"寇荣一哈腰带人走了。

餐车里的中国人,看见一群鹰犬走了,赶紧离席,回自己的车厢,免生意外。餐车里只剩一对日本夫妇和一对中国"夫妇"。

资历群和贵婉。

餐车里很安静。

列车"轰隆隆"驶向远方。

贵婉跟随资历群走进他的包厢,他包厢门口有一名乘警,二人低低交换眼神,乘警瞄了一下贵婉。

资历群关上包厢门,一回头。一把水果刀顶住了他的下巴!

"照片哪儿来的?"

资历群很镇定:"什么照片?"

"身份证上的照片。"

资历群很冷静地:"半个月前党小组提供的。我是你的新上线。"

"接头地点!"

"这个时候问,是不是晚了点?"

"接头地点!"

"霓虹桥。"

"时间?"

"三天后的中午。"

"身份证给我。"

资历群从口袋里拿出身份证,给贵婉。贵婉翻看两本身份证:"门口站着的是什么人?"

"铁路局的乘警,我的掩护身份有权让铁路局的乘警保护我的安全。"

"为什么提前接头?"

"因为你的上线在撤离上海时,突然失踪了。上级唯恐你整个小组有激变,让我提前进入。"

"你这照片,与真人不太像。"贵婉说。

"你也不太像。"资历群说。

贵婉微微一笑,把水果刀收了。

"对不起,组长。"

资历群此刻却收起了在外面惯用的招牌笑脸，他一脸严肃地盯着贵婉："你怎么可以轻易地毁掉一份绝密文件？"

"文件是我誊抄加密的，我能背诵。"

"在哈尔滨，中国人不能吃大米和白面，你不知道吗？"

"我以为……"

"你以为？"资历群冷冷地扔给她一句钻心戳髓的话，"今天要不是我，你有可能已经变成一具尸体了。"

"你别危言耸听。"贵婉有点抗拒情绪。

忽然车厢过道有骚动声，贵婉忽然想起自己的行李："我的行李在——"

"你的行李在这。"资历群不动声色地从行李架上取下一个皮箱，"我知道你行李里不会有什么机密文件，但是，为了防止万一，我在你离开车厢的第一时间就替你调换了皮箱。你经验不足，太年轻——"

外面的骚动加剧了。

资历群推开车厢门，问，"出了什么事？"

"一个吃白面的女人，被警察打死了。"乘警答。

贵婉一下坐在包厢的椅子上。

资历群回头看看她，继续问："一口面条而已。"

"没办法，这里是哈尔滨。日本人说了算。"乘警也有点悲天悯人，说，"这样也好，免得送到警察局活受罪。现在死了，还有个人样。"

资历群关上包厢门，在贵婉身边坐下，叹了口气："九·一八，东北之殇，民族之痛。"

过了良久，贵婉慢慢说了句："谢谢你。"

资历群没说话。他把目光投向车窗外，茫茫原野，说："你真的把秘密文件全都背诵下来了？"

"是。"

"你记忆力不错。"

"不是不错，是超强。"贵婉说。

资历群终于露出一丝笑模样，伸出手去拍了拍贵婉的手背，以示安抚。

中央交通局，红色交通线是指从白区到苏区，从日占区到根据地的情报联络，以及信息沟通，物资运送和人员调配输送的特殊渠道。

此次资历群和贵婉的任务，就是把一对在日占区暴露身份的地下党夫妇转移到莫斯科，而这对夫妇不仅是地下党，而且是研究高级密电码的数学家。

哈尔滨火车站的最大优势，就是它可以买到通往欧洲各国的车票。

资历群常说，海洋的胸襟很宽阔，无边浩淼，无边无际。它在展示伟岸的同时，也会吸纳很多垃圾。譬如，血腥、暴力、冷酷。在太阳和风的作用下，海水盐性剧烈消解了毒性，一切都化为有用的，且令人振奋的臭氧。

"我们不知道具体情况，只知道于先生暴露了，且被警察局的秘密警察严密监视。"一名前来接头的女人说，"警察不急于逮捕他们，是因为想放长线钓大鱼。"

"就他们夫妇吗？"资历群问。

"还有一个孩子，刚满三岁。"

"男孩女孩？"

"女孩。"

"有他们的照片吗？"

"有。"

"给我。"资历群伸手拿了照片，有合照，也有单人照。

"通行证呢？"

"没有，最快也还要等三天。"

"来不及了。"资历群说，"告诉我地址，我自己想办法。"

女人愣了一下，说："山街一百零二号，靠近老巴夺烟厂。"

离开哈尔滨交通站接头地点后，资历群直接回到旅馆，跟贵婉会合："你去买五张前往德国柏林的火车票。"

"时间？"贵婉问。

"今晚十点左右。"

贵婉惊讶地看着他，眼睛里有钦佩的神情。

"你认为我在说大话吗？"资历群说。

"不。"贵婉说,"我觉得是神话。"

"我就当恭维话来听了。"资历群笑着。

"你打算怎么做?"

"去他家里接他们出门。"

"去他家?"

"对,去他家。"

不入虎穴焉得虎子。

"我能控制住局面。"资历群说。

"但是,你必须先保证自己的安全。"贵婉说。

资历群目不转睛地盯着贵婉,慢条斯理地说:"我保证,绝对安全。"

他为了让她放心,告诉她自己的计划。

他说,哈尔滨天气寒冷,户外无法24小时监视,于先生夫妇既已暴露,警察局通常会实施秘密逮捕。因为想借饵钓鱼,所以,没有公开执行逮捕计划。一定会派特务到他们身边去贴身监视,24小时,室内,特务会跟这一对夫妇同吃同住。而于先生也接到地下党暗示,表面配合特务,暗中等待救援,这就为虎口夺食的红色交通员们提供了良好的先机。

贵婉问,如果户外也有人呢?

资历群说,当然不排除这个可能性,户外,特务一般都待在汽车里。而这辆车会离住宅很近,两百米左右,人也不会多,至多两个。

最重要的是,留守的特务,时间一长就会麻痹,思想一旦放松了,行动就要大打折扣,他们是守株待兔,而我们是出其不意,一击即中。

资历群把拟定的营救计划,一气呵成地说出来,十分简明扼要。

"这是与虎谋皮。"贵婉说。

"嗯。不管敌人有什么抓捕计划,我们都必须铤而走险。"资历群坚定地回答。

贵婉的脸上满是佩服的笑容。

资历群直视着她的笑容,享受着片刻的安宁。有一瞬间,他突然想让她永远记住自己此时此刻的模样。

当天晚上七点，天已经渐渐黑下来。

一名穿着皮衣皮裤的男子走到山街一百零二号。他看上去，像是一名便衣警察，冷风吹过，他皮衣的腰间有意无意地散开，里面别着把柯尔特手枪。他按了门铃。

一名男子听见敲门声，出来开门。

门打开了。

"你是？"

资历群微笑着开了枪。无声手枪的枪管冒出一缕青烟，声音很闷，男人栽倒在地。资历群一脚把尸体踢进门，大踏步走进去，随手关上门。

资历群把男子的尸体拖进房间。

房间里，一家三口正在吃晚饭，突然看见一个穿皮衣的男人拖了一具血淋淋的尸体进来，惊骇不已，于夫人赶紧用手挡住孩子的眼睛。

"你是谁？"

"我是你姑妈的亲戚，你姑妈生病了，请你回去一趟。"

于先生的脸上立即兴奋起来："是、是你们来了。"

"还有一条狗在哪儿？"资历群问。

"他，他出去买酒了，马上就回来。"

"去拿行李，马上走。"

"可是，可是他们在外面还有人。"

"汽车里的两个，已经回老家了。"资历群说，"咱别当着孩子说这些。快，拿行李。"

一家人手忙脚乱地开始行动。

资历群端着一把枪，大刺刺地坐在楼梯上，眼睛直愣愣地瞪着外面，耳朵一跳一跳的，听着外面的动静。

一阵脚步声传来。

一名特务推门进来，眼睛瞪得很大。

"你是谁？"

坐在楼梯上的资历群，微笑着抬手一枪，特务扑倒在楼梯口。资历群身后的楼梯上，横躺着另一个男子的尸体。

房间里显得阴气沉沉。

资历群拨通了一个电话。

街口电话亭里，贵婉在等电话。

"喂。"贵婉说。

"回家了。"资历群说完，挂了电话。他转身看看楼梯口的男子，男子还没有断气，奄奄一息。

"饶命啊，饶命。"特务呻吟着。

于先生一家三口已经拿好行李了。

"你们先出去，车在门口等。"

于先生一家匆忙离去。

资历群在那名痛苦不堪的特务面前蹲下，问："哪国人？"

"满洲……"

资历群拉开保险。

"不，不，中国，中国人。"

"中国人是吧？"

"是、是、是的。"

"为什么给日本人做事？"

"为了、为了一口饭吃。"

资历群点点头，说："下辈子记住了，人啊，不能有奶就是娘。"

"别，别……"

"我做事喜欢不留活口。"

资历群抬手一枪，子弹穿过特务的胸膛，殷红的血浸透在楼梯口上，血迹渗透到地板上。

"无活口。我就能活得久一点。安排事情，一定要瞻前顾后。"资历群回手一枪打掉了房间里挂的照片框。

他划了根火柴，点燃几张照片。然后肆无忌惮地踩在血迹上，一步一步离开现场。

贵婉和资历群开着一辆滨江省警务厅哈尔滨警察局牌照的汽车,带着于先生一家三口趁着茫茫夜色逃离了险境。

晚上十点二十分,一声汽笛长鸣,一辆列车载着于先生一家前往德国柏林。他们将在柏林转车,前往莫斯科。

资历群和贵婉一路潜行相随,通过长达数千里的边境线,圆满地完成了任务。至此,"沙漏"资历群全面接管了上海交通线行动小组,而他的组员,"烟缸"贵婉、"茶杯"朱惠儿、"瓶子"露西,在资历群的领导下,路线渐成规模,接送重要人员达到 22 次,屡次获得上级表扬。

每一次任务"交接",都像是一次长途旅行。

资历群和贵婉在工作中滋生出的爱情火苗终于点燃了"心"花。

花开并蒂,连理成枝。

回忆荡漾着一丝丝甜美,浪漫,永恒的"春天"意境。

资历群的脚步终于停驻在厨房门口,夕阳的余晖用最后的力气,把资历群的影子投射到古老的墙壁上,狭长,神秘。在一对兄妹重逢的另一侧隐现的影子,像一片浮云一样飘动,冲淡了厨房里的欣喜和温暖,厨房瞬间变得像资历群手中的鸟笼。

"大哥,大嫂,新婚快乐!"

一桌子的佳肴,让资历群感到家庭的温馨和内心的平静。

他微笑着看着妻子和兄弟,这两个他疼爱的人,同时,他也知道,他是他们心目中所敬爱的人。

人,得一知己足矣。

推杯换盏,三人微醺。

"小资,你在巴黎从事什么工作?"贵婉问。

"从事艺术工作。"资历平答。

"艺术加工。"贵婉故意强调一句。

"我从不加工艺术。艺术加工可是技术活。"资历平说,"嫂嫂,你要愿意出笔大价钱,我能把全欧洲最值钱的画,'加工'给你。"

"是吗?"

"你可以挂你们家墙上。"

"挂个赝品。"

"艺术品。"

"你的信用额度不够。"

"你也是。"资历平说,"一毁无余。"

"你指信用?"贵婉问。

"你的淑女形象。"

"我从来不认为自己是淑女。"

"嗯,这点随我。人贵有自知之明。"资历平大声笑起来。

资历群吃着饭,聆听着。

"妹妹——"

"我是你嫂嫂。"

"嫂嫂。"

"叔叔,有什么高论?"

"你真的在走私吗?"

贵婉的手停在盘中餐上。

资历群的眼底明澈地了解资历平话中的含意,这个孩子不是省油的灯,他聪明、能干、富有急智。

他并不想让资历平跨进自己的"事业"。

他望着资历平"呵呵"笑着,笑容可掬。

资历平紧张起来,他很怕看到资历群这种具有标志性的笑容,只有他明白,这是资历群动怒的前兆。毕竟是二十年的兄弟,资历平心底打了个寒噤,一下就正襟危坐了。

贵婉微笑着,说:"小资,你很怕你大哥吗?"

"对。"资历平不否认。

"他人很和蔼啊。"

"我怕他,是因为大哥太了解我了。"

资历平的话是"反话",他自认他了解资历群远胜于资历群了解自己。对于贵婉而言，资历平认为她一点也不了解资历群。她甚至连他隐忍、发怒的前兆都看不出来。

是因为资历群在贵婉面前并不真实吗？资历平想。

"我真羡慕你们，我跟你正相反。"贵婉说。

"你不怕你大哥？"资历平看着资历群的表情问贵婉。

"怕啊。"贵婉说，"我的怕，是因为我大哥一点也不了解我。"

"一点也不了解吗？还是有那么一点点。"资历平说。

"不，他一点点都不了解我。"

"为什么呢？"

"各有事业吧。"贵婉说。

"小资，"资历群冷不防射一箭，"你近来的所作所为，算不算重操旧业？"

资历平心虚胆怯，依旧笑着说："我好奇而已。"

"把自己的好奇心束之高阁，才是明智之举。"资历群不紧不慢地说，"诸葛不善用兵，却名垂宇宙。公瑾用兵如神，民间只流传他妒贤嫉能。有时候，看到的，听到的，都不是真相。"

资历平低头称"是"。

"该你问的，不该你问的，你要心中有数。"资历群说，"人啊，脑子里一旦形成某个执念，就想千方百计去证明它。"他的声音质朴、草率。

资历平不敢多言。

贵婉给资历平盛了一碗饭，叫他多吃一点。一家人和和气气在巴黎吃了第一次"团圆"饭。

资历群和贵婉在欧洲度过了三周的蜜月旅行，返航回国。没过多久，贵婉以华东妇女联合会随行翻译的身份到巴黎大学参加中国政治文化的学术交流，资历平欣然应邀前往。

在巴黎大学的演讲大厅里，资历平听到了一种强而有力的声音，一种来自于内心澎湃的革命激情。

贵婉一身简洁朴素的女式小西装，精干爽利，轻盈灵动地站在众人瞩目的讲台上，用流利的法语在演讲。

"……在一个时局动荡，随时随地都笼罩在战争阴影下的徘徊年代，经过长久的孕育，最终一个伟大的思想诞生了。那么这个思想，或者说是革命理想的先行者们，他们身上充满了风萧萧兮易水寒的悲壮！还世人难以理解的一往无前的英勇气概！"

她的话具有巨大的推动力。

她的美成为巴黎大学一道景致与风华。

璀璨的灯光下，资历平的眼角发酸，他不知道为什么，他只知道，这个妹妹不是寻常人家的女子，她是一个非凡的"贵婉"！

一个伟大思想的先行者。

半年后，资历平接到养父生病的消息，急急忙忙赶回上海，孝子问病，衣不解带。让养母和姨娘都十分宽慰，觉得资历平真是浪子回头了。

资历群、贵婉、资历平三人在巴黎画的一个圆圈起点，终于在上海汇集成了一个圆。

上海，东方巴黎，十里洋场上充盈着灯红酒绿，昏暗暧昧的味道，也有明亮璀璨、暖热朦胧的喜悦。

资历平是喜爱上海的。上海的风，上海的月，上海的光芒。他不大愿意过按部就班的生活，喜欢自由自在，无拘无束。

资家三兄弟都喜欢独来独往，并不受家庭的束缚。这可能跟资老爷是个洋买办有关，比较提倡新生活，新文化。

资历群的住处是一年几换，神龙见首不见尾；资历安据说是在政府部门工作，常住在宿舍里，很少跟家里联系；资历平倒成了个乖孩子，时常陪着养父逛街，买股票，做经纪。不过，他也喜欢独处，在公寓里租了一间房子住。

他当时租下那间房子的理由很简单，这间房子的对面就是繁星报馆，他上班的地方。

有一次他从报社办公室的窗口往对面看，就看见这房子的墙上贴着一张极美的月份牌广告，四格玻璃窗敞着，十分明朗。广告上流溢出明艳华美的花露水，纸上的美人秋波横陈，一股甜俗香美的味道弥散在画页外，让人痴恋地仰望。

资历平喜欢这种甜滋滋的风格，他对生活的爱总是充满了激情，当他进入一种静止状态的时候，他就会变成一个极温柔、极驯服、极幼稚的小孩。

他在繁星报馆写写女明星，拍拍花花草草，满足对工作的热忱之外，满足着爱美的私心。

他给自己取了一个笔名，叫"贵婉"。他以贵婉之名在杂志报刊上扬名立万。他自己都不知道自己处于何种心理作祟。以至于贵婉嘲笑他抢妹妹的"名气"。他开玩笑说，只要不毁了嫂嫂的"名声"就好。只这一句话，被资历群知道了，叫过去，训了一整天。训得他没精打采。

傍晚，天上有一弯冷月，星星点点，也不十分明亮。资历平吃了酒，有点犯晕，走在青石板路上，摇摇晃晃。

朦胧中，看见一盏小橘灯在自己眼前摇摇晃晃。灯光柔和，橙黄的灯在他手背上盈盈婉转的一闪一闪，资历平爱极了这温润的，空气里充满了水果香气的感觉。瞬间，他所有的精力都眷注在小橘灯上，温情脉脉。

那是他第一次看见房东太太的女儿妞妞。

妞妞甜美地笑着，露着缺牙的小下巴。

资历平也笑了。

他抱起她开心旋转，小橘灯在夜空下飞舞，妞妞银铃般的笑声飘散在公寓楼下。

也是在那天夜里，资历平发现了贵婉的身影，她从房东太太的小阁楼出来，戴着一顶很大的暗红色呢帽，帽檐边沿插着一朵新鲜水嫩的浅紫色茶花，她行动很敏捷，脚步很轻。如果不是资历平抱着妞妞站在露台上欣赏月色，根本不可能看到她。

无巧不成书。

这是命运给的一个折中答案。

贵婉去房东太太家里打麻将，竟成了隔三岔五的一件功课。

资历平不防备"撞上"了一次。

他去给妞妞送画笔，正赶上房东秦太太和贵婉等人在切牌。他脚一踏进门，就收不回去了。贵婉盯着牌看，竟似没注意他。

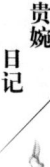

"贵先生,过来了。"秦太太在招呼资历平,资历平红着脸应了一声。妞妞从里屋里跑出来,要资历平抱抱。

贵婉朝资历平的方向看过去。她脸上露出一丝诧异来:"咦,你怎么在这里?"

她这样大大方方地承认着彼此认识,反让资历平愕然。

"你们认识啊?这是隔壁'繁星报馆'的娱记贵婉先生。"秦太太说,"我来介绍一下啊,这是工部局学校的老师资历平。"

贵婉微笑颔首。

资历平哭笑不得。

"我们是亲戚。"贵婉说。

"是吗?"秦太太笑了,"真是太巧了。"

资历平、贵婉互望一眼。

贵婉说:"秦太太,你也不要一口一个贵先生叫他,他是我弟弟,你以后叫他小资就好了。"

"那怎么好意思?"秦太太似乎看出点端倪,说,"怎么贵婉先生又姓了资?"

"这就是他的故事了。"贵婉笑着说。

"贵婉是我笔名,我的确是姓资。"资历平说,"资历平老师是我堂姐。"

"喔唷,难怪,难怪,堂姐弟长得蛮相像的。"秦太太跟女儿说,"以后要叫小资哥哥。"

"小资哥哥,抱抱。"妞妞喊。

资历平注意地看看另外两个打牌的人,一男一女,男的模样清隽,好像是个大学生。女的大约五十多岁了,但是姿态娴雅。

妞妞闹着要出去玩,资历平就自告奋勇地抱着妞妞去看星星了。

等资历平前脚一走,门一关。四个打麻将的人就恢复到秘密会议中来。

"送27号去莫斯科。"贵婉对明诚说。

阿诚是贵婉在巴黎发展的下线,代号"青瓷"。

"最近路上不好走。"阿诚说。

"想法子从柏林过去。"贵婉说。

"明白。"

"最近风声紧,我们少见面。"秦太太说。

秦太太,真名朱惠儿,报务员兼做机关,代号"茶杯"。还有一个是译电员露西,代号"瓶子"。

贵婉取出一个火柴盒,递给朱惠儿。

"最新拿到的日军军力部署情报,尽快发给延安。"贵婉说,"资料加密,即刻生效。"朱惠儿点头。

"你弟弟——是自己人吗?"朱惠儿问。

"不是。"贵婉答,又补充一句,"现在不是,将来有可能是。"

一条红色交通线,无论天上、地下,信息、密码、人员、运输等等,交织穿梭在茫茫世界中。

三鑫百货公司人来人往,一张电影明星陈萱玉做的牙膏广告摆在商场的门口招揽生意。资历平在三鑫百货的楼上买了套洋装,刚下楼就看见贵婉匆匆进来。

资历平走上前打招呼。

"别往后看。"贵婉说,"跟我走。"

资历平很听话,顺着贵婉走路的方向不着痕迹地贴上去,他的余光有意无意向侧面扫视。贵婉发现了,再低声说了一句:"千万别回头。"

"为什么?"

"有枪手。"

"为什么?"

"我被跟踪了。"

"为什么?"

"抓到就没命了。"

资历平一下刹住"脚":"真的假的?"

"你怕死吗?"

"不怕!"资历平说,"可是,为什么啊?"

"为四万万同胞。"

"砰"的一声,枪声响了!

有人扑倒在地,殷红的血四溅开来,尖叫声四起。

# 布鞋的秘密
## 第十三章

如果不是这个秘密被偶然揭穿,也许这个秘密就会永远消失,也有可能成为历史上最大的秘密。

资历平听得很清楚，枪声是从楼上发出的。

他不知道扑倒在地的人是谁，是什么身份，他只知道，在枪声响起的瞬间，贵婉拉着他的手，飞快地跑进了混乱不堪的人群里。

楼上，露西把枪塞进一个橱窗模特的西服口袋里，她从供货部的后楼梯撤离。

楼下，在百货公司购货的客人们都惊惧和恐慌地向外跑。

四五个便衣特务冲进来，一边照顾受伤的同伴，一边在询问，怎么回事？受伤的一名特务捂着伤口，痛苦地指着楼上。

几个人朝楼上狂奔。

贵婉、资历平趁乱潜进衣帽间。

贵婉用最快的速度换了身衣服，

资历平想也不想，直接从柜台上拿了一把剪刀，剪掉模特的长发，连同贵婉换下的衣服扔在衣帽间。

贵婉挽着资历平从里面"惶惶不安"地"跑"出来。

资历平的身躯挡在贵婉面前，一边跑，一边喊："那边，女装部，有人拿着枪。"

楼梯上的特务们，分了两拨，一拨继续上楼，一拨往楼下女装部跑，资历平携着贵婉走到门口，门口有人守住了。

很多客人被挡了回来。

"单身女客，短发的留下。"一名特务从里面跑出来喊了一嗓子。

外面站着的男客们像得了"特赦令"，潮水般涌出去。门口一个小特务哪里拦得住，资历平保护着贵婉，顺利"冲"出百货公司。

他们迅捷地穿过马路，身后一片刺耳的警笛声。

"我不懂你的世界，但是，我不希望下次再有流血事件发生。"资历平说，"这对我不公平。"

"你可以不懂我的世界，但是，我希望你有一天看懂我心里的世界。"贵婉说，"谢谢你，再一次'被动'地帮助了我。"

贵婉背转过身，向前走去。

"你是一个信心坚定的人,你有富足的生活,你有值得你骄傲的家庭,为什么要选择这种'刀口舔血'的生活?"资历平问。

贵婉没有答。

"我大哥是'被动'的参与者吗?"

贵婉依旧没有答。

"你们,是不是报纸上常说的赤色分子?"

贵婉站住了。

没有回头,说了句:"我不能告诉你。"

资历平被她的镇定所"震"住。他忽然觉得贵婉和大哥都处在一个极端危险的"世界",他快步跑上前去,抓住贵婉的手。

"等等。"

贵婉站定脚跟,看着他。

资历平抿了一下略微干燥的嘴唇,说:"报纸上经常都有赤色、赤色分子被枪决的报道,我们报社的政治新闻组时常有各种可怕的传闻,说,'攘外必先安内',我、我可不想在某一天某一刻,在政治新闻版面上看到、看到'自己'的名字。"

贵婉笑笑。

资历平从她的笑意里看到了一种大无畏的精神。

"这可一点也不好笑。"他说。

"我不会连累你的。"

"我不是这个意思。"

"如果,"贵婉说,"我说如果,将来有一天,你在什么什么版面看到我的名字,或者我的照片,请你相信我,我死得其所。当我站在千古不灭的受难高岗上的时候……"

"我不唱挽歌。"资历平截断她的话。

"那就唱赞歌吧。"贵婉微笑着说。

自那以后,资历平很少再去资历群的家。但是,他却改变了自己的阅读习惯,每天必读报纸的政治新闻版面,浏览所有的正副标题,每一次都有莫名地

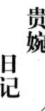

担忧。有一次,资历平在仙乐斯舞厅采访红牌舞女,听见有人议论头天晚上有女共党在仙乐斯舞厅门口被侦缉处特务击毙的事件,资历平心头犹似小鹿猛撞,跑到十字路口的报刊亭买了当天出版的各类报纸,一张一张地翻阅,心里实在慌得不行。

报纸上口气模糊,黑白照片也拍得一塌糊涂,也没有给一个正脸,一看就是记者隔着隔离线拍的远景。看那被击毙女人的身形也是个身材修长的年轻姑娘。资历平赶着去资历群的家,紧赶慢赶,赶到门口,傻了。

资历群搬家了。

房东说,三天前刚搬走,说是要去哈尔滨做生意。

资历群坐在青石板阶梯上直喘,汗流浃背地想事情。突然想到秦太太那一句,"工部局学校的老师资历平。"他心中有了谱,叫了辆黄包车,去了工部局的中学。

资历平决定去找"资历平"老师。

他先去的教师宿舍。以他惯有的找人经验,跟宿舍里的看门大爷闲聊,很快他就知道了"资历平"老师的住处。

贵婉在学校的平房宿舍前第一时间看到资历平的时候,她的眉头微蹙。资历平远远地看着她,齐眉短发,穿着蓝阴丹士林旗袍,直腰松身的款,鲜亮平整。与她平日里穿的窄身修腰、花团锦簇相差甚大。

足下是一双布鞋。

脸上不施脂粉,干净清纯,一派天然。

她瞪着资历平,有点生气。

资历平瞪着她,大步流星地走过去,用力地把手中一叠报纸砸在她手上。然后,转身就走。贵婉用眼睛瞟了下报纸的小标题,"昨夜仙乐斯门口击毙一名女共党"。

贵婉一下明白过来,赶紧向前走,去拉资历平。资历平不给她"拉"的机会,甩开来,径直走。贵婉又上去,再拉一回,资历平仍旧不给面子,只是,这次站在原地不动了。

贵婉说:"一起吃顿饭吧。"

资历平绷着脸，说："我不是来吃饭的。"

"你不就是来看我还能不能吃饭的吗？"贵婉说得很含蓄，资历平听得很难过。兄妹俩就这么面对面看着。

贵婉说，我知道你为什么来的时候，你就自带了一束洁白耀目的光线。不为别的，就为这一束光明独照。

他们破天荒地在学校食堂里吃了一顿饭。

这是兄妹俩第一次在外面吃饭。

他们以姐弟相称，学校里的老师都夸资老师的弟弟好"帅"、好懂礼貌、好人品。

"能给我几本书看吗，资老师。"资历平问贵婉。

贵婉看着他，说："什么颜色的书呢？"

"红色的。"资历平直言不讳地答。

"我这里只有灰色的。"

"我是真心想读一读。"资历平很诚恳地说。

"你们政治新闻版，不是也经常登一些查抄红色禁书的消息吗？他们那里应该有。"

"有吗？"

"没有吗？"贵婉狡黠地笑。这笑容像极了资历群。

资历平领会了。

"你什么时候有空，替我做个书柜。"贵婉说。

"书不肯借我，倒要我出力做书柜。"

"你不是说自己擅长做艺术品吗？"

"书柜是艺术品吗？"

"不是吗？"贵婉俏皮地问。

"我收费的。"资历平的口气热切夸张。

贵婉眯着眼睛斜睨着笑。

"为什么你现在笑起来，跟我大哥那么相似？"

"这叫夫妻相。"贵婉颇为自得。

"哇，这么直白。女孩子讲话要含蓄点。"

"嗯呢，"贵婉笑咪咪地说，"言贵简，言贵婉，二哥，你为什么不叫贵简，反而跟我抢贵婉？"

"现在谁叫资历平？"资历平问。

此时此刻，一位老师走进来，跟贵婉打招呼："资老师好。"

贵婉笑着应声，回头笑看资历平，资历平也还以俏皮的微笑，说："贵婉也好，资历平也好，姓名乃是爹娘所赐，一家人互相置换，小资不敢专美。"

兄妹二人互相调侃，别有风趣。

资历平回到繁星报馆，开始研究"中国工会问题""中国宪法问题"，延伸到"二十世纪初叶的苏联问题"，最后，找主编要几本有关"共产国际"的书，全面参考一下欧洲和中国的政治关系。

主编被他搞得七荤八素，他记得原来政治新闻版的记者去警察局采访过"禁红色书籍"的题目，有几本拿来拍照的书，没有及时还回去，那边也没要，这边就扔书柜里了。主编巴不得谁把这些灰堆书稿给处理了，一摆手，全给了资历平。

资历平的第一本红色读物是德文版的《共产党宣言》。

"一个幽灵，共产主义的幽灵，在欧洲游荡……"


秋天，寒蝉凄切，细雨蒙蒙。

资历平的养父心脏病突发去世。资母和姨娘悲恸不已。资家三兄弟很难得的同时回到老宅，祭奠慈父，办理丧事。

一家人悲悲切切，三兄弟各怀心事。

资历群是一家之主，资家财产最大的渔利者。他一向待兄弟们宽厚，财产分得极为大度。首先他作为长子，提出把老宅给了老二，但是不准出售，做资家子孙一个念想。也方便母亲和姨娘继续居住。股票和现金一分为三，母亲和姨娘各拿一份，剩下的一份三兄弟均分。

除此之外，他还私留了一个父亲常戴的翡翠扳指和一本厚厚的家庭相片簿。

资家的人没有异议。

资父出殡那天，资历群比兄弟们多磕了几个头，资历平知道，那是大哥代替贵婉磕的头。可是，令人意想不到的是，当天晚上，姨娘就失踪了。

资历平心"慌"得不得了，四处去找，寻不到一点儿踪迹。有丫鬟说，姨娘曾说要去一趟苏州。而且，姨娘是拿了钱才走的。

资家人一下就安静了。

因为贵家在苏州。

资母只顾念佛去了，对姨娘的不辞而别，无动于衷。

资历平很颓丧，心里惦着母亲，却不肯往苏州去。资历群就打发家里的佣人去苏州贵家打听，说是的确有个从上海来的时髦妇人来拜访老爷，不过，不到三五日，这妇人就离去了。

资历平听了这话，嘴唇压得紧紧的，不说话。天天坐在佛堂里陪着养母。资母跟他说，别傻了，姻缘是缘分，缘分尽了，就该散了。总不能是个妇人就叫人守节。不厚道。

资母的话不失风度。

资历平明白，资家人都在替自己"打圆场"，他也就领受了大伙的好意。那段时间，资历群生恐他有什么心底不痛快，也是"哄"着他，总要他解开心锁，不必内疚。

没过多久，资历平按捺不住"寻母"的念头，瞒着家里人，悄悄地去了一趟苏州。他在苏州四处打听亲娘的下落，却始终没有一个明确的答案。

他也曾到贵家门口徘徊过，终于有一次鼓足勇气去"拜访"的时候，却逢贵翼高升国民政府军械司副司长，门庭喧哗，过往皆是高车大马，贵家父子风光无限地送往迎来，这种充满了权贵色彩的画面，对于资历平来说是陌生和刺激的。

对比养父去世，门前冷落车马稀。

那种凄凉一派。

资历平心里很难过。

他原是抱着寻找亲娘的目的来的，此刻却活像是来讨好生父的。偏偏那些站在门口的仆役和士兵，也时不时用防备的眼神来扫视这个在门前游荡的青年，使他对贵家莫名地反感起来。

他在贵家高高的石阶下,凄然冷笑了一声,忽觉自己可笑可怜,索性头也不回地走了。

资历平去苏州寒山寺为亲娘祈福,捐了香油钱,留住了一日。细思人生过往,越发思念亲娘。

残烛一支,陪他夜半听雨。

雨声淋漓,仿佛养父去世的夜晚,那时那刻,亲娘还在身边用慈爱的手抚摸他的手背,安慰他的痛苦,于今,只剩他形销骨立地站在屋檐下,痴痴地看着自己的手,一滴清泪落下,宛如开了眼眶的阀门,一滴滴,一行行,像珍珠断线砸在手背上。

资历平哭了。

直至天明。

江南的黎明,烟雨朦胧,竹影飘渺,人迹模糊。资历平很早就离开寺庙前行了,他准备赶早晨的列车回上海。

蜿蜒的青石桥上,资历平忽然看见贵婉和一个中年男子迎面走来。中年人眉目和蔼,穿一件长衫,一双纯黑色布鞋,布鞋是簇新的,鞋面光鲜,绣了两片竹叶,不染一点灰尘。

资历平看见贵婉的时候,贵婉也看见了他。

她很淡定地从资历平身边走过,毫无惊诧,仿佛自己是一个与资历平陌生且不相干的人。

他看着他们从青石桥下去,贵婉有意无意地撑开了一把红色的伞,优雅地挡住了他们的背影。

除了一双红色的高跟鞋和一双黑色的棉布鞋外,资历平什么也看不见了。

霞光破晓,一片寂静,清风送爽,一寸两寸的凉意不深不浅直抵着资历平的胸襟,他想着,人生的路和桥,都是很难回眸的。

资历平回到上海的第一天,晴日方好,天光明媚。

说来也奇怪,资历平对于和贵婉在苏州的巧遇,什么也没记住,单单记住那中年男子脚下蹬的一双干净的纯黑色新布鞋。

因为，资历平也有一双同样的黑布鞋。

是养母亲手缝制的。

资母喜欢手工制作一些布袋、香囊，也给儿子们做布鞋。

鞋面都是纯黑的新布，鞋面会绣一两片竹叶，或者枫叶。鞋底扎着菱形花样，千针万线，密密麻麻的。她从不肯让别人帮忙，仿佛别人扎了一个针眼，这物件做出来就不"纯粹"了，总要从头到尾都是自己的针线活。

她每次都是先给大儿子做，然后才给小儿子、二儿子做，所以，资历平对这双布鞋挺敏感的。

敏感，让资历平发现了一个秘密。

如果不是这个秘密被偶然揭穿，也许这个秘密就会永远消失。也有可能成为历史上最大的秘密。

资历平去苏州河畔拍文艺海报，回来的路上，去赫德路的"凯司令"买了妞妞爱吃的"栗子蛋糕"。在"凯司令"西餐店门口外，大约五十米的梧桐树下，他看见一个少年乞丐，穿一件补着窟窿布的衣服，脚下却穿了双簇新的黑布鞋，鞋面绣着两片竹叶，鞋子比他的脚大，所以，一眼看上去，他走起来像在"滑步"，小心翼翼怕摔倒。

资历平对那双鞋异常敏感。

他总觉得哪里不对。遂上前去问："孩子，你这双鞋哪儿来的？"

乞丐少年看着他，躲着他，说："捡的。"

"哪里捡的？"资历平问。

乞丐少年眼睛直勾勾地盯着资历平手上的糕点咽口水。

资历平明白了。他从包裹食物的油纸包里拿了块"栗子蛋糕"给小乞丐。小乞丐伸出脏兮兮的小手，一把抢到嘴边，大口嚼着千层香饼。嘴里不忘感谢资历平，嘟囔着说："小辛庄。鞋在小辛庄捡的。"

一句"小辛庄"，让资历平打了个寒噤。上海小辛庄附近有大片农田，也有枪毙犯人的乱坟岗。

"是……死人脚上扒的吗？"资历平紧张地问。

小乞丐一边吃一边点头。

"那人长什么样？"

小乞丐一下噎住了，眼珠子一翻，回头抱着树根，吐了个翻江倒海。

"你怎么了？病了？"资历平不想放弃，他就是感觉自己嗅到了什么"秘密"。

小乞丐摆摆手，没头没尾地说了句："没有头。"

"什么？"

"没有头。"

"那个死人没有头？"

小乞丐翻着白眼，看了一眼资历平，猛撞了他一下，跑开了。由于跑得迅猛，鞋子不合脚，他跑丢了一只鞋。

资历平捡到了那只鞋。

鞋底扎的"菱形"花样，像极了资母的手工。

"小辛庄"、"没有头"、一只被丢弃的鞋。

死人的鞋子里渗出一股冷飕飕的凉气和阴气，一股阴冷的风袭来，资历平打了个激灵。他意识到了什么，他把那只鞋塞进自己的公文包里，要了一辆黄包车，直奔资历群的家。

资历平忧心忡忡地把一只鞋子递给了贵婉。

贵婉看看他，再看看鞋。

"有一个乞丐从小辛庄死人脚下扒下来的，死人没有头颅，可能因为什么特别的原因被人残忍地割去了。这鞋子，好像是我母亲做的。我不知道，大哥有没有把这鞋子拿给别人穿过。"

"你大哥的确有一双款式很像的黑布鞋。"贵婉说。她的话锋很冷，脸很僵硬，"拿给别人穿了。"

"那么，这个别人，还在不在？"资历平问，他的目光游移不定，贵婉捕捉到了他的担忧情绪。

"你确定这鞋子是你母亲做的吗？"贵婉问。

"十分相似。"资历平答。

"如果，真是这样……"贵婉的眼神犀利起来，仿佛一把尖锐的刀子。

"出了什么事？"

资历平一回头，看见资历群就站在他身后，眼里透着阴森森的寒光。

"小资从一个乞丐那里，发现一只鞋子，很像、很像是母亲亲手做的，我们给弄丢了。"贵婉说。

"人还有相似的，何况是一双鞋。"资历群淡淡地说。

"母亲做的鞋，跟别人不一样，鞋面不绣花，绣叶子。鞋底的菱角花瓣是前密后疏。"资历平说。

贵婉的脸色愈发难看。

"小资你先回去吧。"资历群说，"鞋子的事，到此为止，谁也别说。我会处理的。"

资历平点点头，正准备走，忽听资历群沉着声音说："今天是谁叫你来的？"

资历平一愣，没有听懂。

"我、我只是无意中——"资历平不知道怎么解释自己的举动。

资历群重新走到他面前，严肃地审视着他。

资历平有点怕他的目光，觉得冷，他把头低了低，想把头埋到大衣领子里。

"去吧。这段时间别再来了。"资历群不清不楚地说了半截话。

资历平点点头，临走的时候，把给妞妞买的"栗子蛋糕"给了贵婉，说是专门给嫂嫂买的。

"他太聪明了。"资历群一进门，就从贵婉手上接过了那只鞋。"他怎么会如此在意一双布鞋。"

"我送老李抵达苏州的时候，跟小资遇见过。"

资历群倏地回头看贵婉："你回来可一个字都没说。"

"我当时觉得没必要。而且，我信任他。"

"谁？"

"资历平。"贵婉说，"我信任他。"

资历群不说话，盯着那只鞋看。

"我们出发那天，老李的鞋坏了，我先拿了你的一双皮鞋给他换，可他的脚大了一码，偏偏那双棉布鞋他穿着合适。"贵婉说。

"老李有可能出事了。"资历群说，"马上联系东江特委。"

"'茶杯'昨天刚刚通过电台跟东江特委联系过，说，一切正常——"

资历群猛地一惊，跌坐在椅子上。

"历群？"贵婉意识到了事态的严重性，"你是说，东江特委出事啦？"

"有两种可能，一种是我们搞错了，小资和我们都搞错了。人有相似，鞋有相同。我们自己神经过敏；还有一种可能，老李在抵达苏州后，被捕遇害，或者被捕叛变，敌人派了一个假的'老李'去东江特委，主持工作。——太可怕了。"资历群喃喃自语。

经验告诉他们，第二种可能性占了绝对上风。

"老李同志是'闽浙赣'省委的委员，特派去东江的，如果一旦出事，波及面太大，不堪设想。"

"你马上去'茶杯'那里一趟，告诉她立即切断和东江特委的电台联系，并马上联系皖南特委，全面转移。我马上收拾一下行李，销毁所有文件，我们今晚9点在上海港口会合。"

"去哪儿？"

"暂时撤出上海。"

"东江特委那边呢？"

"我会报告上级，情况有变。让其他小组接手彻查此事。"

贵婉迅捷地准备出门了。

"记着，你可能已经暴露了，如有不测。"资历群从口袋里摸出一管口红，说，"只需要三秒钟，没有痛苦。"

一管口红，此刻的作用就是一条洁白的裹尸布。

贵婉平静地看着丈夫，说："你放心。"

"我在港口等你，不见不散。"

贵婉转过身来，一下抱住丈夫，亲吻他。

"等我。"贵婉说。

"小心。"

"我们去哪儿？"

"巴黎。"

贵婉一怔，嗓子有点干："去巴黎？"

"对，去巴黎，重建一条西欧到莫斯科的红色交通线。"资历群的声音强而有力。

1935年10月3日。夜风冷冷，当上海港口的游轮汽笛长鸣的时刻，贵婉和资历群在沉沉夜幕中告别了上海。

同年，10月中旬，地下党东江特委遭到全面破坏，大部分小组成员遭到逮捕和秘密处决，一小部分同志转移，销声匿迹。

皖南特委机关遭到特务袭击，几名机要员被捕，所幸特委们已经安全转移。

但是，上海警察局在逮捕、审讯、联合市政府特勤处调查的千头万绪中捕捉到了一个代号："烟缸"。

同年11月初，资历群和贵婉抵达巴黎。

资历平接到巴黎华人艺术家油画展邀请函，资历平的同学，著名油画家宁波籍的沙先生请资历平到会，共襄盛举。

上海警察局着手调查上海地下党交通局一案，由原哈尔滨警察局特务科的科长寇荣主办此案。

寇荣原是潜伏在日战区的特勤人员，身份暴露后，回到上海，急于立功，对"烟缸"的案子兴趣极大。

原上海市政府特勤处的工作人员资历安，由于工作勤勉，连续破获地下党组织的联络点，屡建"战功"，调任上海市沪中警备司令部侦缉处二科，任科长一职。

"蓝衣社"介入"烟缸"一案，引起寇荣强烈不满。寇荣联合工部局巡捕房跟巴黎警察局取得联系，决定去巴黎寻找线索。

同年12月初，资历平抵达巴黎。

国民政府军械司的副司长贵翼赴巴黎参加国际会议。

"蓝衣社"的"毒蛇"和"毒蜂"受命与上海警察局寇荣等人一起抵达

巴黎。

一个"烟缸",搅动起八方风雨,汇集了各路人马,一场没有硝烟的秘密情报战就这样在异国他乡张开了十面埋伏的天网。

一场小雪,巴黎的天空纯白透明。

圣多米尼克路的广场。

西点房里的机器轧轧地作响,一股浓烈的鸡蛋糕香味混杂着咖啡的味道弥散开来。资历平站在临街的西点铺买了杯热气腾腾的咖啡和一块草莓蛋糕,他神采奕奕地走在巴黎的街道上,一辆辆马车穿梭而过,马蹄卷起银色的碎雪花,淅淅沥沥的雨荡着雪风的旋涡,扑面的清新,让资历平感到一丝振奋。

忽然,一辆马车停在他面前。

资历平一愣,下意识地左右看看。

车帘半卷,他看到了贵婉。他有点猝不及防,喉咙里咽下一大口咖啡。

"上车。"贵婉说。

资历平很顺从地上了马车,贵婉轻轻放下车帘。她穿了一套中式高领的棉袄,肩上套着一件大红外套,人显得有些疲倦,眼角上粘着一点冰花,看上去,很美。

"巧啊,大嫂。"资历平很规矩地坐着。

"你来巴黎第一天,我们就知道了。"贵婉说,"没有联系你,是因为不太方便。"

资历平的眼睛盯着手上的草莓蛋糕。

"你吃吧。"贵婉说。

资历平咬了一口松软的蛋糕,低着头说:"那天以后,你们就走了,我也没敢找你们,以为,会很久都见不到你们了。"

"你知道的,是因为那鞋子。"

"那鞋子,有什么可怕的秘密吗?逼着你们连夜逃走了。"

"我们不是'逃'。"马车在雪地里摇晃着,贵婉的脸色很严肃,"我们是撤退。"

资历平又不说话了,喝了口咖啡,问:"我大哥好吗?"

"不好。"贵婉说。

资历平看看贵婉,说:"我能见见他吗?"

"你大哥——"

贵婉接下来的一句话,令资历平震惊。

"他失踪了。"

# 危在旦夕

## 第十四章

　　一个穿着黑色大衣的人下了车,马车继续前行,教堂前的广场上,一个孤零零的背影站在清冷双绝的风雪中。

资历平感觉咖啡呛在喉咙里，味道很苦。

"他是昨天早晨出门的，一夜都没有回家。"贵婉说。"这不符合常规。"

"那，他会到哪里去呢？"资历平说。

"也许路上遇到什么麻烦了，也许有意外发生，最坏的结果是被工部局巡捕房派来的特务秘密逮捕了。我现在还不能下最后的结论。因为我们还没到最后约定时间。"

没到最后约定时间，就有一丝希望和幻想。

"我大哥……他会有生命危险吗？"资历平脸色苍白地问。

贵婉没有答。

马车在风雪中前进。

资历平知道事情的严重性了。

"你呢？你不——"他刚想说"逃"，又吞咽回去，说，"你不撤退吗？你是不是应该先撤退？"

"你别紧张。"贵婉说，"现在还没有人动我，只能说明两种情况，一种是你大哥遭遇到什么棘手的事，不能马上回来跟我会合；还有一种，就是你大哥成功地逃脱了敌人的追捕，而我已经落入敌人的视线。"

"如果你已经暴露，他们为什么不抓你呢？"

"他们想利用我，找到你大哥。"贵婉说。

"如果是这样，你听我说，你先撤退，我来，我来找大哥。"

"这些都只是我的猜测。"贵婉反过来安慰资历平，"并不是事实。"

"如果是事实呢？如果是呢？他们很厉害的。"资历平说，"政治新闻版里报道过无数次特务枪击案，他们可以不经逮捕，不经审讯，就执行处决——"

"正因为这样，我才要等你大哥回来。"贵婉情绪激动起来。

"什么意思？"

"我们生生死死总要在一块的。"

资历平抬头看贵婉，贵婉眼里充满了温情。

"我会找到对应之策的。"贵婉的目光探视向马车窗外，外面天高云高，雪落无声，到处可见一片片白色的光焰罩着沿街屋顶的斜窗和屋檐上，"这雪真的很美……我是真想再看一回春冰化水的壮美。"

她用了"壮美",而不是"凄美"。资历平隐隐感到不详:"你太悲观了。难道这是你看到的最后一场雪?"

"今生而已。"贵婉莞尔一笑。

资历平却笑不出来。他想着,她其实是一个乐观主义者。

"我会守住我和你大哥的最后一刻,哪怕是冒险,我也要等他回来。"贵婉说。

资历平明白,她在等"奇迹"出现。但是,奇迹往往源于重重的苦难和危险。

"我能为你们做点什么吗?"资历平问。

"我想知道巴黎警察局里24小时之内,有没有被临时拘押的犯人。我指的是华裔犯人。"

"明白。"

"如果有,你及时通知我。"贵婉给了资历平一张纸条,"我的电话和住址。你默记一下。"

资历平很快把纸条上的字默记下来,贵婉划了根火柴,烧掉纸条。

"还有一件事,我大哥也来了,他在巴黎开会。你想不想……"

"不想。"资历平抢答了。

"你不是瞒着家里人去了一趟苏州吗?"

"我是去找我娘的。我不是去……"资历平说了半截话,觉得没意义。稍后,他说,"贵家跟我没有关系。"

贵婉微微叹息一声。

"我没别的意思。"资历平说。

"我的意思是,趁我现在还在,希望你们能彼此认识,仅仅就是认识一下。"

她这句,趁我现在还在,让资历平感到某种窒息和恐惧。

"我相信我大哥,他一定会保护好你的。你们一定会没事,相信我。"资历平说,"你们是天生的革命家,会有好运的。"

贵婉笑笑。

"我还有句话，想跟你说。"

"你说。"

"如果'贵婉'突然从这个世界消失了，你能答应我，继续做'贵婉'吗？"

一语双关。

资历平是聪明人，很清楚贵婉想表达的意思。

"你不会的。"他喃喃自语。

"你能答应我吗？"

"你，能不能不再说这些疯狂的话，这些话会让我崩溃的。你走吧，就像上次在上海。上次都没事。何况这里是巴黎。这里没有白色恐怖。走吧，贵婉。"

这是他第一次叫她的名字，既不是"嫂嫂"，也不是"妹妹"，他在呼唤她的名字。

他怕失去"贵婉"。恐惧感已经爬上了他的额头和眼角，不仅仅是对死亡的畏惧，而是那种不想再失去亲人的巨大恐慌。

贵婉看着他，吐字清晰地说："我是个战士，直到战死。"

资历平被她平静的外表，坚毅的内心所震撼。

他俩都明白。

不到十几分钟的密谈里，贵婉已经第三次提到了"死亡"。或许，她还会继续提及"死亡"。而资历平有可能是在她身处绝境时内心独白的唯一倾听者。

资历平望着她，说："我还能见到你吗？"

"能。"贵婉说，"不过，将来不会像现在这样，这么容易见面了。也许一年一次。"

"我大哥，他，会一直和你在一起吗？"

"会的，只有死亡才能把我们分开。"贵婉说。

资历平沉默了。

"你会答应我的要求吗？"

转了一圈的问题又转了回来，像螺旋线一样，问题永远都无法逃避。

"会。"资历平说，他的声音有点干涩，听上去很沉重。

贵婉的脸上绽放出笑容，她的手伸过来，握住资历平的手，低声说："如果那一天来临,你回上海,到麦特赫司脱路83号……"她把头伸过去,在资历平耳畔低声补充着,资历平点点头。

贵婉从头发的鬓角处取下一支很精致的粉红发卡,交到资历平手上,说:"这是我大哥贵翼买给我的,我在他眼里永远只有五六岁,他永远都只会买这种小女孩的发卡给我戴。"

资历平只觉得自己眼角"酸酸"的,抬不起来,他笑笑,说:"你大哥真吝啬。"

"是啊,"贵婉的眉眼里泛起一丝欢快,"下次见到他,发挥你挥霍的本领,替我好好敲他一笔。"

原来这"发卡"是贵婉给资历平的认亲"信物",他们彼此都清楚对方的含义,却都故意含含糊糊地不肯说明。

"他不会喜欢我的。"资历平说着把那枚发卡往贵婉手上"送",贵婉握住他的手,轻轻一推,说,"你会尊重他的。"

资历平哑然。

他天生一副敏锐之心。

他看看贵婉,把发卡紧紧握在手心。

贵婉微微一笑,一脸恬静澄明。

马车在一个教堂附近停下了。

一个穿着黑色大衣的人下了车,马车继续前行,教堂前的广场上,一个孤零零的背影站在清冷双绝的风雪中。

贵婉提前下车了。

为了预防有人跟踪,贵婉穿了资历平的大衣。

她手上拿着一本"圣经",走进了教堂。

马车上,资历平隔着车窗帘子窥探着外面的车辆与行人,他手上的草莓蛋糕只剩下一点点薄薄的香气了。

咖啡也一滴不剩了。

他坐正了身形,想想从前自己所受的所谓煎熬,相比贵婉的精神世界,真是相去甚远。此时此刻,他是仰望着贵婉的。

他并不希冀自己能成为贵婉那样的人,他觉得自己不够格,同时,他希望哥哥和嫂嫂所经历的危机能够逢凶化吉。

巴黎的咖啡馆很多,但是茶馆很少。

拉丁区的一个小茶馆里,稀稀拉拉坐着七八个客人。茶馆的规模不大,空间狭小,壁灯也昏暗,茶水和茶具算不上精致,收费却很贵。

一个满脸络腮胡子,头上戴着毛绒线帽,左脸上坑坑洼洼的,酒糟鼻梁上挂着一副黑框大眼镜的男子坐在一个阴暗的角落里,墙上昏黄的壁灯根本照不到他的面孔,他的对面坐着上海警察局特务科的小头目寇荣。

"原定计划不是这样的。"络腮胡子说。

"那是你们在上海出了差错,让鱼儿给溜了。没办法,你们这是逼着我们提前收网。"寇荣眯着眼睛,喝着茶水。

"你是张网捕鱼的,费时费力地织了一张天网,难不成就为了这一条鱼把网给收了?有意义吗?"

"不止是一条鱼,我抓的是人,是活人。活人会开口讲话的,她会原原本本地把她所知道的秘密给吐出来的。"

"这么有信心?"络腮胡子鄙夷地看着寇荣。

寇荣咧嘴一笑:"是人,哪有不怕死的。"

"共产党历来不怕死。"

"还有比死更可怕的,女人嘛。"寇荣这一次笑得很猥亵。

络腮胡子有点不舒服,他皱着眉头,拿了一支雪茄烟抽了两口。烟雾缭绕在他脸上,越发的云山雾罩了。

"听说'蓝衣社'也插手此事了。"络腮胡子说,"你们需不需要协调分工?"

"分工合作,成本太高。那都是唬弄上头的。不就是有人想抢功吗?"

"明白了,不是协调,是内斗。"

"废话少说,告诉我时间、地点。"寇荣拿出一封厚厚的信封来,往前一挪。

络腮胡子从口袋里摸出一个火柴盒,扔给寇荣,顺手把"钱"收了。

"人抓到了,把剩下的钱,汇到这个地址。"络腮胡子给了寇荣一张小纸条。

"放心。我寇荣说话算话。"

"别大意,这个'烟缸'可不好对付。"

"道高一尺魔高一丈。"寇荣说,"走了,你多保重。我就没见过'内奸'有好下场的,别介意啊。"他简直就是连面具都省了,得意洋洋地走了。

络腮胡子鼻子里"哼"了一声。

巴黎地铁站,通往"共和广场"的地铁走廊里,络腮胡子手插在衣兜里,低着头左右扫视,确定无人跟踪后,他从暗影处晃出了地铁站。

一家酒吧的厕所里,昏暗的洗漱池前,面对一块有裂缝的玻璃镜子,络腮胡子伸手"撕下"了半张脸,他看着镜子里自己的"阴阳脸",笑了笑。

他把一个残破的火柴盒扔在洗漱台上。

"道高一尺魔高一丈。

"那你也得先变成'魔'。"


资历平一直在坐冷板凳。

他穿着一身笔挺的西装,头发梳得一丝不苟,雪亮的皮鞋尖上浸了碎雪化的水珠,他风度清朗地坐在巴黎警察局查询失踪人口办公室的走廊上,不断地有警察进进出出,也有一些访客愁容满面地在服务窗口讲述着、询问着。

资历平是以巴黎马丹律师事务所的律师身份去的。

据他所说,他是受富裕葡萄酒酒厂的老板娘所托,前来查找她失踪了一天一夜的华裔丈夫,也是他的"当事人"。此人曾经由于酗酒滋事被拘留过,所以,这一次他唯恐他的"当事人"故态复萌,特地前来查找,为了尽快地得到警察的帮助和答复,他带了一箱上等的葡萄酒来犒劳询问处的警察。

他受到了极好的优待。

窗口接待处的法警一直在帮他查询这两天被拘押的华裔囚犯,却一无所获。资历平从下午一直等到晚上,他显得非常有礼貌,有耐心。

"你要不要去警员办公室喝杯咖啡?"一名拿了他两瓶好酒的法警走过来问他。

"不用,我想再等等。"

"你先去休息一下,一有确切消息就通知你。你从下午等到现在,够辛苦的啦。你们这一行像你这么替'当事人'着急的,我还第一次见。我甚至都要怀疑你是老板娘的情人了。"法警打趣地说笑着。

资历平看看,天也黑了,也不好拂了他的好意,就去警员办公室坐坐。

法警替他倒了杯热咖啡,让他取暖。

这时候,电话铃响了,有法警在接电话,资历平侧着耳朵,仔细听着。

"在哪儿?香榭丽舍大街……"

资历平顿时警觉起来,他脑海里浮现出贵婉在马车上给他的地址和电话。第一句就是"香榭丽舍大街"。

"怎么回事?上海警察?他们不能带武器,谁给他们的权利?工部局也无权这样做,抓人只能通过我们警察局。共产党?抓共产党也得是我们去。"

资历平开始焦躁地突然站起来,一名法警注意地看着他,他马上解释要去一趟洗手间。法警给他指路。

"你知道巴黎有多少共产党,社会党,激进党?工部局巡捕房的逮捕令只能在中国上海有效,对,对。我们马上请示一下警长。"

资历平假意去洗手间,离开两名法警视线,推门而出,直奔走廊。他用最快的速度走到询问处窗口,直接拿了电话来打,他打出的电话,一直处于占线模式。

资历平感到一阵恐慌。这种内心极度的恐慌激发了他对危险的敏锐度和颖悟。

资历平忽然明白了。

危在旦夕的不是失踪的资历群,而是已经暴露在敌人靶子底下的贵婉。

贵婉要出事!

资历平毫不犹豫地立即离开警察局,一路狂奔。

由于巴黎国际会议的召开,很多车辆都被政府租用了。资历平沿途雇不到一辆马车。

寒夜冰冷,雪花满地,交叉路口堵塞严重,资历平在雪地里疯狂地奔跑。

他气喘吁吁的声音在冰天雪地里回荡。

他想着马车里贵婉的笑靥和他俩的对话。

"你太悲观了。难道这是你看到的最后一场雪？"
"今生而已。"

忽然，天空里绽放出无数焰火，一束束明亮璀璨的光芒不停地划破黑夜，这是庆祝巴黎国际会议的顺利闭幕放的烟花。

资历平猛然想到了贵翼。

凭自己一己之力，如何对抗工部局巡捕房和上海警察局，何况他们还有武器。他看看手表，已经是晚上九点了，怎么办？怎么在有效的时间里通知到最有能力解决危机的人？

资历平的手摸到了口袋里那枚粉红色发卡，他有主意了。他倏然掉头，反方向跑去，直奔交叉路口指挥车辆的交通警而去。

"您好，警官。我是巴黎国际会议中国代表团的随行翻译，我的汽车车胎爆了，我运气坏透了，没办法，我得马上赶到闭幕酒会去，我的长官在等我，请您一定帮忙。"资历平从口袋里掏出两百法币塞到警察手上。

很快，他被送到一辆汽车上，畅通无阻地赶往会场。

优雅的莫扎特第四十交响曲、十二平均律的音乐奏响，巴黎国际会议闭幕酒会上，花香鬓影，名流云集。

贵翼修长的手指间夹着一只雪茄，面带微笑地用流利的英语跟各国代表们谈话。

"贵军门对眼下的国际局势有何高见？"英国代表说。

"如今日本入侵我东三省，狼子野心，面目狰狞。我认为，于今之计，应该以国家利益为重，集中国家力量，打击侵略者——"

"贵国内阁总理汪先生通权达变，善策方略，个人认为，汪先生提出的'分党'比蒋先生提出的'清党'手段更为高明。"

法国代表点头附和，说："我向来不主张暴力革命。"

"德国正在大量扩充陆军，西欧的局势也是一触即发，在战争的阴影下，增强国力，团结对抗，才有可能重建国际新秩序……"贵翼侃侃而谈。

众人点头。

一名服务生端着酒具过来，对贵翼说："贵军门，刚才有人送了封信给你。"

贵翼有点诧异。

他从服务生手上接过一封信，有礼貌地跟两位代表示意自己要离开一下。他走到一边，打开信封，里面只有一个粉红色的发卡。

看着那熟悉的发卡，贵翼脸上露出微笑，嘴里嘟囔了一句："小调皮。"他顺势把发卡的背面翻过来看，果不其然，上面有一行红色小字母。

"SOS"。

国际摩尔斯电码"救命"！

触目惊心！

贵翼变色！

他像一股旋风一样冲进酒会人群，撞倒了二三人，他一把拽住那个服务生，厉声问："人呢？"

服务生手上的托盘被撞飞，吓得瞠目结舌。

"什么、什么人？"

与此同时，一直躲在门口，发现贵翼神情有异的林副官也冲到了贵翼身边。

贵翼质问服务生："送信的人。"

"怎么了？怎么了？"林副官转对服务生说，"你说话啊，爷问你话呢。"

房间里一下安静了，连音乐都停止了，众人此时此刻的目光都聚焦在贵翼身上，有人窃窃私语。

服务生哆嗦着说："我、我不知道，我、我是，有一位先生叫我把这封信送给您。"

"什么时候的事？"

"半个小时前。"

贵翼一下揪住那服务生的衣领："那你为什么现在才给我？"

"我、我突然拉肚子……我、我……"

"你！！"

服务生突然想起来了，大声地："他说，他在香榭丽舍大街等您！"

贵翼一下放倒服务生，服务生趴在地上大声咳嗽着。贵翼大跨步往外走，林景轩快步相随。

法国代表关心地追上来，问："贵军门，发生了什么事？"

"我妹妹……"贵翼想说，"出事了。"可是话到口边，他却说："不能有事！"

每个人在相同事件、相同时间里所感受到的状况各不相同。他们所感觉所经历所描述的只能是他自己认定的"事实"。

贵婉如是；

"凶手"如是；

资历平，如是；

贵翼更如是。

所有参与"贵婉事件"的人皆如是。

但是，事实，或者说"真相"并不如是。

香榭丽舍大街，深夜。

一辆装饰豪华的马车驶来，一路街灯明亮，车轮嘎嘎吱吱碾压着碎雪，车速减缓，在一所粉色玻璃花房前停下。

贵婉裹着大红色的披风从花店里走出来。

路灯下，她背影纤细，步履轻盈。

风雪中，她下意识地回望了一下远方。

马车的车帘被雪风吹开一角，贵婉仿佛千钧重担霎时放下，脸上露出恬静的微笑。

她朴素的笑容里，有生死相许的激情和义无反顾的壮烈。

而此时此刻，对面的一座洋楼上，有人持长枪对着贵婉，瞄准器随着女人的身影上下移动。

"嘭"的一声枪响,枪声很闷,枪口像是包了什么布。

贵婉被马车上的人一枪爆头。

她脸上带着的笑容显得十分凄美、诡异,她没来得及吭声,扑地栽倒在雪地里,大红披风瞬间飘落,宛若一地鲜血飘散。

洋楼上,前来抓捕"烟缸"的蓝衣社特务王天风当场懵了,还没等他反应过来,马车"嗖"地一声飞驰而去,王天风骂了声"见鬼"。

"咣当当!"花店的门板飞起来,带着一股强而有力的冲击力量,有人从里至外,破门而出。粉色的玻璃窗瞬间被震碎了,碎片飞溅,像倾泻的玻璃花。

王天风迅即调整枪口,对准从花店破门而出的人,不止一个,目标是两个。

接下来的场景却是王天风始料未及的。

大雪中,阿诚只穿了一件雪白的衬衣,双手背铐,栽倒在雪地里,他几乎就跪在女人的尸体旁。明楼穿着一袭黑色皮衣,手持双管猎枪,狠狠地将枪口戳在阿诚头上。

一枪当头,杀气腾腾。

鲜血,鲜血提醒着阿诚,"烟缸"牺牲了,自己直面的是惨烈的死亡陷阱。

一阵寒风吹下一阵雪珠,砸在阿诚的头上,颈上,冰凉,彻骨的寒。他眼前是两道凹纹,平行线般的车辙,那是凶手留下的唯一印迹。

他必须勇敢,必须坚强,他要活下去。

他唯一的罪名就是出现在"烟缸"的住所,他是共产党嫌疑犯、"烟缸"的同党。

单薄的衬衣经不起风雪的侵袭,阿诚冻得瑟瑟发抖,他在雪地里打战,活像被押赴刑场的死囚,被鲜血吓得魂飞魄散。

明楼的枪口顶着阿诚的头,吼道:"说!说错一句,你就完了。"

阿诚直直地跪在雪地里,眼睛里全是红色的血、白色的雪。明楼眼神里全是厉色,王天风已经下楼,踏着碎雪,持枪走近二人。

阿诚耳旁响起了拉枪栓的声音。

"最后一次机会!"明楼说。

贵婉日记

安静,绝对的安静。

除了雪落的声音。

资历平在街上跑着,冰雪覆盖住他的面目他快支撑不住了。

他在全力奔跑的瞬间,脚下被一块冰雪绊住,整个人飞出去,摔在冰冷的雪地上。此刻,他离香榭丽舍大街只有一条街的距离。

贵翼在车中突然打了个寒颤。

林副官一激灵,汽车加速飞奔。

他们的汽车离香榭丽舍大街只有一步之遥。

"砰"的一声枪响了!

静。

天地间一片寂静。

静得心碎。

枪声很刺耳!

刺耳到清亮穿云!

贵翼听到了!

资历平听到了!

"砰"的又一声枪响!

刺激到因贵婉而狂奔的每一个人的神经。

一辆汽车像离了弦的"箭"冲向银雾茫茫的世界。

迎面而来的一辆黑色马车,与贵翼的汽车擦肩而过。这辆马车上坐着三个人躺着一具尸体。

阿诚浑身上下挂着冰水,裹着一件大衣。他的脚下是寇荣的尸体。他的身边坐着一声不吭的王天风,对面是脸色阴郁的明楼。

王天风干掉了前来围捕"烟缸"的寇荣。而明楼的"苦肉计"成功骗过了王天风，解救了阿诚。

王天风开始吸烟，狭窄的空间散发出呛人的味道，要在平日里，明楼早就伸手替他把烟给掐了，偏偏那一刻，他视若无睹。

忽然，明楼伸出手去，王天风习惯性地护住香烟，却见明楼的手替阿诚拂掉额上的冰渣。那一刻，他心底已经拟定了一份电文：

"青瓷"出发，完好无损。

"烟缸"已碎。

资历平发了疯一样，向前奔跑。

一辆装饰豪华的马车从资历平身边划过，一双冷酷且忧伤的眼睛透过马车的窗帘对资历平投出"关注"的一瞥。

资历平感觉到某种异样，他在奔跑中回眸。

马车已经远去。

马车上的人，戴着厚厚的棉帽，围着厚厚的围脖，从口袋里拿出一盒火柴，他在马车里点燃一支火柴，焚烧一张照片，黑暗中，一滴眼泪落在火头上，嘀嗒一声。

资历平跑到香榭丽舍大街，减缓了速度。

他的面目被冰雪覆盖，他爬到墙根，偷眼望去。

他看见一地鲜血！

贵翼扑倒在冰雪中，哭着抱起贵婉，她的身体大约还是热的，有温度的尸体让贵翼痛不欲生。他撕心裂肺地喊着，妹妹。

他紧紧地裹住贵婉，他想用自己的身体去温暖她，把她给暖回来。贵婉的眉心被一颗子弹炸裂，面目全非，血涂两颊，贵翼用自己的袖子不停地替她擦拭着血迹。

林副官想上前帮忙,被贵翼喝止。

贵翼流着泪说,贵婉爱美。

他噙着一窝眼泪把贵婉的头埋在自己怀抱里。

他说,都别过来,谁过来我杀了谁!

看到这一切的资历平,顺着墙根站起来,悲从中来,他竭力捂住嘴,泣不成声。


有时候回忆的画面比死亡的画面更具杀伤力。

贵翼很安静地听着资历平讲述的故事,他自始至终都没有插嘴,唯恐断了资历平的思绪,唯恐自己的情绪影响到他对过去事情的分析和判断。

直到资历平讲述贵婉之死,贵翼的悲伤被资历平戳得满心窟窿。

林副官给他们泡了一壶西湖龙井,汤色碧绿,茶香袅袅,似乎提醒着两兄弟,事情已经过去了。

"你是怎么找到陷害贵婉的人的?"贵翼问。

"我回来以后,照贵婉的吩咐,去了一趟麦特赫司脱路……具体情况,请您原谅,我不能告诉你。"

"为什么?"

"因为,各自政治立场不同。"资历平平静地说,"说实话,我来找你是冒了很大的风险的,如果我不是亲眼目睹你们兄妹情深……原谅我实话实说,我就是来'赌'贵军门肯抛下政党之见,来替亲人报仇雪恨的。"

贵翼没说话,他拿起紫砂壶给资历平斟茶,林副官敏捷地上前想接过贵翼手上的紫砂壶,贵翼轻轻摆手,一抬手示意资历平品茶。

"西湖的龙井,宜兴的紫砂,甘鲜醇和,你尝尝。"

资历平端起茶杯来喝。

"'茶杯'死得很惨……"

资历平被一口茶呛到了。

"你送给我的四个皮箱里,其中有一个就是'茶杯',你自己画的。那女人是谁?"

"她是冒充的秦太太。"资历平稳住了心神,说,"我从巴黎回到上海,发现我的房东突然间换人了。而且,她根本不知道我是她的房客。她自称是秦太太,在医院做护士的工作。"

"你跟踪她了?"

"对。我发现她是侦缉处的特务,更让我吃惊的是,跟她秘密会谈的接头人,竟然是我二哥资历安。他原来跟家里人说,自己在政府部门工作,其实,他是上海警备司令部侦缉处二科的科长。

"他的工作,就是破获地下党的秘密机关,抓捕地下党,并予以秘密处决。

"我很担心秦太太一家的安危,通过原来在工部局认识的两个朋友,打听到了秦太太一家被关押在侦缉处的地牢里。说他夫妇是重犯,很难一见。但是,他们的女儿妞妞关押在优待室,可以想想办法。"

贵翼明白,资历平所说的"想想办法",就是去"干一票"。

"我很久没做那一行了。为了救妞妞,我做足了准备,打起了十二分精神,伪造了特别通行证,冒充一名狱警,把妞妞给带回了'人间'。

"我救了妞妞,一下捅了'马蜂窝',资历安开始注意到了我,放出鹰犬来,四处狂吠。

"我也把所有的注意力集中到资历安身上,我发现了更大的秘密。

"'烟缸'复活了。"

"什么意思?"贵翼问。

"原先我大哥和贵婉租住的房子,住进了一个陌生女人,她穿着跟贵婉很相似的衣服,去贵婉常去的咖啡馆喝咖啡。我趁她不在的时候,偷偷进屋去看了看,房间里的摆设都跟贵婉在的时候一模一样,最令人感到阴森可怖的是,这个'贵婉'隔三岔五地去假'秦太太'家打麻将。我假扮成邮递员进去送'信',要了杯茶水喝,我看见他们——就像从前一样,一屋四个人,全是改头换面的特务。

"我感觉这四个人不是人,是四个'鬼'。我当时真的'怕'极了。

"我怕我大哥回来,看到这一切会崩溃。

"我更怕,真的地下党来跟他们联系……"

"那就会死更多的人。"贵翼平静地说。

"对。"

"于是,你就打算杀光这群'鬼'。"

"对。"

"你是什么时候知道资历群被捕的?"

"我是上个月从报纸上看到这个消息的,社会新闻版,刊登了我大哥资历群杀人被捕的消息,我很震惊。你知道,像这种版面,很多时候都是有人授意的,断章取义,黑白颠倒。我想,不管怎样,救人要紧。"

"于是,你就想到了我,并开始设局引我入局,然后,你就一次又一次地利用我。"

资历平抿了抿嘴唇,说:"不是利用,是请贵军门拨乱反正。"

他还挺会讲话,贵翼想。

"你大哥资历群现在哪里?"

"我不知道。"

"你不知道?"贵翼喝了一口茶,说,"你不会告诉我,你帮助他越狱潜逃后,就把他给扔到黄浦江上去了吧。"

"贵军门高瞻远瞩。"

贵翼冷冷一笑,说:"你放心,我不会把他怎么样的。我只要一个真相。"

"军门想问什么?"

"我想问的,你未必能答。就算你答了,答案也许是错的。"

"军门不问,资某未答,军门怎么肯定答案是错的?"

"资历群到底是什么人?"

"他是我大哥,贵婉的丈夫,您的妹夫。"

"他有几重身份?"

资历平一愣。

"譬如,他是国民党?还是共产党?还是双重身份的特务?还是别的什么……你补充。"

"你的意思,无非说我大哥有可能是叛徒。"

"那是你说的。"贵翼冷峻地说。

"我大哥是光明磊落的人。"资历平说这话的时候,有些冲动。

"我告诉你,"贵翼抬头眼光锐利地盯着资历平的脸,重复着说,"我清清楚楚地告诉你,你大哥的身份有多种可能性,但是,资历群绝对不是共产党。如果他是,他怎么会说出送你一个锦绣前程的话来?"

一语击破。

掷地有声。

资历平的心头被贵翼猛敲了一记,犹如当头棒喝。

资历平顿时脸色苍白。

"如果我没有记错的话。"贵翼强调了一句。

资历平脸色的骤变,直接证明了答案,贵翼没有记错。

贵翼别有深意地瞥了资历平一眼。

资历平身体的温度,瞬间冻结成冰!


一家私人会馆里,苏成刚和方一凡在进行密谈。

"7号首长的腰椎发炎了,很厉害。已经引发伤口感染,我们必须要找到一家可靠的医院,对7号首长进行先期治疗。否则,7号首长没有办法坚持到出港。"苏成刚说。

"现在这个时间段异常敏感,这种枪伤患者,一旦进入医院,就是自投罗网。"方一凡焦虑地说,"上海地下党的交通站也基本接近瘫痪了,我无法找到可以信任的人。"

"资历群已经成功越狱了,如果能够在短时间内找到他——"

"一个五人小组,死了四个,我不相信组长了,但我相信'烟缸'。"

"'烟缸'已经牺牲了。'眼镜蛇'同志亲眼目睹。并且就此事做出了详细的陈述。"

"我们还有一步险棋。"方一凡说,"去找资历平。"

"不行,太危险。虽然他做了很多对我党有益的工作,但是,他不是党组织成员,而且他的身份极其复杂。"

"正因为他的背景复杂,所以才要冒险一试。"

苏成刚叹了口气,像是发现了一个既不愿意承认,又值得一试的事实。

"7号,伤情严重,危在旦夕。"他沉闷地遥望窗外,窗外乌云密布,天空下起了小雨,街道昏暗。

苏成刚从开始执行秘密护送7号首长的任务以来,第一次感到身陷绝境般的痛楚。

爱多亚路上一家包子铺前,一名穿长衫的男子买了一个大肉包,很小心地捧在手里吃。一边吃一边看着包子铺门口挂的温度计,很时髦的温度计挂在热气腾腾的蒸笼边,很醒目。资历群看看温度计,是22摄氏度,屋檐下滴着雨,街道上的行人有伞的慢行,没伞的快跑,水花打在青石板路上,淅淅沥沥。

一辆汽车缓缓驶来,在包子铺前停下了。

资历群上车,关上车门。

"资桂花"开着车,驶过爱多亚路,车窗外细雨朦朦。

"风景如旧。"资历群说。

"你错过了前几天难得一见的风景。"

"有可能。不过,露西,你所看到的风景并不是唯一的风景。"资历群说,"你看到的只是别人希望你看到的罢了。"

# 迷魂阵

## 第十五章

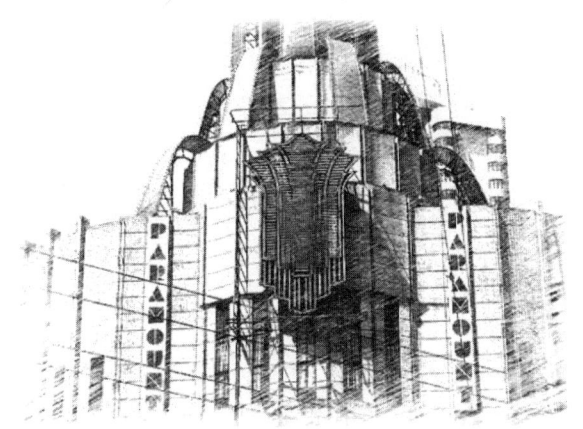

最先锋最激进的复仇方式往往是最传统的方式。
乐池瞬间变成擂台。

门打开了。

假扮成"资桂花"的露西站在房间里,资历群走进来四处看看,从窗户上看出去,对面就是三鑫百货公司,街道上很热闹,霓虹灯闪烁,百货公司里的唱机"吱吱呀呀"放着软绵绵的情歌,露西拉上窗帘。

资历群有一种错觉。

这里曾经是他的家,至少是家的一部分。他非但不觉得温暖,反而觉得凄凉颓废。

"是我的错觉吗?"他站在门口,拿出一支烟来,点燃火,说,"我觉得这里像一个鸟笼。"

黑暗中,细微的火柴光亮显得愈发明亮。

"你来晚了。"露西面无表情地说。

她感觉,面前站着的这个人,既无情,又不可阻挡。

"我们没必要留在这里。"资历群说。

"没人会到资家来抄电台。"露西说,"灯下黑。"

电灯亮了。

"我希望你坦白地告诉我,你和'烟缸'在巴黎发生的所有的事。你知道,我们心里都很清楚,我们小组内部出了'叛徒'。"露西一脸冰霜地盯着资历群的眼睛看,"你不觉得现在活着的人都有嫌疑吗?"

"我如果是叛徒,你现在还能站在我面前质疑我对党的忠诚吗?"资历群说。

这句话很有说服力。

"我、我希望是自己弄错了,我会向延安请示,请老家派人来甄别。"

"我们没有时间了。"资历群说,"电台在哪儿?"他看了一眼露西,然后朝里屋走去。露西一下从口袋里掏出手枪,枪指资历群。

"别那么做。"露西说。

"我别无选择。"资历群说,"据我所知,上面有重要人物已经抵达上海,我需要马上联系到他们,确保他们的安全。"

露西喘着气,不说话,枪口对准资历群。

"我希望你还能记得,我是你的上级。"资历群严厉地低吼。

"你和我都需要组织派人来进行审查!"露西说,"当然,这也可能衍生出更大的陷阱,如果你是……的话。"她把"叛徒"两个字给吞回去了。

"有人监视你吗?"

"没有。"

"你确定?"

"确定。"

"有人跟踪过你吗?"

"没有。"

"你确定?"

"确定。"露西说,"我记忆力超强,凡是我看到过的面孔,我都能记得住。哪怕他化了妆。"

"那你在担心什么?"

"情报是怎么泄露的?'烟缸'是怎么死的?'青瓷'下落不明,'茶杯'被捕,音讯全无。你告诉我,这一切的一切都是怎么发生的?为什么单单剩下你和我?"露西仿佛是情绪失控一般,连珠炮般地询问。

资历群也是竹筒倒豆子般地回击:"情报泄露不是单方面的问题,内部甄别只有你和我了,我不是叛徒,难道你会是叛徒?取消调查,可以遏制内部恐慌。下落不明的不等于'清白',被捕的不等于不会'叛变',甚至,甚至牺牲的也不等于不是'内奸'!我和贵婉在巴黎的故事,说给谁,谁也不会相信!!"

"你要我怎么相信你!"

"我发誓我值得你信任!"

"再往前,我就开枪了!"露西歇斯底里地吼了一声。

"你可以开枪打死我!"资历群说,"除非你就是那个'内奸',杀人灭口。"

露西的手开始剧烈晃动,枪口垂下了,她眼里含着泪水。

"别犯蠢,露西,要犯蠢也别在这会犯。我们小组就只剩我和你了。我们需要的是彼此信任,而不是互相猜忌。别在谁是'叛徒'上纠结了。"

"我现在,很怕你。"

"为什么？"

"第六感。"

"露西，你不是怕我，是你怕死！"

"我不怕死，我怕死得糊里糊涂的。"

"我会用行动来告诉你，我不是叛徒！我会让你做出明智的抉择。"资历群走到了露西的眼前，一伸手，缴了她手上的枪。转瞬间，他把枪别进了自己腰间，说，"告诉我电台在哪儿，我们必须马上和延安取得联系。告诉他们，我们的交通线正在恢复中。"

"告诉我'烟缸'是怎么死的？你是怎么回来的？怎么被捕的？提篮桥监狱可不是菜市场，你随随便便地进进出出，我会怀疑工部局是你家开的。"

"你有这么多疑问，为什么还会去约定地点接我？为什么还要住在我家的老宅，冒充我家里的佣人，你也不怕资家的人突然回来怀怀旧？"资历群抬头看了看墙上的挂钟，一转身走进里屋去翻东西，露西紧跟着他进屋，说："你不能乱翻我东西……你有什么权利……"

"这是什么？"资历群看见床下有一个包装得很精致的纸盒子，他小心翼翼地把纸盒子放到桌子上。

"这是今天下午我出门前，对面三鑫百货公司送来的十周年公司庆典的礼盒，说是'小点心'，我看他们挨家挨户地在送，我就收下了，因为急着要出门去接你，我也没看。"

"我跟你赌一赌，礼盒的确是三鑫百货送的，但是，里面可能不是什么好吃的小点心。"

"那会是什么？"

资历群说："难吃的……"他的手揭开盒子，脸色陡变，"吃不消的'点心'。"他二话不说，拉着露西就往外面跑。

露西听见了"滴答，滴答"的钟表声音。

资历群用尽浑身力气，把露西推出十米开外，背后"轰隆"一声炸响，黑云乱窜，火星四溅，资历群身上落了无数"星星之火"。好在天下小雨，雨水充盈直扑人面，资历群就地打滚，借助青石板缝隙中的小水洼，扑灭了身上的余火。露西扑过来，问："怎么样？"

资历群爬起来，拽了露西继续奔跑。

"从花园侧门走。车在那儿。"露西说。

露西动作敏捷，不似年过五十的老妇，二人跑出花园侧门，露西伸手把车钥匙扔给资历群，资历群和露西上车，资历群发动汽车，快速奔驰。

汽车上，二人惊魂甫定。

"这场爆炸，只能说明一件事，我俩都不是叛徒，我们被人设计成了叛徒，敌人想布置一场我俩自相残杀、同归于尽的'好戏'，来迷惑我们的上级，把我俩其中一个永远定格成内奸。"

"都怪我，疑心太重。"露西说。

"你说你没有被任何人监视。"资历群说。

"我以为……"她想分辩，又觉得意义不大。

"对，你以为，你会反跟踪。"

"对不起。"

"他们一直在监视你，之所以没有收网，就是想看看还有谁会自投罗网。可是，最近他们改主意了，他们打算利用你来杀了我，和你自己。"

"为什么？"

"因为幕后黑手是资历安，我二弟。"

露西的脸色苍白。

"他不想背上弑兄的罪名，所以假手于人。"

"太可怕了。"露西说，"我们现在去哪儿？"

"先看看有没有尾巴，确定安全后，再决定去哪儿。"


苏梅一把从小特务手上夺过一份"资家老宅爆炸案"的报告，怒气冲冲地穿过侦缉处的走廊，径直闯进资历安的办公室。

资历安此刻正躬身站在一架收音机面前，专注地调试波段、频率。

"你疯了吗？你为什么要这么做？"苏梅"啪"的一声把那份报告拍飞在资历安的办公桌上。

"我跟你说过,进上司的房间要敲门。"资历安眼皮子翻了翻,声音很轻地说,"不要以为做了资家二少奶奶,就可以在侦缉处狐假虎威。"

苏梅冷笑:"原来资大科长是以大王自居的。你是王也好,你是将也好,有些事情不可做得太绝。你这辈子干的没有一件不是伤天害理的事!"

"苏梅。"资历安抬高了音量,"你要学会感恩,是我,是我资历安,保住了你这条贱命。"

"你总是借机羞辱我。"苏梅咬牙切齿地说。

"我可以让你变得更难堪。"资历安阴郁地说,他的眼光逐渐黯淡下来,两个眼眶就像是阴暗的黑洞,"我是你的上司,我怎么做事,不需要一一向你交代。何况这次任务如此敏感,难道你一点也嗅不出危险的味道?"

"少跟我来这套。"苏梅说,"我只闻到了嫉妒的味道。我原来在地下党工作的时候,曾经跟他做过'假夫妻',我原以为你不知道,现在看起来,你什么都知道。我是个'叛徒',我被捕投敌,我贪生怕死,可是我一直都没有供出资历群。你只是单纯地想你大哥死吧?现在称心如意了?如果他这次真死了。"

"我是为了保全他,才陷害他杀人的,把他以刑事犯之名关进监狱,而不是政治犯,是我对他最大的宽容。"

"资历群的确是以杀人罪入狱的,可是经工部局刑事庭审判,被判处死刑,也是真的。都是死罪!都是你干的!"

"我可没料到这个。"资历安诚恳地说,"不过,我告诉你,资历群杀人一案经刑事庭审判以后,资历群就换了一个身份,叫做'佟阿大'。明白了吧?我一直在保全他。要执行枪决的只是一个酗酒闹事的'鱼贩'佟阿大。而我大哥,以'佟阿大'之名被人保释了。资历群越狱事件,也只有内部极少数人知道。我为什么要'杀'他?杀了他就等于掐断了全部线索,留着他,才能反败为胜。这是一石二鸟之效。你动动脑子。"

"可是,如果行动中出了差错呢?"苏梅问。

"你到底爱他还是爱我?"资历安反问。

苏梅愣住。

她一时半刻竟不知如何回答。

资历安冷笑着说:"我竟然小觑了初恋的影响力。"

苏梅对他能说出这种话,感到吃惊。

她觉得她一开始就被他骗了。

曾经周密制定的"狩猎"计划如此失败,苏梅感觉眼前一片漆黑,她的人生彻底沦落了。

一种绝望的挫败感油然而生。

她恨透了资历安。

由于"爆炸"袭击的突发,露西和资历群迅速达成彼此谅解,空前一致。他们开车经过一段时间的疾驰,确定没有危险后,资历群选择了一家私立医院落脚。

资历群替露西挂了一个急诊号,说自己的姨母在走路的时候不小心摔了一跤,值夜的医生看了看,说并无大碍,只有点小擦伤,可是资历群声称姨母的头部触地,怕脑部有淤血,执意要求住院观察两天,医生也就同意了。

露西住进了医院的观察室,资历群作为"家属"留下来照顾"病人"。

私立医院的观察室,很安静,资历群在观察室外来回巡视了几遍,确认安全后,返回观察室,立即跟露西讨论下一步的方案。

"前天收到延安急电,说有苏区特委近日内要出港,为此,出动了'蛇医'。"露西说。

"'蛇医'是保护中央领导健康的医务特工,他亲自出动了,就是有重要首长要出港。"资历群说,"我们不能再耽误时间了。"

"当时我们小组出了重大事故,我不敢贸然行动,一直在等你的消息。"

"我们的电台没了,告诉我和'蛇医'联系的最后方式。"资历群说。

"你先告诉我巴黎发生的事。"露西说,"谁杀了'烟缸'?"

"我并没有确定的消息渠道,我只知道工部局巡捕房配合上海警察局的特务头子寇荣通过巴黎警察局寻找我和'烟缸'的下落。说出来你可能不相信,我失踪当天是去航运公司预订回国的船票的,我在路上遇到了歹徒的袭击,纯粹的抢劫，我的头部被重物击中，当场昏迷。

"等我醒来的时候，我躺在一家教会医院里。医生告诉我，我得了脑震荡，昏迷了两天两夜，我没有力气走动，只好在床上休息。我请医生帮忙打电话，联系我太太，被告知，电话不通。我当时很震惊，等我能下床走动了，我就赶紧赶回住处去，我和'烟缸'的住处已经被警察局查封了，理由是，我们参与了暴力革命。

"我后来在报纸上看到，贵军门的胞妹于巴黎死于非命的消息，才知道妻子遇害。"他的声音开始哽咽，内心极度悲哀。

"真相就这么简单，没有任何说服力。"资历群说。

"我信了。"露西说，"这比你去编造一个真相更有说服力。"

"我考虑再三，先回国，再做打算。可是，我乘坐的游轮刚一到岸，就被侦缉处的特务以杀人罪逮捕。工部局指控我一年前杀害了一名女佣，经工部局刑事庭草率审判，我被判处死刑，收押于提篮桥监狱。

"我联系不到任何人。

"我不知道自己地下党员的身份是否已经暴露。

"我在寻找这一切一切的幕后操纵者。

"终于我找到了答案。"

"是你弟弟资历安。"露西说。

"对，他隐藏得很深。是我从前忽略了他。所幸的是我不止一个弟弟——我的小弟资历平冒着极大的危险，把我从炼狱里救了出来。

"我不能再透露过多的细节了，我想，我的话足以让你厘清头绪。说实话，对于这一段往事，我真的不想再提。

"因为，我，痛失所爱！"资历群眼眶里溢满了泪水。

露西轻轻地伸出一只手去轻抚他的手，安慰他。

"你不需要硬撑。"露西说。

"事实上，我已经撑过来了。"资历群淡淡地说。

方一凡从报纸上看到一则消息，"美美公司进口批发飞鸟牌果汁饮料、香草、咖啡、三色等，可选，玻璃瓶包装精美，一箱二十瓶，三箱包送货。公司地址，小普陀桥街站北。电话，一一一五七八。"

方一凡立即向苏成刚做了汇报。

"瓶子"和"沙漏"联手向组织发起了联络信号，五人小组，并没有被全面瓦解，这个重要信息立即被转发给延安。

由于7号首长的病势凶险，延安领导决定，让"蛇医"酌情处理，在确保7号首长生命安全的前提下，见机行事。

很快，资历群在报纸上看到了一则香烟广告，"霞美人烟草公司，出品美人梅子牌香烟，新货新品，烟丝美味，尽在手中。公司地址，小沙渡路贰佰号，电话，一一一四三零。"

资历群很满意，进展比自己预期计划还要顺利。

他唯一没有预计到的是，他并不是"蛇医"第一个要见的接头人。


晴空如洗，万里无云。

头天晚上，贵翼就接到了上海著名的民族企业家明堂的电话，说是贵翼的父亲贵闻斑到上海来了。

说巧不巧，贵闻斑和明堂是在苏州火车站遇到的。两人同车同住，一路海聊，都是通家之好，世代故交。

贵闻斑就把来上海见小儿子的事情告诉了明堂。

他说，他原意是叫贵翼去看看那孩子过得好不好，谁知这孩子很是质朴善良，过得很艰苦，并且一心一意想见生父。

当然，这都是大儿子在家书中告知的。


很显然，这封家书不是贵翼写的。


明堂得知资历平原是贵家之子，大为惊异。觉得这是一件奇事，也是一桩佳话，所以，极力促成此事。

他一回上海，先把贵父安顿到上海大饭店，然后，在饭店里订了十桌酒席，宴请了上海滩商界名流，一来为贵闻珽接风洗尘，二来庆贺他父子团圆。

贵翼这次表现得很配合，他非但没有深究那封"大儿子"的家书是谁的手笔，反而承了明堂的人情。

他跟父亲通了一次电话，大约说了十几分钟，大抵都是请安问好，只说了见面再谈。问父亲需不需要到自己的官邸来住，贵父说，不必了，来回折腾，太麻烦。他在上海待不了两天，母亲最近心脏不好，他挂念着，不放心，这次就是来看看小儿子，了一个心愿。

贵翼点头称是。

回头，他又给明堂打了个电话，一来谢谢他的热忱，二来还要他帮忙撮合父子关系，毕竟这父子俩二十多年没有见过面，素昧平生。

明堂满口答应，说，贵军门放心，一切包在我身上。

上海大饭店的宴会厅里，高朋满座，冠盖云集，彩球纷飞，欢歌笑语。明堂把整个乐池全包了，楼上楼下，布置得花团锦簇。

一派不是节庆胜似节庆的喜气。

贵闻珽一袭海青色长衫，显得温润飘逸，他步履坚定，和蔼可亲，也不刻意修饰，十分洒脱，颇具儒者风采。明堂陪着他前后应酬，忙得不亦乐乎。

酒店走廊上，三个西装革履，文质彬彬的青年男子健步走来，贵翼走在最前面，林副官和资历平紧随其肩。

"我怎么称呼老人家？"资历平问。

"谁？"贵翼这一句一出口，就明白过来，说，"叫父亲。"

"叫你什么？"

"叫大哥。"贵翼说完这一句，看也不看资历平，大步流星地往前走。林副官赶紧暗示资历平跟上去。小资很听话，立即跟随贵翼的脚步，走进会场。

很多宾客都注意到了他们。

贵翼说："你木讷一点，尽量少说话，不说话。"

"父亲要问呢？"资历平问。

"有问必答。"

"说实话吗？"

贵翼停下脚步，资历平也站住了。

贵翼转脸看着他，说："你听着，你要敢说出一句伤害贵婉名誉和贵家家族名誉的话，我一定让你后悔一辈子。"

"那你需要我做什么呢？"

"规规矩矩地吃一顿饭。"

"表情呢？"

"迷人一点。"贵翼表情略有夸张。

"贵军门，哈哈哈。"一只手从贵翼背后伸来，直接拍打他的肩膀，"贵军门，恭喜恭喜啊。"明堂说，"令尊与令弟今日团圆欢聚，一句话，家和万事兴，哈哈哈。"明堂打着哈哈，一脸的恭维相。

"谢谢，谢谢明董事长。"贵翼含蓄地微笑。

"令尊就在前面，去请个安吧。"明堂说。

"好的。"贵翼转脸对林副官说，"看着他。"

"是，军门。"

贵翼当着明堂的面，毫不客气地对资历平说："我没给你戴手铐，就算是格外开恩了。你一会儿表现好一点，让老爷子高兴高兴，可别耍花样。"

"我为什么一定要听你的？"资历平笑着说。

"我年龄比你大。"

"是吗？这也算理由？我个子比你高。"资历平略有调侃。

"是你站的位置比我高。"贵翼不咸不淡地说。

果然，资历平站在一个小台阶上。他"噗嗤"一笑，贵翼转身向前走去，明堂拿着红酒紧跟着他。

"父亲。"贵翼走到贵闻斑面前，躬身致敬。贵闻斑站起来，脸上泛着慈爱的微笑，贵翼附耳上前，低声数语。

贵闻斑脸上的表情显得十分平静，他一直不说话，很安静地听贵翼低声细语。过了一会儿，贵闻斑点了点头，贵翼侧身侍立，他向林副官和资历平招了招手。

明堂赶紧把资历平往前引荐。

一瞬间,音乐停止了,全场来捧场的嘉宾也安静下来,人们非常知礼识趣地让出一条道路,资历平像一缕阳光一样,穿越由注目礼形成的夹道,他像一泓灿烂旖旎的湖水,荡起千层涟漪,投射出万丈光芒。

资历平穿着高翻领黑色紧身小礼服,高贵优雅,线条挺拔,领口扎着黑色蝴蝶结,步履刚健,充满阳刚之气,他内蕴沉静地绕过全场一双双忖度、猜测的目光。

林副官侧身相随,不偏不倚的角度,正好衬托出资历平的纤细空灵。

贵闻斑几乎是盯着资历平上上下下地打量,他把资历平从头看到脚,只得一句话,潇洒风流。

记忆在不断地重构着。

资历平太像贵婉了,只是别有一种娴雅细腻,以至于贵闻斑心中如刺,他仿佛是带着终身亏欠在看小儿子。

贵婉是无人可以替代的。

资历平又何尝不是呢?

"来来来,介绍一下,介绍一下。贵闻斑贵老先生,也是令尊大人。"明堂说。

"贵老先生好,晚辈资历平。幸会。"资历平不卑不亢地伸出一只手去。

贵翼的脸色变得很难看,明显不悦。

贵闻斑听他叫自己"贵老先生",心中别有一种甜中带酸,酸中带涩的滋味。

似乎有一点冷场。

贵闻斑意识到了这一点,他很快伸出双手去,两手合拢紧扣资历平的手,说了句:"谢谢你肯来见我。"

看客们原本信心十足地要看一场父子相认,抱头痛哭,想想都激动的活报剧。结果,他俩相视一笑,握握手就替代了所有的情绪,所有看客的希望落了空,大伙儿都有点落寞。

"好啦好啦，一家人不说两家话。"明堂笑着说，"坐，坐啊，都坐，都坐。"看客们纷纷入座。

明堂一边让大家坐，一边介绍主陪的人员："这位是刚从德国回来的苏医生，非常非常有名的外科大夫，我的老友。"

苏成刚站起来，跟大家示意。

"这位是驻法国大使馆中尉武官，吴先生。

"这位是荣氏企业的公子，荣先生。

"我弟弟明斋。

"贵老爷子。苏州首富。曾经留学法国，是我国著名的哲学家，还有一个小秘密。贵老爷子还是武术界的高人。哈哈哈。全才，全才。哈哈哈。

"这位我就不用介绍了，贵翼，贵军门。还有我们的主角小资，不，不是，应该是上海滩上的贵公子了，贵公子请坐。"

一语双关。

"晚辈荣幸，恭陪末座。"资历平谦谦细语，在贵闻珽的对面坐下了。

贵翼陪着父亲坐着，给父亲斟茶。林副官站在他们身后。明堂注意到了林副官，他赶紧站起来，说："明斋，你陪这位副官去另坐一席。"

明斋应声，站起来。

林副官一味谦让，说不必了。拗不过明堂的热情，贵翼发话，叫他客随主便。林副官就顺势应了，明斋恭敬地请林副官独坐了一席。

"明斋多大了？"贵翼问。

"二十了。"明堂答。

"我记得你还有个妹妹叫明轩。"

"嗯，在金陵女子大学读书。"

明堂和贵翼说着话。

"你们家孩子的名字取得都挺有特色的。"

"那是，我跟你说，明楼、明台、明斋、明轩……原来啊，我们家长辈是打算给明轩取个花啊草的，譬如，明镜、明月、明霞，我啊，就觉得这个'轩'字好，'仰见城西楼，回光照文轩'，美啊，亭、台、楼、阁、轩、榭、堂、斋，

男孩能用,女孩也能用。别人家男尊女卑,我们明家男女平等,新生活。"明堂爽朗地笑着。

"明董事长是难得的明白人,不像有些所谓的家长,给自己的孩子取了名字,又嫌弃那孩子辱没那名字,反要夺回署名权。"资历平说。

"那是,我啊……"明堂一看贵家人的脸色都有点变化,忙改口说,"那也不是,俗话说得好,家家有本难念的经。"他笑着掩饰着座上客的情绪,"我们今天是团圆宴,大伙高高兴兴的,拒绝讨论家庭问题。哈哈哈。"

"我倒不知今日是谁家父子的团圆宴?"资历平说。

贵翼默不作声地放下酒杯,神色严峻。

明堂心里大概知晓些"长辈恩怨",于是,继续打圆场,说:"嘿嘿,小资的秉性,历来都是快人快语,快人快语。各位不要见怪,不要见怪,想当年,他在这摆花酒、唱堂会的时候……"他一下就卡住了。

资历平忽然仰头笑起来,说:"那叫一个花天酒地,纸醉金迷。"他笑眯眯地站起来,拿起手中酒杯。

明堂一看是个好兆头,赶紧把酒杯拿起来,说:"今天是个好日子,百无禁忌。"

贵翼默默地拿起酒杯来。

"来来来,大家举杯,我先干为敬。"明堂说。

贵闻斑也举起酒杯,笑看资历平。

资历平清清朗朗地说:"这杯酒,先敬我娘。"他把酒杯一倾,酒水洒落在地,一滴不剩。明堂继续捧场,一边给资历平斟酒,一边说:"这第二杯该敬父亲大人了。"

资历平举杯走到贵闻斑面前,说:"贵老先生,晚辈有一事不明,今日要在尊前请教。"

"请讲。"贵闻斑说。

"贵婉是谁?"资历平问。

贵翼冷喝一声:"小资!"

资历平依旧笑脸盈盈,低声下气地再问一句:"我就想知道,我在贵家有无名分？"

"有名分。"贵闻斑说，"原先你叫贵婉，后来……"

"好一个原先我叫贵婉。"资历平扯着嗓子怪叫一声，手中的酒杯重重一放，酒汁荡漾，飞溅在贵闻斑的袖口上。

邻座的林副官被吓得打了一个激灵。

看客们的好奇心一下就被吊起来了，原来，真的"活报剧"才刚刚开演。大伙儿心里着实又激动起来。

"小资，注意你的态度！"贵翼忍着一口气说。

"我的态度怎么了？我已经是低声下气地在求一个答案了。"资历平说，"贵军门你一生下来，走的就是一马平川的大道，而我资历平，是一个优伶之子，是从坎坷世路漂泊而来。二者生来不公，岂可同日而语。"

贵翼冷笑："你是在怪贵家啊。"

资历平摇摇头，居然拍了拍贵翼的肩膀，说："我是多年积怨，一朝有悟。"他一下站到了酒席中间，大声地说："不瞒各位，各位尊贵的客人们，我知道，你们今天是来替贵军门撑门面的，你们是来锦上添花。我遗憾地通知各位，我今天恐不能如各位所愿了。"他说最后一句话的时候，目光冷飕飕地投射到贵闻斑身上，"我今天肯到这里来'丢人现眼'，无非就是想跟这位尊贵的老爷探讨一下我凄凉的身世，我想替我含冤受屈的亲娘讨一个公道。"

"资历平！"贵翼暴喝一声。

贵闻斑伸手拦住贵翼，声音沉稳地说："小资，你到底想说什么，想要什么，你直说无妨。"

"我想说的，就是二十年前，贵家的一段公案。贵老爷你该心知肚明。"

"二十年前的事，事出有因，我与你娘是因故离异，三载恩情，我也弥足珍视，只是当时迫于家族压力，不得已而为之。"

"好一个因故离异，分明是你家老太爷设局，陷害我亲娘，逼贵老爷你休妻弃子，贵老爷你心存孝念，故不能陈情，忍弃我母子于沟渠，皆因尔全无维护顾全之心，无实事求是之意。事过境迁，你纵不能真心悔过，说出这种冠冕堂皇、不痛不痒的话来，岂非自欺欺人。"

贵翼厉声斥责:"资历平,你以为你懂一点微言小义,就敢在长辈面前放肆,一派哗众取宠之心,全无孝悌宽厚之情。"

资历平根本不看贵翼,继续对贵闻斑发难:"贵老爷刚才说,三载恩情,弥足珍视,转眼间,马前泼水,覆水难收。"他不禁啧啧,"可怜我亲娘身如槁木,心如死灰,拖着怀胎十月的身体,在风雨中颠沛流离。你但凡有一点男儿血性,都不该将自己的女人如此卑贱地委弃于泥,纵然父命难违,也应该另有关照……"

"这世上,很多事情都身不由己。"贵闻斑低声说。

"身不由己,还是口不应心。"

"我也意识到我无法弥补从前的过错。"

"仅仅是过错吗?应该是罪孽。"

"你放肆!!"贵翼彻底暴怒,他把手中酒杯重重一摔!

吓得旁席坐着的林副官一下从椅子上跌下来,酒泼了一身一地。所幸现场所有的注意力都在这一家三父子身上,没空去"照顾"到一个"配角",林副官才不至于过于狼狈。

明堂看看不对路,设法相劝,说:"大家都消消气,消消气。小资本性天真……"

"其实不然。"资历平不买账。

"你到底想干什么?"贵翼问。

"我亲娘当日与贵老爷相识,是在天津的一个武馆里。我娘曾说,贵老爷当时身体羸弱,所以到武馆学拳,强身健体。我娘在'心意拳'门下小有所成,亲授贵老爷一套拳法,我娘与贵老爷也因拳相爱,结成夫妻。

"心意拳,心意拳,从来都是由心生意,由意化拳。贵老爷既然对我母亲无心无意,又何必忝施此拳,有负卿恩,不如罢手还'拳'。"

众人听到此处,莫不哗然。

"贵老爷若赢了我,我二话不说,听凭处置;贵老爷若输了拳,从此不能再打'心意'拳。我替我那多灾多难的亲娘收了此拳,我们再无半点瓜葛。"

儿子居然公开挑战父亲,真是挑战传统的底线。

贵翼气急反笑，说："好一个罢手还'拳'，你无非就是想在众目睽睽之下与亲生父亲动手罢了——为人子者，善守孝道，天经地义，人伦之本。长辈有错，下气怡色，柔声以谏。似你这般出言不敬，挑衅尊长，恶语相向，眼中竟是无父无兄，与禽兽何异？"

"小资问心无愧。公道自在人心。"资历平依旧强硬。

明堂说："小资，你过分了。我虽不是封建老朽，也欣赏新学风范，但是，你这些话也的确不能入耳了。我们中国人，自古以来，为尊者讳，为长者讳，没有你这样轻重不分的，更何况，这种拳打脚踢之事，同辈比比也就是了，怎么好到长辈面前去张牙舞爪。打赢了，你输了孝道；打不赢，徒留笑柄。你听哥哥一句话，打了你赢不了，不打就不会输。"

资历平浅笑，说："哥哥，你算我哪门子哥哥啊？最近真是好奇怪，自从有个贵军门来跟我攀亲戚，上海滩好多有头有脸的人物都来给我做哥哥，我倒是真有两个哥哥，一个是杀人在逃犯，一个是上海警备司令部侦缉处的二科的科长，绰号'屠夫'，专杀'共谍'，两手血腥，他们才是我哥哥，不知道明堂哥哥听了这些，还敢不敢跟我小资称兄道弟？"

"你、你这，荒谬，荒谬嘛。"

明堂被他一番话给气得话都说不清楚了。

"我跟你打！"贵闻斑说。

顿时，整个宴会厅鸦雀无声。

"不过，我有个条件。"贵闻斑说，"不管你承认不承认，你血管里流着我贵家的血，我是父，你是子。你要跟我打，可以，你得跪着跟我打！"

"说得好。"贵翼说。

"我跟你打！"资历平说。

全场安静。

"我跪着跟你打！"资历平伸手摘下领口上的黑色蝴蝶结，扔在台口，他径直向乐池走去。

众人哗然。

最先锋最激进的复仇方式往往是最传统的方式。

乐池瞬间变成擂台。

贵翼和林副官都拽着贵闻斑的袖子，说，不能去。贵闻斑摆手制止，说，这场架，资历平憋了二十年了，该还的债迟早都要还。

"这纯粹是我和他之间的私人恩怨，没有任何别的因素。所以，无论今日输赢如何，双方都不需要负上法律的责任。生死由命，成败在天。所有的人，包括我的儿子都不准向资历平寻仇。"贵闻斑说。

"人争一口气，佛争一炉香。"资历平说，"贵老爷，请上擂台。"

贵闻斑大步流星地走上乐池。

"拳击运动，我向来都是反对的。明明就是合法的暴力嘛。"明堂嘟囔了一句。

"嗯。"贵翼"哼"了一声，说，"今天的'暴力'也合法。"

"我欣赏你的骨气，但是骨气不是赌气。"贵闻斑平静地说。

"我敬重你的勇气，但是勇气不等于正气。"资历平娴雅地说。

"什么是正气？"贵闻斑问。

"至大至刚之气。"资历平答。

"说得好，老朽别无所盼，盼你善养浩然正气，做一个正大光明之人。"

此时此刻，贵翼是仰望着父亲和兄弟的，只有他心中最清楚，离别二十年，父子相逢的这一刻来之不易。

拳拳之意，寸草之心。

贵闻斑与资历平对峙。

长衫风骨与西装风流；

长者与青年；

父与子；

拳与心。

资历平先执弟子礼，退后一步。左掌右拳，躬身一拜。

贵闻斑左掌右拳，两手环抱胸前，手心向外一推。说时迟那时快，贵闻斑出拳迅猛，防不胜防。束身起，长身落，气势如龙卷风猛烈刚劲。

资历平只觉得一阵劲风扑面，直逼面目。他轻灵一跃，躲过拳风，双手生风，往回一挡，单膝一跪，干净利落。

温情问道的情势瞬间逆转为飞扬跋扈，变化之快，速度之猛，令人防不胜防，大伙甚至来不及惊诧，台上两父子已经打得难分难解。

一个拳法精密，一个厚重老成。

一个绅士仪表，一个翩翩风度。

一个一拳一腿一跪，一个一掌一拳一收。

你来我往，父子俩打得风卷残云，龙腾虎跃，看得人眼花缭乱。

贵翼一心挂着父亲的"安危"，一脸焦急，在乐池下不停地提醒父亲小心，喝斥兄弟无义！凡父亲得手，贵翼就高声喝彩，"好，打得好！"

凡兄弟得有寸进，贵翼就说："小资，武术切磋，点到为止。"

"父亲，小心脚下。

"资历平，你混账！

"父亲，当心有陷阱，切莫强攻。

"小资，你声名远超实际，不过如此而已。

"小资，你要站起来一步，就算你输。

"小资，你拳不由心，火力不足，阴柔太重，肤浅之至。

"小资，你敢挑衅长辈，世道世风何在？传统美德何存？

"小资，你是打拳还是打架，全无章法，活像老鼠打洞。"

贵翼活像是一枚"助燃剂"，不但没有起到遏制资历平的作用，反而激发资历平的斗志，越战越勇。

"坚髓骨，炼灵根，片片桃花洞里春。"资历平以一招绝美之势，回应贵翼的"老鼠打洞"。他冷酷的拳法和英俊的外表在擂台上却异化出一种动人的美感来。

父子间闪转腾挪，资历平拳影拉风，出拳不计后果，贵闻斑只守不攻，出拳计较莫要伤他要害，双方的位置不断变换，意味着资历平越攻越猛，所向披靡。

贵闻斑不欲恋战，与他纠缠，发拳一招决断，猛冲猛撞，一拳落下，劲力十足。大有恶虎窜涧之势，大海扬波之威。

资历平劲力裹含，蓄力后发。一招制敌与绝地，回拳干净潇洒，他单膝飞跪，冲到乐池台口，双手一展一收，仿佛织锦般灿烂绝色，气势如虹，气度若仙。

观者无不惊呼，大声喝彩。

这一段打得漂亮，华彩，熠熠生辉。连林副官都禁不住高声喊"好"，气得贵翼直瞪眼。

父子俩打到此处，心里都很清楚，决胜的回合已在眉睫。

贵闻斑腾蛇旋转，飞起一脚，直袭资历平前胸，资历平身体往后一仰，后空一个翻滚，单膝一跪，反手一拳，两拳，三拳，拳拳打在贵闻斑的腰间，力量之凶残，动作之狠毒，速度之威猛，属于大砍大杀，强攻硬击。

贵闻斑脸色苍白，仿佛腰间遭到重创，双手抱腰，大吼一声，扑倒在乐池中。

全场大乱。

贵翼脸色铁青，以最快的速度冲进乐池，喊着："父亲，父亲。"林副官和明堂等人纷纷进乐池帮忙。

"怎么样了？"明堂高声喊着。

"我父亲受了重伤，医生，医生呢？"贵翼声音里夹杂了哭腔。

"苏医生，苏医生。"

苏成刚赶到贵闻斑身边，伏倒在地，先听心音，再看伤势。"不得了，不得了，贵老先生恐怕伤到腰椎了，腰椎是要害，一旦受伤严重，会造成骨折，脊髓发炎，肌肉麻木，下肢瘫痪。"

"瘫、瘫痪？"贵翼的声音都打颤了。

"军门，军门，别急，别急，我们马上送伯父去最好的医院。"明堂说。

"我有这方面的外科治疗经验，您放心，贵军门，我一定全心全意保贵老先生平安。"苏成刚说。

"谢谢，谢谢苏医生。来人——"贵翼站起来大喊一声，"林副官，叫救护车。"

而此时，资历平就平静如水地站在人群之外，他向贵翼投来高深莫测的一瞥。贵翼怒气汹汹地向资历平走过去，明堂一看不对劲，喊着："别动手。"

资历平已经被贵翼劈面揍了一拳。

贵翼把资历平的衣领一把拽在手心里，还要挥拳，就听得父亲一声咳嗽，贵闻斑有气无力地说："不准打他，他是你弟弟。他是贵婉。"

"父亲。"

"我欠他亲娘的，我今日还清了。他不欠你的，是我们贵家欠他的。"贵闻斑说。

"你听着。"贵翼把资历平的衣领往前拽了拽，眼眸一厉，突然大声说，"我父亲今日要有一个三长两短，我要你资家全家抵命！！"

这一句着实厉害。

吓得隐藏在宴席厅里的苏梅打了个冷战。

贵翼的眼睛横扫四方，威风八面地将资历平推至林副官面前。

"给我铐起来。"

救护车一路呼啸，贵翼和苏医生看护着贵闻斑奔向陆军医院。

苏梅心有余悸地戴上黑框眼镜，匆匆离开现场。

"见鬼！"资历安听完苏梅的汇报，突然就想起了什么，接着冷笑起来，"这个狡猾的狐狸。"

"什么意思？"苏梅问，"贵闻斑受伤，难道隐藏着什么阴谋？"

"三天前，我们截获了共党发给代号'沙漏'的'共谍'密电，上面明确提到，要他们帮助一个苏区特委出港。而这个人受了严重的枪伤，需要去莫斯科动手术。"资历安说。

"一个苏区特委，如此大动干戈？"

"不是一个区区的苏区特委，而是共产党一个高级领导干部。"资历安点燃一支烟，说，"中共发起抗日东征战役，红军主力在陕北渡过黄河，东征战役中，有一名高级将领中枪受伤，据特情处报告，此人腰椎受伤严重，伤及神经系统，如治疗不及时，有可能瘫痪不治。"

苏梅惊讶地叫出了声。

"难怪你今日叫我前去监视他们兄弟的行动。"

"并非如此,我又不是神仙。也不可能事事处处都想得到吧。"资历安说,"我只是觉得资历平突然跟贵翼混在一起,一定会搞点小动作,毕竟,他们贵家死了一个贵婉。可是,他们今天的动静确实大了点,有点不知死活。"

"那,我们还不马上出发去陆军医院。"

"慌什么,总要等'大人物'躺在了手术台上,动了刀,才好人赃俱获。你还怕一个昏迷的病人跑了?倒是这个贵翼,身为党国栋梁,居然为己区区兄妹情分,就公然背叛党国,简直丧心病狂,无法无天。"

"贵翼身居要职,身份敏感,我们……"

"所以,我们必须'人赃俱获',才能扳倒他这棵大树。你去通知行动组,半个小时后,全体出发,地点陆军医院,不要拉警笛,安安静静地去。"

"是,科长。"

"还有,找一张贵闻斑的照片来给我看看。"资历安语速很慢。

"我认得他。"苏梅说。

"我得亲自确认,明白吗?"

"是,科长。"苏梅立正。


陆军医院。

手术室的门口,站着两名荷枪实弹的军械局宪兵;走廊上,明堂陪着贵翼坐在板凳上,安慰贵翼。

明堂说苏医生的技术高超,他还特地请来了两名德国外科大夫,一起给贵老爷子做手术,老爷子命大福大,一定没事。

正说话间,走廊上来了一队人马,资历安和苏梅向贵翼迎面走来,贵翼的表情十分气愤。他并不看资历安等人的汹汹之势,而是转身看手术室的门,专注地倾听里面的声音。

手术室里很安静,手术应该很顺利。

有两个护士不停地在过道里奔跑,她们手上抱着消炎的"磺胺"输液瓶,资历安突然挡住了护士的去路。

"干什么！"贵翼站起来，怒喝一声。手术室门口的宪兵立即站在了贵翼身后。

明堂也站起来，察言观色。

两名护士赶紧低头离开。

"贵军门，我们侦缉处二科刚刚接到一条绝密消息，共产党的一名要犯就隐藏在陆军医院，卑职奉上峰差遣，特来围捕'共谍'。有什么得罪之处，万望军门见谅。"资历安说。

贵翼眼底一抹寒光直射资历安的眼瞳，他冷笑着说："资科长，你还真是狗胆包天，敢在太岁头上动土。"

贵翼先给资历安下了结论。

不等他开口说话，贵翼已经开始滔滔不绝了："我贵家与你资家虽然有些渊源，有点纠葛，但从来都是井水不犯河水。如今倒好了，你们资家的人就像一贴狗皮膏药一样，死死地贴在我们贵家身上。资历平当众犯上，殴打我父亲，这笔账我还没跟你们算，你们就来以搜捕共党之名，意图搅乱我父亲的手术治疗。我告诉你，资历安，我父亲若有三长两短——"

"你要我们资家全体陪葬，不是吗？"资历安很平静，看上去，比贵翼多了些风度，他大度地笑笑，"贵军门，你很失态啊。你这样絮絮叨叨，滔滔不绝，哪里还有半点军门的样子？你稳不起啊？"他竟然伸出手去，意欲拍贵翼的肩，贵翼一个反手制敌，瞬间把资历安的左肩扭成麻花，资历安大声惨叫着。

特务们一阵骚动。

"贵军门切莫冲动。"苏梅叫了一声，"我等的确奉上峰之令前来缉捕共党要犯，资科长适才出言不逊，得罪了军门，望军门大人大量原谅资科长。不过，在缉捕'共谍'之事上，还望贵军门以党国利益为重，予以积极配合。"

"你要我怎样积极配合？"

苏梅走上前，双腿一碰，立正敬礼，说："我们接到秘密情报，共党高层分子正在陆军医院接受手术治疗，所以，我们要搜查手术室，不过，请贵军门放

心,我们会对贵老爷的手术室区别对待,绝对不会惊扰到贵老爷的手术治疗。军门海量,需知蒋总裁在对待剿灭共党一事上,是雷厉风行的,军门你稍有不慎,岂不授人以柄。"

"好一个稍有不慎,授人以柄。"贵翼态度恶劣地回手把资历安给扔回去。他走到苏梅面前,来回踱步,回头看看脸色惨白的资历安,微微一笑,说:"资科长,你艳福不浅啊,苏小姐不仅人长得漂亮,话也说得在情在理,无可挑剔。我这个人,向来吃软不吃硬。为了党国的利益,我就放你进去——"

资历安刚要说话。就听贵翼不紧不慢地补充了一句:"只能资科长一个人进去。"

资历安一愣。

"三分钟,从现在开始计时。"贵翼说。

他开始低头看表。

资历安与苏梅迅速交换眼色,两名宪兵站回原位。资历安不再犹豫,大跨步向手术室走去,宪兵替他打开了手术室的门,等他进去后,立即关上大门。

一名背枪的宪兵引资历安走进手术室。

资历安穿上了医生袍,戴着口罩,以避免感染。宪兵允许他走进白色的帷幕,这样,资历安可以清晰地看到病人的脸。

资历安看见了贵闻斑的脸。

呈雪青色,十分可怖。

两名德国外科大夫跟一名中国大夫正在用德语交谈,资历安只会讲几句蹩脚的英文,对于德语,他是望而生畏的。

虽然他一句也听不懂,但是,他从医生脸上的表情可以臆测到贵闻斑伤势严重,不可小觑。

白布上一片注注的血,布的窟窿下,是一片被切割的血肉。资历安实在是觉得恶心了。

他忍着极度的恶心和一股刺鼻的消毒水味道,从手术室里走了出去。

而医生们对他,几乎是视而不见的。

资历安确定了一件事。

手术台上的的确确是贵闻琨在做手术。

而非别的什么人。

贵闻琨身受重伤,岌岌可危。

结论是,小资闯下大祸了。

咎由自取。

资历安从手术室出来,十分诚恳地向贵翼表示了歉意,不仅仅是对刚才自己的鲁莽行为,也为资历平所犯下的大逆不道之罪,表示了极度愤慨。

然后,他又假惺惺地说,自己还要到陆军医院其他的病房去搜捕共党要犯,就此告辞了。如贵老先生这边有什么需要,尽管说话,他一定尽力帮助。

贵翼说,你回去烧炷高香吧,总之一句话,我父亲没事,资家就没事。

手术过程很长,明堂去给贵翼买晚餐了。

"手术室"走廊上很安静。

林副官把资历平带来了。

资历平戴着手铐,坐到了贵翼身边,两个人肩并肩,轻展眉梢,相视开颜一笑。

原来这场父子擂台赛,是他们预先设计好的。

"怎么做到的?"贵翼问。

"先给根烟抽。"资历平说。

林副官掏了一包香烟出来,取了一支给资历平叼上嘴,贵翼从口袋里拿出一个打火机,替他点燃香烟。

"怎么做到的?"

"我为什么要告诉你。"资历平冲贵翼吐了一个漂亮的烟圈。

贵翼伸手替资历平把烟给掐了。资历平调皮地一转头,嘴上居然又叼上一根点燃的香烟。贵翼再伸手替他掐了。

资历平头一低,一抬,嘴上又叼上一支点燃的香烟。

"怎么做到的?"

"我为什么要告诉你。"

# 殊途同归

## 第十六章

一切皆因贵婉而始。
贵婉日记至此翻开了崭新的一页。
……
这是漫长的一天。
也是红色交通站赋予新的历史生命的一天。

面对贵翼的好奇心，资历平始终是一副莫测高深的笑脸。此时此刻，林副官很自觉地站到走廊的拐角处，一来，为了让他两兄弟有一个窃笑私语的空间；二来，走廊上进进出出的医生、护士可以一目了然。

壁灯罩着资历平的脸，贵翼对他魔术里包藏的"小秘密"特别感兴趣："告诉我，怎么做到的？"

资历平奇怪地笑着，笑容有点僵硬。

走廊拐角处传来脚步声，清晰，有力度。

资历平的脸色顿时煞白。

贵翼心知有异，举目一看，是一名戴着口罩的医生推着一个轮椅，椅子上坐着一个面容消瘦的垂垂老妇，出现在走廊上。

资历平叼在嘴上的香烟瞬间落地。

贵翼大喊一句："林副官！"

没有回应。

医生很平静地说："刚刚那位副官去厕所了。"

两名背枪站岗的宪兵走过去，说："你们走错了，这里是手术室。不能……"

话音未落，垂垂老妇"嘭"地伸出双手，整个身子飞出来，压在宪兵身上，姿势虽然不雅，但是瞬间"制敌"。一名宪兵被当场砸晕。

而"医生"是与老妇同时动手的，他站在老妇背后，贵翼几乎是没有看见他有什么大动作，只看见另一名宪兵被当场"缴械"。

与此同时，贵翼是要站起来拔枪的！

说时迟那时快，资历平猛踩贵翼一脚，贵翼防不胜防，因两人相隔太近，资历平速度太猛，一个麻痹大意，一个蓄势待发。一副亮铮铮的手铐像变魔术一样，瞬间铐在了贵翼的一只手上，资历平反手一拧，贵翼吃痛，自然反射般腰一弯，"啪"的一声，手铐的另一端死死地铐在椅子腿上。

一股凶猛的惯性力量，导致贵翼人仰马翻。

"做得好。"资历群说，他回手一枪托砸倒另一个宪兵。

"人在3号手术台。"资历平一边说，一边从贵翼腰间拔出手枪，贵翼简直不敢相信自己的眼睛。

而这所有的一切，时间不超过 5 秒钟，几乎是一气呵成的。

"不到万不得已，不要开枪，侦缉处的人还没有离开。"资历平说。

露西点点头，持枪冲进去了。

"对不起。"资历平说。他的眼眸低垂着，几乎是掠过贵翼的眼睛，他不敢看贵翼。

"谢谢贵军门为我党事业做的一切。"资历群说，他眼睛闪烁着狡黠的光芒，"我劝你什么也别说，因为，从今天起，你是协助我党的'共犯'了。"他的嘴角掠过一丝得意的微笑。

贵翼奋力去拉手铐，被冰冷的金属手铐越勒越紧。

"原来我一直是为他人做嫁衣裳。"贵翼咬着牙只管跟资历平较劲，他说，"你有麻烦了，小资。"

"我一生下来就挺麻烦的。"

"你如此居心毒辣，日后你要再落在我手上，你信不信我会让你后悔一辈子！"

"随便你。"资历平说，"希望以后不要再见面了。"

"来人啊！"贵翼怒吼一声。

资历平倏地回手卡住了贵翼的喉咙，声音很低沉地说："安静点。"

以此同时，资历群神色紧张地举起枪！

"贵军门，"资历群说，"资历安和他的手下都还没有离开陆军医院，他要听见了枪声，我和你都有大麻烦，安静点，聪明点。"

贵翼的眼睛盯着眼前的"医生"看，因为气愤到了极点，所以连说话的声音都跑调了，他的音色粗犷而阴沉："我让你为了你们的组织立了大功，不是吗？"

资历平和资历群对视一眼，资历平点点头，朝贵翼走过来，贵翼说："想干什么？想干什么？混账东西！"

"对不起，贵军门。"资历平一拳打中贵翼的脑门穴，贵翼被他给"砸"晕了。

资历群与资历平背靠背，持枪警戒。很快，他们听到了活动床的金属轮子

声。露西推着一个重症病人走了出来。

"麻醉药还没过。"露西说。

"是3号手术台吗？"资历群问。

"是。"露西答，"护士刚刚离开。"

"你确定吗？"资历群转脸问资历平。

"确定。"资历平答。

资历群上前，撩开病人的衣服，看见病人腰间一片猩红的绷带，他点了点头。

"走。"资历群说。

资历群、露西把长枪藏在病人的被单里，资历平揣枪入怀，他套上一件露西给他扔过来的医生袍，戴上口罩，三人迅速离开。

空留下贵翼一张晕死过去的脸。

一切都是局中局。

资历平和露西推着活动病床奔跑，资历平说："楼下，第三颗香樟树下有一辆救护车，我提前准备好的。"活动病床的车轮飞速滑动，地面因快速摩擦溅起小火星，点点粒粒在空气中涣散出某种金属味道。

资历群想着，到目前为止，没有差错。

林副官回到外科"手术室"走廊的时间，与资历群等人离开走廊的时间，前后脚不到二十秒。恰到好处。

"我的天。"林副官嘴里嘟囔着，赶紧去扶贵翼，"小资少爷够狠的，真敢下手。"

贵翼的一只手铐在椅子腿上，林副官也没留心，只管扶他起来，扯得贵翼手臂酸麻，痛得一下就"清醒"了。

贵翼这会儿恨不得拿脚踹他。

林副官这才反应过来，赶紧在口袋里掏钥匙，因为紧张，掏了半天，他才把钥匙掏出来，打开了手铐。

"你哪儿去了？"贵翼问。

"我，上厕所啊。"林副官说。

"你还真去厕所了？"贵翼的表情着实有点夸张。

"爷，爷您别见怪，人有三急。"林副官左右看看，一指躺在地上的两名宪兵说，"我要不躲一下，这会儿，还不得跟他们一样躺在这。你看，我第一时间就过来'抢救'您，爷，我是审时度势，保存力量。"

贵翼看见林副官那张写满了委屈，又一脸真诚的模样，又好气又好笑。

"枪给我。"贵翼说。

"啊？"林副官说，"您的枪呢？"

"被小资拿走了。"贵翼说。

"他也真敢拿……"林副官把自己的手枪给了贵翼。

"他还有什么不敢的。"贵翼默默地摸摸自己的脸颊，问，"看不出来吧？"

"看不出来，他打您脸啊？"

"你能不说话吗？"贵翼瞪着他。

"爷，咱不说了，咱们赶紧地去手术室那边看看，明董事长可能都已经回来了。"他一边说，一边一伸手把假"手术室"的牌子给摘了。

外科手术室走廊门外，明堂正在长条凳子上摆食盒，色泽鲜丽，浓汁香飘。"宫保大虾""炸猪排""蒜茸粉丝蒸扇贝""小炒肉""杭帮酱鸭"等等铺排得让人一看就食欲大增。

"军门，你跑哪儿去了？"明堂看见贵翼就迎上去，一指左右环立的宪兵，说，"我问他们，他们都不理我，你瞧这一水的新鲜菜，赶紧吃，一会儿再凉了。"

贵翼称"谢"，说，到楼下院长办公室坐了坐。

"就这一会儿的工夫，你瞧，手术室的牌子也掉了。"明堂说。

贵翼顺着他的指引看过去，林副官正站在木头凳子上订"手术室"的牌子。喊哩喀喳的，动静挺大的。

"声音轻点。"贵翼说。

"明白。"林副官歪了歪头。

大约过了半个小时,救护车在一片寂静的竹林前停下了。开车的露西从后车门进入车内,资历群和资历平分坐在"病人"两侧。

"我们到了。"露西说。

资历群点点头。

白布一掀开,"病人"倏地坐起来,长枪在手,对准车内三人。资历群、露西把长枪裹挟进被单的时候,根本没有意识到武器旁落的"危险"。

三人下意识地往后各退一步。

资历群一下就明白过来了。

为时已晚。

"你们好,我是上海地下党三组的行动人员,奉命前来与'沙漏'接头。"

"'沙漏'是什么?我们不懂。"资历群说。

"霞美人烟草公司,出品美人梅子牌香烟,新货新品,烟丝美味,尽在手中。公司地址,小沙渡路二百号,电话,一一一四三零。""病人"复述了一遍广告接头词。

"我是'沙漏'资历群。"资历群说。

"你好,资历群同志,我是'蛇医'派来的联络员。因为事出有因,情况危急,所以,党组织临时调整了接头方案。你们小组经历了一场'大破坏',党组织决定对你们二位同志进行身份甄别,你们的住处暂时由我们行动三组的人员监管,直到洗清嫌疑。你们都是老同志了,希望予以全面配合。"

"我们一定积极配合。"资历群代表露西表了态。

"好。现在请资历平同志去开车,去新地点。"

资历群在听到"资历平同志"的时候,有点惊讶,而资历平也是第一次听到别人这样称呼自己,他自己也有点茫然不适应。

资历平打开车门,他下意识地回眸去看资历群。

"你真是用心良苦。"资历群说这话的时候,看着资历平的脸,凝视着他的内疚和歉意,资历群最终露出阴晴不定的笑容。

资历平胆战心惊。

如果说，刚才他不敢看贵翼愤怒的眼睛是有三分忌惮的话，现在他不敢看资历群微笑的双眼，几乎是十分的畏惧。

在这个贵翼亲手拟定的"连环计"里，资历平可谓是处处难做人。

事情的来龙去脉是这样的。

两天前，7号首长的枪伤严重发作，腰椎的伤口急剧感染，负责护送7号领导出港的地下党小组遭遇到前所未有的困境，"蛇医"决定让方一凡冒险去见资历平，意图很明显，对资历平的身份进行确认，并争取得到贵翼的帮助，为7号的紧急治疗方案铺平道路。

而那一天的前夜，也正是资历平向贵翼讲述贵婉故事，贵翼对资历群的身份提出质疑的时候。

清晨，霞光还没有穿透树叶，露珠还在绿叶上滚动的时候，趁着薄薄的晨曦掩护，方一凡敲响了贵翼官邸的大门。

贵翼在书房里看见她的时候，十分惊诧。

方一凡穿了一套浅灰色的中山装，头上戴着一顶白色帆布的扩边帽，一副时髦洋派的中性打扮，简练，清爽。

洗尽铅华，方显朴质无华。

贵翼心中想着，口里说着："好，方小姐真是真人不露相，不出手则罢了，一出手就让人措手不及。"

他大约指方一凡的突然袭击，有来势必得之意。

方一凡听了这话，略显羞涩地笑了："老同学，不必这样打趣我。"

"哪里是打趣，分明是贵某人前日里看走了眼——方小姐你藏得好深。"

"我是无事不登三宝殿。"方一凡说。

"有事请讲。"贵翼很客气。

"我想见见你弟弟，资历平。"她并不绕弯子，直来直去，透着直爽。

"先坐吧。"贵翼说。

"那天签名的事情，我的确是受了令弟的委托，他告诉我，他急需你的签名去'救命'，我就帮了他。我是应该向你郑重致歉的。"

这种真诚解释是积极有效的。

"我需要的可不仅仅是一个道歉。"贵翼说，"我昨天晚上认真地看完了我妹妹贵婉生前写下的一本日记，我在小资的解读下，基本读懂了这本日记上所记载的具体事情，说实话，我内心很震撼，并由此得出一个结论。"

"是什么呢，老同学？"

"一个人始终无法穷尽一切新思想后，才开始他的选择。"

方一凡听了这话，她黯淡的眼眸中闪现出一丝"希冀"的光耀来。

贵翼心中暗暗揣度，她一定是遇到了棘手的事情，而且她已经走投无路了，故来冒险求助。

他断定方一凡有"病急乱投医"之嫌。

"我冒昧地问一句，方小姐你此来的目的，也不仅仅是要见见小资吧？"

贵翼单刀直入地问。

方一凡也就开门见山了。

"实不相瞒，我家中有个'危重'病人，急需得到最好的治疗。我是来托人情的，小资是我认识的在上海滩场面上最广、人面最多、情面最好的人，我需要在不惊动警察局的前提下，找到一家最好的医院对病人进行治疗。"

她哪里是在托小资帮忙，分明就是想借助自己的力量，去完成她的任务。贵翼想。

"病人是什么人，可以劳动方小姐的大驾？"

"如果，我说是我的'先生'呢，贵军门会不会介意？"方一凡笑着开着不合时宜的玩笑。

"其实，救人并不分什么亲疏的……"

"贵军门你菩萨心肠。"

"只是，最近'风声'很紧。"他话锋一转，说，"方小姐不怕我'反水'吗？"

"我没有听懂军门的意思。"方一凡恬静地一笑。

"是吗？方小姐你冰雪聪明，岂不知蒋总裁说的'攘外必先安内'。"

"是吗？贵军门你中西贯通，运筹帷幄，岂不知，兄弟阋墙，外御其侮。中共中央的周恩来书记屡次呼吁，停止内战，共同创建民主统一战线。我相信，贵军门当有明智抉择。"

"是吗？我听着像你在拉拢我'入伙'。"

"是吗？我们可不是水泊梁山。"

"你们是谁？"

"那要先看看，贵军门的'我们'是谁。"

"是吗？我又自作多情了，我以为方小姐是来投石问路的。"

"是吗？也许吧，我以为贵军门的路子宽阔，做事方便，毕竟您在军界是一名风云人物，在上海滩办事轻车熟路的。"

贵翼点点头。

"我要是不肯呢？你打算怎么办？"

方一凡正视他，稳稳当当地说："天无绝人之路。"

好一个天无绝人之路。贵翼想。方一凡性格隐微曲折之处，话中处处藏有"机锋"。她是个有智慧且有胆量的女子。

"你要明白，我权位所在，与你水火不容。我分分钟可以下令逮捕你！"

"以什么罪名？"

"以'共谍'之名。"

"军门有证据吗？"

"你刚才那番话，就是铁证。"

"哪一句，请军门明示。"

"中共中央的周恩来书记屡次呼吁，停止内战，共同创建民主统一战线。"贵翼板着脸复述着，"这还不是共产党吗？"

"1935年8月1日，中国共产党发表《为抗日救国告全体同胞书》，要求停止内战，建立反法西斯统一战线，共同对抗日本帝国主义的侵略……这篇文章刊发在巴黎出版的《救国报》上，我相信这份报纸的读者很多，难道读过这份报纸的人就一定是共产党？军门武断了。"方一凡说，"还有，刚才贵军门说，你权位所在，与我水火不容。一凡觉得军门你言之不妥。世界不是围绕着权势在转的，世界永远围绕着正义旋转。军门以为如何？"

贵翼说："方小姐来的时候，是请我帮忙替人看'病'的，现在是替我先把脉了？"

"好在军门的病势不沉，还没有病入膏肓。"

"方小姐的意思，贵某人还有得救？"

"贵军门若先救了我们的'病人'，一凡才能断定军门是否有'救'。"

贵翼冷笑几声，说："你不怕所托非人，落入陷阱，害人害己，死无葬身之地吗？"他的声音听上去异常冷酷。

"我既然来了，就已经把生死置之度外。令妹贵婉成仁取义在前，一凡以令妹为楷模，前仆后继，死而后已。"

"来人呀！"贵翼铁青着脸，大喝一声。

林副官推门而入，高声应答："到！"

"方小姐，我最后再问你一句，此来贵某官邸，游说我帮助'共谍'，巧言令色，将贵某置于你精心布置的危局之中。贵翼是党国的军人，岂能被你这小小女子蒙蔽？今日你若死在我手上，方小姐，你悔也不悔？"

"贵军门，如今中国，积弱积贫，东三省已被日寇占领，作为一个有良知的中国人能不感到痛心吗？你一味执行'攘外必先安内'的主张，弃国家危亡于不顾，残杀同胞，你为军为政，如此作为，岂不令国人寒心，令天下人不耻。盼军门以国家民族利益为重，三思而后行。不瞒军门，自我踏进贵宅的第一步，我就报以必死决心！！"

"好，好！好极了！"贵翼话锋一转，"好气魄。"他声音响亮地赞了一句，说："林副官。去请小资少爷到书房来，有贵客。"

"是。"

"回来。"

"军门。"

贵翼和颜悦色地说："泡一壶好茶来。"

"是，军门。"林副官答。

贵婉之死，未曾发生之前，贵翼是达观自信的。他始终对外宣称，自己对政治并无兴趣。并且非常固执地认为，军人是为国家效力的，离政治越远越好。

在外人眼里，他的这种思想观念可谓根深蒂固。

而当贵婉满脸鲜血躺在自己怀抱的时刻，而当他得悉贵婉是地下党的时候，他开始承受一种沉默的痛苦，他不能入眠。

贵婉为理想和信仰献身的革命精神就像是一股强而有力的飓风，扫荡而来。这股飓风不可逆地把自己卷到了"破密"的旋涡之中。

直到资历平亮出底牌，彻底搅乱了他生活中一种长久安静的状态。

资历平的"底牌"就是"贵婉日记"。

一本简约的朴素的画册日记。

"你是如何拿到贵婉日记的？"方一凡在贵翼的书房里单独约谈了资历平。

"我是从贵婉的遗嘱里得到的。"资历平答。

"贵婉的'遗嘱'？"方一凡很是讶异。

"我在她遇害当天，见过她。她当时跟我说，如果'贵婉'突然从这个世界消失了，你能答应我，继续做'贵婉'吗？"资历平平静地叙述着，"我至今记得我答应她之后，她的脸上绽放出欣慰的笑容，她握住我的手说，'如果那一天来临，你回上海，到麦特赫司脱路83号……'我回到上海的第一件事，就是去了那个地址。

"那是一座年久失修的小阁楼，很久没有人住了。原来曾经是贵婉的一间画室，也是她自己用于'狡兔三窟'的'安全屋'。我顺着楼梯走上去，按照她告诉我的位置，很快找到她藏于衣箱底的一本日记。

"贵婉临别嘱咐，如她不幸遇难，让我代替她继续战斗，她的代号叫'烟缸'，她的上级'沙漏'是我大哥资历群。她还透露了心中的隐忧，她说党小组遭到破坏，如有幸存者都不可避免地将成为'内奸'的嫌疑人，叫我切记，不可掉以轻心。"

方一凡点点头，说："贵婉临终前发展你入党了吗？"

"……没……有。"资历平含糊地说。

"有还是没有?"

"没有。"资历平说,"不过,我想为你们工作……"

"明白,你已经做了,而且做得很好。"方一凡说,"这本'贵婉日记'全都是贵婉记录的吗?"

"不是,贵婉不会在任何文字记录上留下任何蛛丝马迹。她在写这本日记的时候,全部以素描代替,风格风趣活泼,这本日记里所有的文字都是我添加进去的。"

"为什么?"

"为了让贵翼能够明白贵婉的真实身份。贵婉牺牲了,我一个人单枪匹马,无法和强大的警察局、侦缉处抗衡,我为了找到真正的'凶手',设下圈套,步步为营,引他入瓮。"

"贵婉日记"是一种能让贵婉传递精神世界的特殊、也是唯一的途径。

资历平坚信这个日记本,能够改变贵翼的人生轨迹。

"贵翼是国民政府军械司的副司长,你怎么能保证他不是一个国民党的死硬派?怎么能判断他不会冷酷地对待你?稍有闪失,非但自己性命不保,还会连累党组织。你为什么这么做?"

"我,我亲眼看见他在雪地里抱着贵婉痛不欲生,我,我承认,我在赌!我赌他是一个有良知的人。"

"赌赢了?"

"目前看来是。"资历平毫不讳言,"您这次冒险而来,如果我没有猜错的话,您是在赌自己的性命。"

"对,我已经别无选择了,必须冒死一拼。"方一凡说。

"您是来说服贵翼,帮助我们的吗?"

"不,我是来策反他的。"方一凡直言不讳地说,"还有一件事,你去红玫瑰茶餐厅的时候,说替我把叛徒找出来,你有什么发现吗?"

"我可以确定我二哥资历安的未婚妻苏梅是'叛徒',就是她在利用报纸刊发寻人启事,她试图通过这种方式找到地下党。"

"苏梅?你能详尽地描述一下她的特征吗?"

"我画给你。"资历平说。

不到半个钟头,一幅苏梅的肖像画呈现在了方一凡面前。方一凡看到画像后,说:"我会把这幅画像带回去,设法查到她的原始档案。"

贵翼始终相信一点,贵婉是个正直而善良的人。他是决计不会放过杀害妹妹的真凶,无论他是谁,他都要把凶手绳之以法。

所以,他知道苏梅是地下党叛徒的时候,他就牢牢地记住了这个人。

为了完成让7号首长进行初期手术的计划,贵翼、资历平和方一凡坐在了一起。

一切皆因贵婉而始。

贵婉日记至此翻开了崭新的一页。

"苏梅的事,暂时先放一放。"贵翼说,"这么短的时间,我们不可能马上梳理出头绪来。眼下当务之急——"贵翼看看方一凡说,"是你的'危重'病人。"

"对。我们没有多余的时间了,多耽误一天,我们的危重病人就离死亡近一步。"方一凡据实而答,没有一点掩饰。

"你来找我的这种冒险精神,我把它视为信任。"贵翼说,"从巴黎事件来看,我妹妹所在的秘密小组,一定隐藏着一个内奸,而这个内奸自始至终都蛰伏在暗影里,像一条看不见的线牵引着事态的发展。"

"你怀疑谁?"方一凡问。

"资历群。"贵翼答。

"不可能。"资历平反对。

"我怀疑他与贵婉之死有关。"贵翼顿了顿,说,"或者他就是凶手!他杀了贵婉!"

"绝不可能!"资历平一下就"窜"起来,然后自己喃喃自语了一句,"你简直疯了。他们是朝夕相处的夫妻,并肩作战的战友!"

"我想问你一个问题。"贵翼平静地说,"你在救了资历群以后,为什么把他送到黄浦江上漂了一天一夜?为什么?"

资历平语塞。

他的确是这样做的。

他在提篮桥监狱成功解救了资历群后,却在他的水杯里放了蒙汗药,然后把他托付给一名船家,真的让资历群昏昏沉沉地在黄浦江上游荡了一天一夜。

"你在怀疑他!"贵翼说,"你不想让他破坏你的复仇大计,你只是不愿意承认这个事实罢了。"

突然,电话铃声响了。

贵翼起身接电话。

此时此刻,方一凡和资历平都保持着高度警惕地在聆听电话内容。很快,贵翼挂了电话,说自己的父亲到上海了。他说话的时候,下意识地瞥了一眼资历平。

资历平立即低下头,不看贵翼。

方一凡知道,他们父子间有一段敏感的公案。她不想被这个电话打断已有的思路,马上把话题拉回来。

"我们所有追踪的线索的确都跟资历群有关,我们不能排除他'叛徒'的嫌疑。而且,贵婉之死,资历群嫌疑最大。"方一凡说,"资历群在报纸上登报找组织,我利用报纸跟他约了电话联系。"

"什么时间?"

"明天中午12点,华山路第三电话亭,让他等电话。"方一凡说,"我现在唯一担心的是,侦缉处的网已经撒开了,而我们身入罗网,而不自知。"

"有这种可能,事实上,这种可能性极大,你知道吗?所有的网交织重叠,都撒开了,等鱼儿咬钩。"贵翼好像并没有听方一凡说话,而是自顾自地说,"我已经参与进来了,所以,这张网不仅仅是他们在织,我们也可以利用他们的线重新织一遍我们的网。"

"怎么讲?"方一凡问。

"我们先走第一步,也就是说解决第一个难题,如何堂而皇之地把'病人'送进医院。"

"对。他必须接受一次小型手术,处理感染的病灶。他受的是枪伤,我们不敢贸然走进任何一家医院。而且磺胺是受控药品,没有磺胺,我们没办法减缓炎症。"

"是啊,我倒是有特权,如果是我家中有什么亲戚受了什么伤……"贵翼注意到了资历平。

资历平看看他。

贵翼问他:"你有什么强项?"资历平刚要张口,贵翼补充了一句,"骗人的不算。"

资历平把嘴闭上,偏了偏头,想了想,说:"我会打拳。"

"打的什么拳?"

"家传'心意拳'。"

"打得怎么样?"贵翼问。

"打你没问题。"

"心意拳?父亲在家闲暇时常打。"贵翼脑子里突然冒出一个特别大胆的念头。他转而又问资历平,"你的强项?"

"骗人的不算。"资历平说。

"算!"贵翼盯着他的眼睛说,"这次算!就这次!"

"你有主意了?"方一凡问。

"一计累敌一计攻敌,始为'连环计'。"贵翼说。

假象常常会掩盖真相。

连环计之第一计,就是项庄舞剑意在沛公。借资历平之手,打"伤"贵闻珽,借贵闻珽送医之际,将真正的"危重病人"送进病房,予以调换。

连环计之第二计,借力打力引蛇出洞。方一凡以电话命令的方式,告知资历群去指定地点接"病人"。而"病人"由方一凡手下装扮,地下党与资历群接上关系后,进行内部甄别。

"真打啊?"小资怪叫一声。

"如果你有更好的办法。"贵翼冷"哼"了一声。

资历平不说话了，方一凡看着他们。

"为什么把资历群引进来？"方一凡不解。

"他始终是要跟你接头的。如果他是叛徒，你的身份就暴露了。我们不能冒这个风险。我设计把他引来，你可以让他相信，组织是信任他的。一旦你们和他接上关系，至少可以在短时间内消除隐患。"

"我们一旦通知他到陆军医院手术室去把'病人'接出来，如果他是敌人，通知了侦缉处了怎么办？"

"这次行动，他是不会通知侦缉处的。我们先告诉他侦缉处内部有我们的人，以混淆视听。这样一来，一有风吹草动，计划就会泡汤。同时，我们在医院里给他们摆个'迷魂阵'，做好两手准备，以防万一。放心，我手上有自己的宪兵，都是保卫军械库的，一流武器装备，最重要的一点，他们听我的。"

"就算是这样，我们也很冒险。"方一凡说。

"自古华山路一条。"贵翼说，"拼了吧。"

方一凡心怀感激地点点头。

资历平一直静默着。

"谢谢贵军门。"方一凡说，"谢谢你，你做了这样的决定，我们对危难中施以援手的朋友，会铭记在心。"

"不仅仅是为了你们。"贵翼说。

"是为了贵婉？"

"你太小看我了，方小姐。"贵翼定定地看着方一凡。

仅仅寸息距离，方一凡感受到他内心天风海雨般的激荡。

"仅仅一天的工夫？"她说。

贵翼清清朗朗地答："朝闻道夕死可矣。"

两双手紧紧地握在了一起，

他们握手的时间很长。

这是漫长的一天。

也是红色交通站赋予新的历史生命的一天。

华灯初上，上海滩夜景斑斓，星光万点。贵闻斑站在豪华酒店的玻璃窗前，凝视着窗外，一种透着寂静的朦胧和安宁，点染着他的情绪。

贵闻斑略有困倦，有仆从进来告诉他，贵军门派了副官过来问安，并拿了些时令水果。贵闻斑从玻璃反射镜中，看到一个副官的影子走进来。

贵闻斑叫了声："景轩。"

身后未曾应答，人却已经到了面前。

"父亲，是我。"贵翼轻声说。

贵闻斑迅速地转过脸来，灯下一看，吃了一惊，不觉怔视，来人真的是贵翼。

只见他穿一身德式深绿色少校副官军装，外罩了一件青烟色的披袍，披袍上沾了些灰尘，眼见是乘黄包车而来。贵翼见到父亲，温情之气扑面，他清俊的双眸，挺拔的身姿，如清萌流泉，神采奕奕。

似这样轻车简从，换装而来，对于贵翼还是第一次。

贵闻斑并不清楚这意味着什么，只觉得心中突然有一种莫名的心疼。

"你……你怎么穿了景轩的制服？"

"儿子此来，是不想惊动旁人。"

贵翼来得较为谨慎，为了不引人注目，特意穿了林副官的衣服过来。

"父亲见谅，儿子有不得已的苦衷。"贵翼低声浅笑，温雅问安。

贵闻斑满心疑云，却开起了玩笑："翼儿，你的表情告诉我，你一定是遇到了棘手的事情。"

贵翼含笑说："父亲再猜。"

"那就一定是非常非常棘手的事。"

"父亲说得对。儿子这次夜访父亲，带来的不仅仅是坏消息，还有更坏的消息。"

父子俩盈盈笑语，谁也不轻易地进入主题，尽管满腹心事。一阵静寞，贵翼仍有些踌躇。忽然，他想到了一个小小的"突破口"，他从口袋里拿出一张相片，那是贵婉和资历平的一张合影。他说："您看看这个。"

贵闻斑赶紧拿到灯下细看,照片里两个孩子血肉必现,亲切可感。贵闻斑惊讶中竟有些颤栗。

"这是妹妹和小弟资历平在巴黎拍的一张合影。"

贵翼说了"小弟"之后,贵闻斑不禁有些泪目,月下的清宁,花前的妩媚,不过如此。可是,这相片上的人,有一个已经不在了。"这孩子锐气难得,可惜我的婉儿……"他忍住了不说。

贵翼赶紧扶住父亲,让他坐下。自己贴着父亲并肩坐了。

"尘梦短促。"贵闻斑用手去抚摸照片上女儿的面颊。

"父亲节哀,不要难过了。"贵翼低声劝慰父亲,伸手去拿回照片,却被贵闻斑用力一带,不肯与他,贵翼原意是怕父亲睹照思人,这会儿,照片竟被父亲牢牢地拿住了,贵翼知道,这一拿一带,这照片定是拿不走了。

贵翼微微叹息。

很安静,父子间从来没有这样安静过。

"你弟弟他在哪儿?"贵闻斑终于开口了。

"在我的官邸。其实,儿子此来,是有一件很难开口的事情,要对父亲说。"贵翼终于开始切入正题了,没有时间再细火慢炖了。

"你说。"贵闻斑的目光里充满了关切。

"我想请父亲协助我,抓住杀害妹妹的凶手,并帮助我和小弟渡过难关。"

贵闻斑的眼光一下锐利起来,说:"翼儿,你需要我做什么?尽管直说!"

"我需要父亲和小弟公开对峙,打一场轰动上海滩的'心意拳'。"

"心意拳?"贵闻斑诧异地看着贵翼,"我已经荒废很久了。"

"我知道,这件事听上去有点不可思议,儿子也是想尽了办法,不到日暮途穷,也不敢出此下下之策……"

"既然是事先安排的比赛,不知谁胜谁负?"

贵闻斑竟然不先问原委,反而关心谁会赢这场比赛。其实,他是担心儿子彷徨无措,迅速转移话题。

贵翼答:"青出于蓝而胜于蓝。"

"哦。"贵闻斑还挺失望的,紧接着,他捕捉到贵翼内疚的情绪,不禁唇边绽出一丝隐约的笑容，"你们是需要我受伤吗？"

"是'假'的，是假受伤。"贵翼赶紧解释。

贵闻斑摆摆手，父子间心会神契，不必细讲。

"我只问一句话。"

"父亲请讲。"

"是为了贵婉吗？"

"是。"贵翼下了决心，"是为了贵婉，也是为了儿子，为了四万万同胞。还有一句话，请您相信我。"

贵闻斑点点头。

"明日之事，小资恐有诋毁之言，犯上之语。父亲您胸襟宽阔，请务必原谅儿子们。儿子也是箭在弦上，不得已而为之。"

贵闻斑眼光明亮，说："我已是老残之躯，原以为无甚用处，若能就此帮到你们，也是一件令我振作的事情。"

贵翼感觉父亲这话里透着别样的凄凉心境，贵翼顿时竟恨起自己来。

"为父有生之年能与此儿比武对拳，也是一场父子奇遇。"贵闻斑反过来安慰贵翼，"这是为父从前想也不敢想的事情，竟能成真，还不是获天之福。"

"父亲。"

父子间相见仅有一步之遥，而跨越这一步之遥，必须付出损伤名誉的代价。贵翼心中不忍也不安。

"其实，贵家那段公案，二十年前就被那些大报小报炒得沸沸扬扬，那只不过是一个公开的秘密。你爷爷的手段，实在不高明。但是，我那会儿年轻气盛，眼睛里不揉沙子，不容半点有玷清誉的事情。"贵闻斑看了一眼儿子，继续说，"抛妻弃子，始终是一个男人的污点，对于为父来说，也是一件不可掩饰的事实。她走后，也从未再来找我，或有怨声载道，她是一个奇女子，我配不上她一星半点。"

贵翼脸上略有不服气。

"近几年来，我也曾想起他母子，想象那孩子的模样性情。别人家孩子有个小灾小病，我也会替他担心，更不要说是自己的血脉，他流离在外，多多少少

也是我们贵家的责任。"贵闻斑轻轻叹息,"我不肯追根究底,也是不愿意伤害家人。我一生已经辜负了一个女人和一个孩子,我不能再辜负另一个女人和一双儿女。"

贵翼心底一颤,不知不觉眼睛一酸。

贵闻斑的目光又落到那张照片上,"小资跟他母亲一样,别具一种引人瞩目的天赋。说实话,我更喜欢你和你妹妹的沉静平和,小资的天赋注定他很难受教于人。"

贵翼佩服父亲的眼力,一针见血。

"翼儿你睿智有谋,锋芒毕露,却没有咄咄逼人之感。是你已经具备了极好的修为,你小弟的修养当不及你,将来,你要好好引导他。我当年迫于家庭的压力,很早就跟你母亲成了亲,等我真正懂得爱情的时候,却要背负两个女人的深情。故而我对你和你妹妹,十分放手,不肯也不愿意让你们重蹈覆辙——其实,我是真心爱你们,希望你们做自己喜欢做的事,不过,我现在真的有点后悔,在这个乱世里,你们都纷纷选择了自己危险的事业,我虽然不知道你们在做什么,但是贵婉的死,让我实在痛心!!"

"父亲。"

"我后悔了,后悔自己放手太过,造成不可挽回的生离死别。所以,我不会让翼儿你受一丁点的委屈,哪怕这个委屈是那个孩子给你的,我都不会允许。"

父亲的话句句打动贵翼的心,他好难过。

"父亲。"贵翼的声音有些颤抖,对自己真是恨煞,对父亲心中愧煞。"儿子不孝。"他在父亲膝前跪下,"我一心只想着自己的计策,竟一丝一毫不为父亲着念,此事若成,伤及父亲清誉,此事若败,恐连累父亲有性命之虞。"贵翼愈思愈恐,"儿子竟陷父亲于不仁不义的险境,儿罪当责……"

"翼儿,你起来,快起来。"贵闻斑站起来,伸出双手去扶儿子,他说,"男儿膝下有黄金,你是军人,不准跪!站起来!!"

贵翼眼中蓄了泪,倏地站起来,他温顺地站在父亲面前,让父亲坐下。

"翼儿,你从来没有在我面前说过一句灰心短志的话,所以,现在也不能因为我的缘故瞻前顾后,你是做大事的人,应有破雾拿云的气魄。"贵闻斑说,"事已至此,记住,为父永远与你一条战壕!为父别的不会,迎风作势,还是绰绰有余的。"

贵翼一时间百感交集,父子心中都是一片澄明。

此时此刻,天潇潇地落起雨来,清风卷着窗帘上的流苏婆娑摇曳。

"春雨贵如油。"贵闻斑说。

"这雨,真是及时雨。"贵翼说。

"儿子,我是你风雨一肩的人。"


贵翼悄悄回到官邸,看见资历平抱着妞妞在客厅里玩耍。妞妞看见贵翼回来了,一溜烟地从资历平膝前爬下来,朝贵翼跑过来,要大哥哥抱抱。

"你怎么还不睡啊,妞妞。"贵翼一边解开军装的风纪扣,一边把妞妞抱起来。林副官赶紧过来,拿了一个毛茸茸的大狗熊逗她下来。

妞妞不肯,拉扯着贵翼的肩章玩。

三个大男人好容易把她给"哄"开心了,这才勉勉强强同意去睡。睡前又闹了一会儿要吃栗子蛋糕。

妞妞睡了以后,贵翼和资历平开始研究"心意拳",贵翼模仿父亲的拳法和资历平来回切磋。兄弟俩一拳一脚地比划,打得不亦乐乎。

资历平困得不行,跟贵翼耍赖了,说,台上见吧。贵翼说,不行,计划必须全面周详,尽善尽美。

林副官端了一杯红酒进来。

"你真体贴入微。"资历平说着就要接过林副官手上的那杯红酒。谁知,贵翼先伸手拿过去了,他说:"这是给我的。"

资历平愕然,有点不忿,说:"我呢?"

"你明天要打擂,不准喝酒。"

"难道要上海滩的人们都看见,或者都知道我动手去打一个老人?"资历平耸耸肩。

"你这场仗非打不可,明白吗?"

用贵翼的话说,这是一次神圣的"擂台赛",打人与救人息息相关。

林副官插话，说："每一个练家子，都想在万众瞩目下取得胜利，所以，我打赌，小资少爷，你乐在其中。"

"你放心，我绝不会心慈手软。"资历平说。

话中有话。

贵翼听了这话，立刻就不舒服了。

"你给我站过来。"他说。

资历平乖乖地站到他面前，贵翼说："小资，你记着，一双父母一层天。我再要听到一句你对我父亲不敬的话，我就抽你，绝不心慈手软。"

资历平无声地笑笑。

"我不怕你打我，我就怕……"

"你怕资历群恼羞成怒？"贵翼说。

"小资幼年时，常坐在家兄茗碗笔床之侧，看他读书写字……"资历平突然就不说了。

贵翼明白，资历平从内心上来讲，十分抗拒与资历群为敌，哪怕是"假想敌"。

"军门，手术很成功，非常成功。"明堂一脸笑模样把贵翼的思绪拉回了现实中。苏医生满心感激地和贵翼握了握手。

贵翼说："谢谢。"

苏医生用力点点头。

千言万语，尽在不言中。

"贵老先生的体质非常好，只要静养一段时间，就可以恢复如常了。"苏成刚说。

"还有，贵军门，这个陆军医院好是好，出出进进都是些个带枪的，病人多，事也多，不利于老爷子静养。我看，还是转院到私立医院去吧，有家春和医院，夏院长是我的朋友，可以格外关照老爷子。多开点磺胺，带过去就行。"明堂说。

"好的，明堂兄，你看着办。"贵翼附和着。

"小资呢?"明堂问。

"他,跑了。"贵翼说。

"跑了?"明堂悄悄把贵翼拉到角落里,再问,"真跑了?还是你把人关起来了?"

"真跑了。"贵翼叫"屈"。

"真跑了?跑得好,跑得好。免得你难做。"明堂笑嘻嘻地说。

贵翼苦笑了一下。可是,不知为什么,他竟然有点担心资历平的安全了。

他的直觉几乎是超越他的智慧的。

他自己都不知道这种突如其来的焦虑如何解释。

资历群有着敏锐和透彻的洞察力。颇为自负,自认是全知全能。这一次,他承认,自己栽了,栽得很惨,栽在他颇为"信任"的兄弟手上。

他被行动三组的人带到一间阁楼里暂时拘押。他不知道的是,这间阁楼原是贵婉为他们两人准备的"避风港",麦特赫司脱路83号。

资历平给资历群和露西做了饭。

露西单独拿到楼下自己的房间去吃了。

小阁楼里只剩下资历群和资历平二人。

"大哥,你,不会怪我吧?"资历平说。

资历群笑笑:"怪你什么?"

"我骗了你……"

"你从小到大就挺会骗的,我也是不长记性。"资历群的脸上始终荡漾着一层寒寒的笑意。"小资,我问你,贵婉临死之前,是不是和你密谈过?"

"……有过。"

"真的假的?"资历群问。

"真的。"

话音未落,资历平已经被资历群迎头痛击。资历群动手前根本没有先兆。资历平被打得两眼冒金星,头晕眼花。

"真的假的?"资历群问。

"……假的。"

劈面又一拳。

"真的假的？"还是那句话。

"……真。"

又一拳。

"真的假的？"

"……。"

"嘭"的一拳。

错也打。

对也打。

说也打。

不说也打。

资历平感觉到这次他真的是逆了"龙鳞"。他开始还挣扎着想解释什么，后来就没什么声气了。

资历平是可以还击的！

他可以跟资历群格斗，他可以当面质疑资历群身上所有的疑点，"如果你真的就是那个内奸，你是杀害了贵婉的帮凶，我就锁断你的咽喉。"

可他什么也没有做。

他连一声都不吭。

资历群把所有的"绝望"和悲观都宣泄在资历平身上。

打得他如落花败絮，

直到资历群打累了。

小资像一堆枯草一样，蜷缩在资历群的脚下。

资历群从不会将自己的情绪轻易地传递给别人，但是，这一次，他失态了。

他渐渐平息了怒火。

他坐在椅子上，喘息着，因拳击过猛，他的手在拿雪茄的时候，有些吃痛的颤抖。

资历群说："小资，你知道吗？你最大的毛病就是自恃才高，傲慢任性。人与人相处，处的是感情，处的是信任，处的是彼此真诚。你呢？撒谎，欺骗，自始至终你都没有悔改过，得寸进尺，变本加厉。"

雪茄的烟雾让资历平终于"咳"出了声音，他的嘴角全是血迹。吐出来的也是牙龈被砸破的血。

"哥哥你误会小资了。"资历平说。

他们长时间地沉默着。

只有雪茄的烟气和地上的血腥气在狭窄的空间里弥散，渗透。

猛烈地吞吐着雪茄的资历群很快地调整了情绪，他慢慢地又找到了那种文质彬彬的书生味道。

"是我没能照顾好贵婉，她才会离我而去。"资历群说，"我也没有照顾好你，你才会无辜地被卷进来。"

"我不是被卷进来的，我是心甘情愿的。"

"你怀疑我对党的忠诚。"

"我想知道贵婉是怎么死的！"

"我也想知道！"资历群吼了一声。

"我在巴黎，如果不是贵婉亲口告诉我她的地址，我根本就不可能找到她。如果连自己人都不知道地址，敌人是怎么会知道的？"

资历平用了"敌人"两个字。

"在你心目中，我已经成为你的敌人了吗？"

# 穷追猛打

## 第十七章

　　他派出的四名优秀特务于一夜之间在这个尘世里消逝了,一出好戏,还没有开锣,演员们就集体谢幕了。

资历群面容憔悴且狰狞地盯着资历平的脸，一字一句地说："小资，我老实告诉你，全天下的人都可以与我为敌，唯独你资历平不能与我为敌！"

资历平从尘埃里爬起来，他站直了，静定地看着资历群。

"你为什么反应这么强烈？"他问。

资历群嘴角绽开一丝轻蔑的笑意："你对这事的反应也挺强烈的。从前我动手打你，你总是还击得又快又狠，活像一头猎豹，哪怕身上被撕成千段万截，你也是张牙舞爪的，使劲嚣张。今天倒像是木雕泥塑，一滩烂泥。我知道你心里怎么想的，你想把该欠我的都还给我，别做梦了小资。"他叹了口气，"二十年，二十年的光阴。人非草木……"

"特务们能准确无误地抓捕贵婉，意味着，他们也能抓捕到你。"

"如果那天我和贵婉一起死了……"

"不会的。"资历平条件反射地说出声来。

资历群别有深意地瞥了他一眼，他心情好点了，说："有时候，人孤独久了，谁都不相信了。"

"……大哥。"

"我也想有自己信任的人，陪着我，跟我一起守住一个秘密。我心里所有的苦，所有我想说的话，都可以毫无保留地告诉他。没有危险，没有算计，没有陷阱。天下最不合情理之事，就是所谓的大义灭亲。试想，一个连亲人都可以亲手去毁灭的人，那不是凡人，那是神魔……你不该来。你根本就不应该出现在这里。"资历群有点语无伦次，他说，"我现在宁愿你变回原来'混世小魔王'的样子，也不想看见你现在这个样子，你知道为什么吗？我已经失去贵婉了，老天爷对我的惩罚还不够吗？我不能公开替贵婉收尸，我不能参加她的葬礼，我甚至都没有资格流泪。这种滋味，我尝一遍就够了，你还要让我再撕心裂肺地痛一次吗？"

话说得很清楚，不管资历群是什么身份，他此时此刻流露出来的情感是真挚可信的，资历平心里难过起来。

"你看看你，几句话就受不了了。你根本就不属于这里。人啊，心中一旦有了脆弱，有了柔软不堪攻击之地，你就会不知不觉地流泪，让人同情。"资历群

站起来，走到资历平面前，说，"小资，你是一个意志不坚定的人。哥哥给你一点职业意见，你，回家去吧。再也不要被任何人任何事牵涉到'贵婉事件'中来。哥哥会处理一切的。"

"包括真相吗？"

"包括一切。除了真相，还有真凶。"资历群说，"我会让真相浮出水面，让真凶伏法。我不会让自己至亲至爱的妻子枉死的。"

"我，相信你，大哥。"资历平是最愿意相信资历群的人。

"你跟贵翼是什么关系？"资历群仿佛漫不经心地问。

这是一句明知故问的话。

"他是贵婉的大哥。"资历平答得算是点滴不漏。

"我记得你在贵家的名字也叫贵婉。"资历群温馨提醒着，话里有刺。

"我不稀罕。"资历平说。

这是实话。资历群想。"他可是民国政府的要员，前途似锦……"他看着小资。

"他只想查处杀害他妹妹的凶手，仅此而已。"

"仅此而已？"资历群笑笑，说，"他帮助了我们，就不再是国民政府的高官了，他是我们的同谋。"

资历平不说话。

"他为什么处心积虑地想成为我们的同谋？你想过没有？国民党特务也是无孔不入的。这个世界，强凌弱，众暴寡。没有无缘无故的纡尊降贵，攀亲附势。贵翼果决精明，你和这个人打交道很危险。"

资历平感觉到了资历群对贵翼的痛恶和对自己"欺骗"他的耿耿于怀。

"我会有一段时间没有人身自由，我和党组织的信任纽带断裂了，我的身份在他们眼里变得模糊不清了。小资，其实我这样跟你剖心掏肺讲这些话，是违反纪律的。"资历群说，"因为你的身份才是一个真正的疑点。"

资历平说："大哥说得对，如果不是贵婉，我现在还是一个局外人。"

"所以啊，你是一个没有信仰的人！"

资历平的胸口隐隐作痛，他忍着，在所有具体事情都无法明确之前，他会谅解资历群的一切，因为，资历群习惯当赢家。

"我花了很久的时间，才慢慢习惯贵婉的离去。我现在又要慢慢花时间回忆起贵婉的一笑一颦，来配合党组织的隔离审查。"

"对不起，大哥。"资历平说，"我知道这对你来说很难。"

资历群猛然一抬头，说："这也是他教你的？"

"什么？"

"很多人都不擅长即兴发挥，偏偏你在这方面是天才。"资历群淡淡地说。

"我在你面前，没有'装'过。"资历平真的感觉委屈。

"撒谎。"资历群"呵呵"一笑。他伸手去把桌上的一碗白米饭挪到资历平面前，说了声，"菜凉了，吃饭吧。"


苏梅是一个很寂寞的女人。

事实上，无论是警察局或者是侦缉处，从来都没有人正眼看她一眼。这一切，都源于她身份的"不纯"。

不管是她朦胧不定的过往，还是身份不断转变的现在，同事们都跟她保持着疏离的态度。

资历群与苏梅有着极为隐蔽而又紧密的关系，而资历安与苏梅却是表面风平浪静，实则暗潮汹涌的互相利用关系。

不可否认的是，苏梅在资家两兄弟之间，亲密且疏离，重重叠叠缠绕不清的关系下，苏梅身上某些体质已经达到谁都不可触及的地步。

同事们始终都用有色眼镜看她，而苏梅对自己的真实身份一直都非常谨慎地加以维护，以至于"叛徒"的头衔流布甚广。她在侦缉处受人白眼，招人嘲笑，而所谓爱着她的未婚夫资历安对此是保持沉默的，他的沉默无疑助长了侦缉处蔑视她的风气。

苏梅一直在想，自己该做点什么，可她什么也做不了。她心中充满了对所谓"戡乱救国"的使命感。

她的办公桌上摆放着一个玻璃烟缸，她不吸烟，却特意买了一个琉璃烟缸做摆设，就像资历安从来不吸雪茄，口袋里却永远揣着一包上等的雪茄烟一样。

苏梅在寻找一个隐藏已久的秘密，亦或者是真相。

一大早，有人送了一束花来。

九支白玫瑰，意喻"冰清玉洁"。

苏梅很诧异，因为送花人的名片上写着"贵翼"，还有几句谢她的话，无非就是在医院里自己情绪过激，谢她言语得当，洗清自己的嫌疑，处处为自己的军政前途着想。贵翼还写了一句，谢谢她关照自己的话，语意朦胧，花语含蓄，让苏梅有点措手不及。

苏梅早年还有一身浪漫气质。

但是现在，她已经锻炼成一头猎犬，可以随时露出凶恶的牙齿去撕咬猎物，毫不留情。她看完贵翼的名片后，就把白玫瑰扔进了垃圾桶。

资历安敲门进来了。

他很少进她的办公室。因为他是她的上司，他随时可以打电话叫她到办公室来聆听教诲，今天，他破了例。

他主动来找她。

苏梅很守规矩地站起来，向他立正。

资历安"啪"的一声把一份档案查阅表扔到苏梅的办公桌上，生气地说："解释一下。"

苏梅垂下眼帘。

"我就不明白了。"资历安的口气咄咄逼人，"谁允许你这么做的？你为什么对陈芝麻烂谷子的旧事那么上心。你想调查什么？我说过了，过去的事就过去了，不准私自追查'告密者'，你倒好，阳奉阴违，孜孜不倦地去查谁'出卖'了你，你到底是怀念从前的生活，还是忘不了从前的情人？"

"我只想要一个答案！"苏梅仿佛下了很大的决心，她说，"为什么两年前我会被捕，而我的上线和下线都安然无恙？为什么？为什么当时你主持的市政府特情处会对我的行踪了如指掌？你们熟悉我所有的生活轨迹和任务路线，为什么，啊？我只要一个答案，有错吗？我告诉你，我并不留恋过去的生活，我只关心一件事，我，苏梅是被谁出卖的！仅此而已。这对你来说，只是一句话，对我来说，是我的一生转折点。"

"停手吧。"

"我不会停手,除非你给我答案。"她很激动,"一定是他出卖我的,而他居然没事!我必须找到真相。"

"你真可怜。"资历安忍无可忍地说,"知道你为什么可怜吗?你的生活无趣无求,你根本就不知道如何享受生活。而且,你的工作已经超出了你的能力范围。"

"我觉得正相反。"苏梅反唇相讥。

"是吗?"资历安看着她,"我以为我们快结婚了。"

"可是你从骨子里蔑视我,为什么?"

"我想你大概是病了。"

"你讨厌你大哥,他处处都比你优秀,他疼爱小弟,对你漠不关心,你们资家三兄弟,唯独你资源最不好,你没能留学深造,你考不上高等学府,而他们两个随随便便就可以拿到全额奖学金!你恨他们,尤其恨你大哥,所以,你要把他曾经的女人踩在脚下,践踏她,以获取你卑劣的尊严和快感。"

"够了!"

"不是吗?"

资历安长吸了一口气,稳定了情绪,说:"苏梅我告诉你,你对资历群所有的调查都是白费力气,你看到的、想到的、猜到的不过是冰山一角而已。还有就是,你最近精神恍惚,状态实在不好。你生病了!放假休息吧。"他说完后,就要转身走。

"就算我放假了,养病了,我也不会罢手,直到我找到他。"苏梅说。

资历安停下脚步,回眸看看苏梅,说:"苏梅,在这个世界上,没人想害你,你真的不必过多地咀嚼和回味过去的爱情故事,它会让你崩溃的。还有一句忠告,在间谍的世界里,没有爱情故事,如果有,只能是悲惨世界。"

他走了,反手关上门。

苏梅感觉资历安对自己的态度由任意摆布转变成了轻贱,他有什么资格轻贱自己?两相比较,她宁肯选择去死。

苏梅气愤地一把将琉璃烟缸扫荡在地,琉璃粉碎,而她在一场又一场的幻灭中寻找自己来时的影子。她看着琉璃碎片中映射出自己扭曲的脸,她很心疼自己,到底是为什么走到了今天这一步?

资历安余怒未息地摔门而入,他回到了自己的办公室。他很疲惫,为了这个"换谍"案子他熬红了双眼,夜不能寐。

起初他在拿到共产党交通局在上海联络站的一个小组名单时,他是踌躇满志、顾盼雄飞的。资历安指望自己一夜成名。

他为此做了最周详的计划。

他启用了最优秀的外勤特务,改名换姓,一个一个有计划、有目的、有阴谋地进入原共党小组成员的生活领域,熟悉他们的一举一动,音容笑貌。然后,冷血残酷地将原共党原班人马一一诛杀之,让特务们各自融进自己所扮演的角色中去。

他甚至还把假"青瓷"当成"叛徒"来配置,这样,整个小组像模像样,有领导,有电台,有任务可执行,甚至有预备的"叛徒"可供清除。

多么的完美。

简直无懈可击。

可是,就在短短的一周前,贵翼来上海赴任的第一天,惨案就发生了。

他派出的四名优秀特务于一夜之间在这个尘世里消逝了,一出好戏,还没有开锣,演员们就集体谢幕了。

资历安躲在无人处大哭了一场,哭得肝肠寸断。他父亲过世的时候,他都没有哭得这样彻底这样惨。

他开始疑神疑鬼。

怀疑一切。

他怀疑这个"局"一开始就是"陷阱",这个口口声声要帮自己建功立业的"影子"就是一个高明的双面间谍。把自己玩弄于股掌之中。

他怀疑苏梅有目的地接近自己,他甚至感觉得到苏梅写在脸上的欲望。她要掌权,她想取而代之。

他怀疑贵翼到上海赴任本身就是一个极大的阴谋,他要复仇。贵翼笑吟吟举起屠刀,一刀一刀地割掉他资历安心头的肉。

他怀疑小资,处处跟自己作对。一个贼,是毫无信仰可言的。但是,小资同情心泛滥,泛滥到可以为了一个共党的小孩子跟资家翻脸!这口气,实在憋屈。

资历安已经掉到"怀疑"的泥沼里,办公桌上的烟缸是可疑的,办公室的电话机是可疑的,走廊上来往人员的脚步声是可疑的。

资历安站起来,窗台上种着"仙人掌",他把杯子里隔夜的水倒到花盆里。然后,在房间里踱步。

他站在门前,听见走道上有声音,他驻足。但是,并不刻意去听,因为走道距离远,听也听不见。

电话铃声响了,他两只眼睛直勾勾地盯着电话。

他走过去,拿起听筒。

"喂……我是。"

对方是做黑市枪械生意的大头目,资历安的头愈发痛起来。

"我没打算不付钱。"资历安说,忽然,他脑海里灵光一闪,素来少有急智的他,居然在瞬间逮到一只"替罪羊"。

"……我的兄弟因为购买黑枪,被新上任的军械司副司长贵翼给拘押了。到现在也没放出来。"资历安说,"所以,我们侦缉处暂时不打算购买'黑枪'了。我们得通过正常手续从军械局领取合法枪械。"

对方粗暴地谩骂着。

"不过,你放心,我们侦缉处赊账购买的枪械,我资历安认账。等我们侦缉处的特务经费拨款一到,我就派人送来。"资历安口气温和,十分得体,"……我也是没办法,官大一级压死人。你们也等等吧……等到什么时候啊?我也不清楚啊,什么时候贵军门离开上海,什么时候就柳暗花明了。"他面带冷笑地挂了电话。

资历安知道,黑市的军火商比黑道更顺手,更凶猛,更可用。莫约一刻钟的时间,资历安叫了一名外勤特务进来,告诉他,苏梅太危险。

"派人24小时盯着她。"

"是。"

"尤其是这段时间,这个女人就像是一条疯狗。"

"简直就是噩梦。"林副官说,"妞妞,你看你,到处都画,桌上画,书上画,啊,你说你啊,就差在墙上画了。"林副官嘟囔着。

"我有这个打算!"妞妞站在凳子上喊。

"下来,小皮猴,你看看你,啊,败家孩子,一地鸡毛。"

"败家孩子。"妞妞学林副官的话。然后伸手搂住林副官的脖子,让林副官把她抱在怀里,她好够得着书架上的书。

"不准拿大人的书,拿个皮球玩。"林副官说。

妞妞舍了书,拿了个小皮球,窝在林副官怀抱里四处找目标。

"我以后,绝对不会要小孩。"林副官说。

妞妞大声地说:"为什么不要小孩?"

"因为带你一个就够受了。"林副官说。

贵翼拿着一本厚厚的书正走着,一个小皮球"啪"地飞到他额头上,疼得他一皱眉,妞妞高兴地在林副官怀里跳,说:"打中了!"

"小调皮,过来。"

"接着。"林副官把妞妞给了贵翼,"累死我了。"

贵翼抱着妞妞说:"咱们去花园走走。"

"花园的水管漏水了,我已经打电话叫水电公司的人来修了。你俩别去了,花丛里全积了水。"林副官一边整理文件,一边整理军装。

"你去哪儿啊?"贵翼问。

"去趟兵站。"林副官说,"军械司派人送过来的武器零部件生产表和前期军费投入核算表,您都看过了吧?"

"看了。账目不清晰,零部件厂家鱼龙混杂,账本不好做。"

"很多政府官员的账目都有人专门打理,为的就是做好两笔账。军械司也不例外。官员们多多少少都会拿点。"

贵翼叹了口气说:"中饱私囊。"

"接受现实吧。水至清则无鱼。"

"你想得开。"

"多种树，少树敌。"林副官说，"走了，您辛苦。"

"出门小心点。"贵翼说。

妞妞也说："出门小心点。"

林副官点头。

贵翼笑笑，把妞妞放下来："去玩吧。"

"嗨，我告诉你啊，皮猴，墙上和门上都不准画……"林副官吵吵着，贵翼耳畔是妞妞银铃般的笑声。

午后的太阳令人炫目，贵翼把妞妞哄得午睡了，他才下楼，到书房里看兵站的运输线路，他脑海里思索着另一个"送人出港"的方案，一个能够瞒天过海的计划。

公馆里很安静。

贵翼听到有汽车声响。

他没有在意，因为林副官说过，水电公司会派人来修理花园的水管。官邸里也配有带枪的士兵，他不会想到其他。

一辆汽车开进了贵翼官邸的大门。

一名卫兵查看了证件，检查修理人员携带的工具，予以放行。另一名卫兵指引修理工到花园。

修理工有三名工人，穿着水电公司的制服，很专业地在检查水管。

两名工部局的设计人员也来到贵翼官邸，向卫兵提出，工部局建议在官邸前面修一个喷水池，新官上任，风生水起。

卫兵检查了二人身上并无枪械和刀具，于是放行。

卫兵们回到自己的位置上站岗。

一名修理工趁人不备钻到汽车底下，从车底取出一个又长又宽的工具箱。两名工部局的工作人员左右看看，径直走到花园中。

看似没有什么关联的两拨人，互相望了望。

一个修理工从工具箱中拎出一支枪、两支枪、三支枪，一杆杆的长枪递了出去。五个人持枪分散开来。

贵翼有点犯春困，眼皮重重的。他伸手去拿咖啡杯，忽然，他听到书房外有细碎的脚步声。

贵翼睁开双眼，从沙发上，悄无声息地一跃而起。他迅速掏出手枪，站在书房门口，侧耳倾听。

脚步声细而杂乱，贵翼在陌生的脚步声中分析判断有几个敌人，各占据什么方向。他想到了楼上的妞妞。

贵翼的太阳穴泛起一层晶莹剔透的冷汗，门口有脚步声停下，间不容发之际，贵翼隔门一枪，撂倒一个大汉。门板随即飞起，直砸在被撂倒的大汉面门。

枪声示警。

门口的士兵持枪快速向前飞奔。

远水不救近渴。

一眨眼工夫，两名刺客，左右夹击，攻击贵翼。偷袭不成，改成强攻。

贵翼冒着火力，猛扑在地。一伸手，把压在门板下刺客的长枪夺在手中。

贵翼长枪在手，冲上二楼走廊，开枪射击，火力十足，奔腾跳跃，有刺客斜冲过来，贵翼故意卖一个破绽，刺客子弹破空而来，贵翼整个人飞出去，挂在了楼顶吊灯上，居高临下，抬手一枪，一枪一个，有刺客一面叫嚣一面谩骂着，向妞妞的房间冲去，贵翼连灯带人甩将过去，整个人和灯具都砸在刺客头上，尖锐刺耳的金属撕裂声，穿透整个大客厅，一时间，玻璃渣四溅，子弹乱飞，贵翼一马当先，仿佛截断众流的勇士，勇往直前。

"嗖"地一股冷气裹挟着冷风弹进来，贵翼前臂的汗毛都竖起来了，他"唿"地仰面倒下去，子弹打到墙上，贵翼的耳膜里清晰地听到弹壳崩离的声音，仰面躺在地上的贵翼一下坐起来，一枪穿透扶梯的红木，刺客侧面中弹，大叫着滚下楼梯。

贵翼站起来，踩踩楼板，嘀咕了一句："楼板怎么不平。"

两名卫兵还没跑进客厅，被门口受伤的刺客阻击在客厅门外。

贵翼"嗖"的一声"弹"进妞妞卧室，只见床上空无一人，贵翼一惊，却听妞妞喊："大哥哥。"

原来妞妞趴在床底下，两只大眼睛滴溜溜地转，一脸惊恐，但是她不哭，自己用小手捂着小嘴，自己怕自己叫出声，被坏人发现。

"大哥哥。"她看见贵翼，一下就感到了"安全"。

贵翼把食指放到嘴唇边："嘘"。他示意妞妞从床底下爬出来，"对，好，做得好。爬到大哥哥肩膀上，好。做得好。"他一边鼓励妞妞，一边子弹上膛。"双手搂紧我脖子，搂紧了。记住了，绝不能松手。"

"要是中弹呢？"妞妞低声地问。

贵翼心里一"咯噔"，她还这么小，竟然问出这种话来。

"谁教你说这话的？"

"没有人。可是妈妈中弹了，妈妈中弹了，就被坏蛋抓走了。"

"听着，妞妞，你听着。你可能会中弹，但是子弹得先从大哥哥身上穿过去！你也可能被坏蛋抓走，但是坏蛋得从你大哥哥身上踩过去！"

"嗯。"妞妞的小手死死地抱紧了贵翼的脖子。

"好样的，大哥哥保护你，走。"

突然，窗口闪出一个人影，贵翼举枪就打，只听得一声惨叫，有人从二楼窗户上栽下去了。

"闭上眼睛，妞妞。"

妞妞赶紧闭眼。

"表现得太好了！"贵翼说，"妞妞是最勇敢的小姑娘！"

客厅外，一名士兵受伤，另一名士兵击中一名刺客，冲了进来，大声喊着："长官！你怎么样？"

贵翼已经冲杀出来，一片枪火中，刺客哀嚎。

"留活口。"贵翼吼了一声。

一阵尖啸刺耳的枪声过后，烟尘扑面。

贵翼毫发无伤地站在大客厅中，妞妞也换了个姿势，直接坐在贵翼头顶，样子特别滑稽。

"报告军门，刺客五名，四死一残，我方一人中弹，轻伤。"卫兵在报告。

贵翼把妞妞放下来，说："妞妞，跑步回房间，没有命令不准出来。"

"是。"妞妞双腿一碰，敬礼，往楼上跑去。

贵翼走到被打残的一个刺客面前,问:"哪路的啊,怎么称呼?"

"贵军门……给个痛快的,求求你。"

"哪路的?"

"我们……是黑市贩卖军火的。"

"哦,我抢你们生意了?"

"是、是资科长,他的人被您扣了,他、他不肯买我们的货了。……给个痛快的吧,他们说,解决了你,就行。我们得到的命令……杀光屋里所有的人。"

"杀光屋里所有的人。连孩子也不放过?"

"上头的命令。"

"砰"的一枪,躺在地上的刺客头一歪,咽了气。

"打扫战场。"贵翼说。


"没事,没事。"贵翼在接电话。

妞妞在房间里跑来跑去,她拿了一个很大的扫帚要扫地,贵翼一边跟林副官说话,一边喊着,"妞妞,妞妞,不准扫,给我过来。"他一把把妞妞拽到自己怀里。

"怎么了?"林副官在电话那头焦急地问。

"你快点过来带孩子。"贵翼说。

"您没事吧。"

"没事。"

"需要医生吗?"

"不需要。"贵翼说。妞妞扭着身子,用手上的扫帚敲话筒,稚嫩地说,"不需要。"

"家也没事吧?"

"没事——"

"轰"的一声,大客厅的吊灯整个落下来,玻璃碎片纷飞,贵翼把妞妞抱紧了,说了一句,"景轩。"

"怎么了?"

"得花笔钱修房子。"贵翼挂了电话。

妞妞凑到他鼻尖下,指着他的鼻子说:"林副官要骂你,败家。"

林副官从兵站回来,还带了一个老保姆到官邸。

林副官听了卫兵的报告,他把门口的卫兵都给训斥了一通,火烧火燎地连夜在官邸布岗,回头还怪贵翼当初不肯听自己的话,连亲兵都不放一组在身边,差点被人一锅端。

贵翼看着一地狼藉的住所,也就哑口无言了。

吃晚餐的时候,林副官也是绷着一张脸。贵翼和妞妞都很自觉地很低调地把饭给吃了,妞妞也没闹。直到林副官喊保姆抱她上楼。

"我要去看看小狗熊,它吓坏了……我要吃栗子蛋糕。……我要看月亮……"妞妞开始闹。

"你要马上洗个澡。"林副官说,"然后去睡觉。"

"小狗熊也要洗。"

"小狗熊是陆地动物,不是海洋生物,不能洗。"林副官一边说,一边喊着,"林妈,林妈,来,把小姐抱去洗。"

妞妞向贵翼求救,贵翼悄悄给妞妞眨眼睛,妞妞冲林副官做鬼脸。作好作歹的,总算把小皮猴弄去休息了。

"我看了刺客的尸体。一个身上中了一枪,一个身上中了三枪,一个脸上中枪,一个头被砸穿了。"林副官看看贵翼,说,"你够能干的。"

"我人缘好,刺客来了都愿意自杀谢罪。"

"嗯,还有一个从窗户上掉下去的。"

"他隔着窗子跟我讲话,我就喂了他一枪。"

"枪法不错。"

"你的枪不好用。"贵翼说。

"他们显然是费了极大的工夫的。"林副官说,"杀一个军政要员,他们简直疯了。吃了熊心豹子胆了。"

"嗯,是黑市军火商干的。"

"资历安这招够狠的。"林副官说,"我们那天缴了他们侦缉处的黑枪,拘押了他们的人,他就把消息放给黑市军火商。杀了你,黑市军火的生意才能继续做。"

"够毒啊,借刀杀人……你去!带上人,带上枪!把全上海卖军火的黑市给我扫了。"

"是。"林副官立正。

"回来。"

林副官站住了。

"不能这么轻易地放过他。"贵翼说。

"爷的意思?"

"做好事要留名。"贵翼摩挲着下巴,冷冷一笑,"我倒要看看,谁的命更长。"

林副官一愣,旋即明白,双腿一碰:"是,军门。"

又一个晴朗的早晨。

资历安得到一条极为隐秘的线报,贵翼在上海大饭店有异动。资历安不明就里,带着苏梅和两名特务悄悄来到上海大饭店,以观其变。

他们刚刚走到二楼,宴会厅那边鼓乐齐鸣,张灯结彩的。一个服务生看见他们一行人出现,赶紧躬身引路。"是资科长吧,您的朋友在等您。"服务生毕恭毕敬地替资历安等人打开了宴会厅的大门。

门打开的一瞬间——

资历安彻底傻眼了。

照相机的青烟频闪,记者们蜂拥而至。他活像一个电影明星或者是军政大员出席什么剪彩活动。

贵翼身穿白色高腰双口袋西服,修身白色西裤,简直风流倜傥,宛如玉树临风。他笑吟吟站在门口,亲自迎接资历安。

他说:"大英雄来了,鼓掌欢迎。"

一片欢声笑语,掌声四起。

一百八十度的大转弯，完全不在资历安预想范围之内。

"贵军门？您、您这是？"

贵翼亲热地搂住资历安的肩膀，说："面带微笑啊，资科长，这可是你的庆功宴。"

"贵军门，到底发生了什么事？"

"你是有功之臣啊。"

"我一直想弄明白。"

"资科长真幽默。"贵翼笑着说。

林副官和苏梅二人分别跟在两人身后，亦趋亦步。

"贵军门是在摆资某的鸿门宴吗？"

"资科长觉得纸能包得住火吗？"贵翼压低了声音说。

"军门明言。"

"贵军门的官邸昨天下午遭到歹徒袭击。"林副官说话了。

资历安顿时紧张起来。

"贵军门此事真的与我无关。"

"我信了。"贵翼微笑着，"你听着，不管计策如何完美，都必须看一下结果是否如预期所料。"

"贵军门。"

"你也很清楚我对你们资家的态度，小资打伤了我父亲，现如今，你又来害我。"

"军门是要搞株连吗？"

"不，不。打打杀杀的多没趣，我不伤和气，和为贵嘛。"他手一抬，所有的音乐都停止了，大家安静下来。

"记者先生们，女士们，今天贵某人有幸请诸位来分享胜利的快乐。大家都知道，在上海滩黑市上军火贩子凶狠毒辣，他们非法买卖军火，造成社会动乱。且屡禁不止，气焰嚣张。今有上海警备司令部侦缉处二科的资历安，资科长，为了打击犯罪，一年以来，收集了黑市军火商的各种信息，详细提供了非法军火商的重要线索。资科长运筹帷幄，神机妙算，将敌诱致贵某人官邸，并亲自派兵埋伏，一一击杀之。"

大伙又一次掌声四起。

"今天资科长特意请诸位记者们来共同分享胜利，诸位，诸位请将你们的镜头对准这位剿灭黑市军火商的大英雄资科长，请为我们的英雄谱写胜利的篇章，谢谢。"

"你这么逼我一定会后悔的。"资历安笑着说。

"这是你自作自受。"贵翼笑得很开心。

所有的照相机向资历安靠拢。

"资科长集中注意力，对准镜头笑笑，拍张照片。"贵翼说。

资历安肤色惨白。

"一会儿说得生动点。"贵翼微笑向记者们示意。

"资科长，请问您在剿灭黑市军火贩子上有什么制胜法宝？"

"请问资科长，侦缉处对于剿杀军火贩子的后续计划，是否可以透露一二？"

"资科长，有什么话要对上海市民说？"

"资科长，资科长对于民间枪支管理松懈有什么看法？"

资历安咳嗽了一声，说："我们侦缉处对于一切非法的、危害政府的行为，都将予以切实打击，保护市民，维护城市安全，剿灭黑市军火贩子，我们侦缉处责无旁贷。"

"好，说得好。"贵翼兴高采烈地带头鼓掌。

在资历安眼里，贵翼此刻就像是一只狡猾的狐狸正得意洋洋地看着他的猎物落入陷阱。苏梅觉得此时此刻，她和资历安就像是两个蠢物，摆在玻璃缸里显眼。

苏梅的眼角低垂着，贵翼回眸的余光正好与她低垂的目光交汇。

想着他给自己送的白玫瑰，苏梅还是友好地笑了笑。尽管她知道，贵翼并不友好。

铁案已定。再无任何商讨遮掩之余地。各大报纸刊登大幅标题，侦缉处资历安科长神勇剿灭黑市军火商，获得贵军门赞誉，云云。

苏梅筋疲力尽地坐在一个小酒馆的包厢里。警察局刑侦科的科长刘玉斌拿着一个公文包走了进来。

"怎么这么憔悴。"刘玉斌说。

苏梅给他倒了一杯酒。

"酒能释放压力吗？"

"你试试。我觉得不错。"苏梅说,"全世界都以为我是共党叛徒,只有你知道我是谁。"

刘玉斌笑笑。

"谁让你出师未捷先被捕呢？中央党部花了高昂的代价培养了几个能成功打入共党谍报机关的特勤,你干了不到半年,居然就落入了自己人的'法网'。你说,当时我们能怎么办？承认你是中统的人,会牵连其他跟你一起潜伏到共区的同事,承认你是共产党,不叛变就得枪毙,就算陈先生也保不了你。何况军统、中统素有嫌隙,你的身份又是绝密。你是一个根本不存在的党国精英。"他主动给苏梅斟酒。

苏梅说:"每次看到你,我就有归属感和安全感。"

刘玉斌问:"资历安呢？"

"他是那种有贼心没贼胆的懦夫！"她叹了口气,"真想不干了。"

"想不干很容易,一是死,二是叛。"

苏梅笑起来。

"不知道是不是我的错觉,我觉得你有点爱上他了。"

"在爱情上我不值得任何人信任。"

刘玉斌暧昧地一笑:"生活上值得就行了。"

"有眉目了吗？"

"我动用了警察局所有的户籍警察帮你找'烟缸'的足迹。我用了最古老的亲属搜索。凡是贵婉用自己的名义,用她家里任何亲属的名义所购买的住所,我都有全面地毯式搜查。资历群也一样,他所有的化名,只要我们知道的,我都普查了一遍。最后,我发现贵婉曾经在上海租住过小阁楼,有三处都是一笔付清三年租约。三处都是画室,有很多志同道合的画家在那里驻足。三处都荒废很久了。"

"只有三处了吗?"

"目前就知道这么多。"

"你派人去看过吗?"

"没有,我不想打草惊蛇。"

"做得好。"

"不过呢,有一句说一句。贵婉已经死了,按照他们地下党的规章制度,所有跟贵婉有关的住所,都应该弃用了。"

"是的,但是,正如你所说,贵婉已经死了。他们会误以为跟贵婉有关的所有文件资料都作废了。他们根本想不到有人通过户籍在查找死人住过的所有住处。"苏梅喃喃地说,"就像是大海捞针。谢谢你,刘科长,谢谢你把这根针替我找出来了。"

"我在这帮你是应该的。"刘玉斌说,"资历安是个十足的蠢货,利用黑市军火商刺杀军政要员这种事情他都能做得出来。"

"我们得把注意力集中在抓捕'共谍'身上。"苏梅说。

"如果你以前所有的假设都成立,你应该去这三个地方看看。但是,很可能是一片荒芜,你要有这个思想准备。"刘玉斌拿出一个信封给苏梅,"如果你运气够好,三处里面一定有一处是你想要的。"

苏梅的手拿住了信封。

"其实,我应该自己着手去搜捕,而不是轻易地告诉你。"刘玉斌说。

"那你为什么还要交给我?"

"交给你,可确保可信的情报落入可信人之手。"

"我需要带几个人去。"苏梅说。

"这我可帮不了你,你知道,我给你派了人,就相当于警察局插手侦缉处的事,以后我办起事来,就没有这么方便了。不过,我可以安排两个警察局的眼线给你,他们的名字不在档案里。查无实据。"

"这主意不错。"苏梅说。

"你什么时候行动？"

"就在今晚。"苏梅举起手中的酒杯，一饮而尽。

露西和资历群各自结束了跟党组织成员的谈话。来人告诉他们，他们的谈话记录会直接拿给"蛇医"做甄别。为了安全起见，明天一早，会把他们转移到新的住所。资历群叫小资去给自己买雪茄烟，露西开始整理楼下的房间。

一切都井然有序。

傍晚，有人敲门。

露西问："谁啊？"她走到门口，打开一个小木块，朝外一看，一包雪茄烟堵在小木块的视野里，露西笑了笑，"小资啊。"她毫无防备地打开门。

就像是一股强风暴，苏梅一马当先冲进来，举枪就射！

露西强行用手去压制苏梅的枪口，苏梅一脚踢翻露西，露西毕竟上了年纪，被一股惯性裹挟着扑倒在地，她转身朝楼上跑，一边跑一边喊："快跑！是敌人！"

枪声骤起。

露西中弹，从楼梯上滚下来。

苏梅大踏步冲上楼，身后两名男子持枪相随。

"放下枪。"一声轻叱。

黑洞洞的枪口抵在了苏梅的左边太阳穴上。

"放下枪！！"两名男子叫嚣着。

"夫妻俩见面，不需要先问候一下吗？"资历群说。

"我一直不知道，你在这。"

"对，我在这。"资历群笑笑，他的笑容令人悚惧，"防止你做出毫无意义的事。"

"放下枪！"楼下有人吼。

"开枪就是两败俱伤！开枪啊！！"资历群吼了一句。

苏梅的双瞳放大！！寒气森森！！

"我俩要是死在这了，那才叫一个有趣。"资历群怪异地笑着。

# 狩猎季节

## 第十八章

在逐渐黯淡下来的光线中,墙上的油画泛着青色的光,画廊里很安静,"闲趣"画廊是小资仅有的产业,也是他可以藏身的地方。

苏梅浑身都僵住了,她呼吸急促。

"很高兴又见面了,虽然不能同舟共济。"资历群说,"想想还是蛮遗憾的。"

"你以为我永远都抓不到你吗?"苏梅是强弩之末,被人用枪顶着太阳穴,站在鬼门关口悬着。

"我当然希望自己永远不被抓到,特别是,被自己的'前妻'抓到。"资历群笑着说,"不过,苏梅小姐,这次你还是徒劳了。"

"放下枪!!"楼下的两名男子,青筋爆裂般嘶吼着,"我们要开枪了!!"

"放下枪!"资历群说,"听着,你们都听好了。我是中央党部党务调查科的特派外勤人员资历群。"

"你,"苏梅的脸一下涨得紫青,"你是中统的人?你在开玩笑吗?"

"我有必要跟你在这开这种玩笑吗?"资历群说,"你的编号是404,不是吗苏梅?两个国民党特务一起混进地下党做卧底,暴露的风险大不说,潜伏的意义等于零。"

"放下枪。"苏梅对楼下的两名持枪男子说。

两个男的互相看看,慢慢收枪。就在他俩往回一收的工夫,资历群的枪口转瞬对准楼下二人,"砰,砰"两枪,弹无虚发,两名男子仆地而亡。

苏梅大骇,枪指资历群。

资历群说:"我的身份是绝密的,杀人灭口,不用我教你吧。"

"我是不是你出卖的?"

"是。"

"为什么要出卖我?!"

"因为重建新的交通线比摧毁一个共党小组更有价值。"

"贵婉是不是你杀的?"

资历群凝视着她,说:"胜利属于无情者。"

"你、你太卑鄙了。"苏梅说。

"我卑鄙?我想问问苏小姐,你为什么选择嫁给资历安?"

"为了找到你,杀掉你。"苏梅情绪激动地说。

"口不应心。你是想通过他,找到我,控制我,帮助你,得到你期盼已久的荣誉和地位。"

"这是你欠我的。"

"轰"的一声，半敞半闭的阁楼门被彻底踏平！一群侦缉处的特务持枪冲了进来。大伙口里喊着，"都别动！""举起手来！""放下枪"。

资历安持枪直接奔上楼梯。

"卸她的枪，把她铐起来。"资历群直接向资历安下命令。

"你这个混蛋。"苏梅给了资历群一记耳光。

"住手，你这个疯婆子。"资历安把苏梅给铐起来。

"你是党务科的耻辱！你居然替军统做事！你出卖同僚，把功劳拱手送给军统……你脚踏两只船，不得好死。"苏梅疯狂地诅咒着。

"我不在乎你怎么想。如果我不选择跟军统合作，事情就会变得很糟糕。"资历群说。

"你永远都是优先考虑你自己。"苏梅咬牙切齿地说。

"把她带下去。"资历安暴喝一声。几名特务上来，把苏梅拖了下去，苏梅在楼梯上谩骂着，哭叫着，她的愤怒几乎掩盖了她对自己下场的恐惧。

"大哥，你没事吧？"资历安问。

"没事，还好你来得及时。"资历群说。

"我觉得这女人快疯了，所以24小时派人监视她。"资历安说，"不过，也多亏这个疯子，我已经一个星期没有联系到你了。"

资历群突然想起了什么。

"有什么发现？"资历安问。

"小资。"资历群喊了一声。

此时此刻，资历平的一张苍白的脸就贴在阁楼外高大的玻璃窗上，他站在屋顶的窗户上，目睹着一切。

"小资！"资历群一边吼一边开枪打穿玻璃，好让他从高处掉下来。

资历平身姿矫健地往上一跃，跳上了去。

他的脚步声在屋顶的瓦片上像一股旋风一样掠过。

资历安气急败坏地骂了句："该死，也不知道他在这里站了多久。"

"久到让他知道了我们的一切。"资历群说。

楼下站着的特务纷纷向阁楼上的天窗跑去，资历群对资历安说："事情发展到这个地步，也没必要再遮遮掩掩，马上通知侦缉处，全市搜捕资历平。"

资历平在一片高低不平、纵横交错的屋檐上飞奔着，他速度惊人，敏捷准确地跳跃给予他足够的逃跑时间，很快，他从一个斜开的屋顶天窗飞身跃进，进入一户人家的阁楼。那家主人正在房间里烧茶煮蛋，他几乎是在房间主人惊诧的尖叫声中穿堂而过。

资历平从一家阁楼里破门而出，飞奔而去。

三分钟不到，他就消失在一片茫茫人海中。

"我们要全力应付这件事。"资历群坐在汽车上说，车窗外霓虹灯罩，流光溢彩，资历安亲自开着车，车上只有他兄弟二人。

"大哥，我在龙华路给你预备了一套房子，独门独院。就在警备司令部附近，方便你坐镇指挥。你身份特殊，不方便在侦缉处露面。等这件案子完了以后，我替你请功。"

"请功就不必了。"资历群淡淡地说，"我只是个影子而已。影子一旦变成真实的人，就没有价值了。"

其实，资历群心底还有一句话，没有讲出来，中统和军统历来水火不相容，苏梅说得对，他已经脚踏两只船，风高浪急，一个不留神，就会船覆人亡。

他深深吸了一口气，稳定情绪。

汽车驶向远方。


贵翼的官邸，楼板经过简单修缮，大客厅的吊灯只剩下一副孤零零的残躯。不过，壁灯还是温暖如故，保姆带着妞妞在楼道上玩小皮球，时不时地有孩童的嬉笑声传来，荡漾在空气中泛出一丝丝甜蜜的家庭味道。

贵翼的书房里，方一凡和贵翼在密谈如何送人出港。

经过贵翼鼎力相助，7号首长的病情转危为安。在"病人"恢复体力的这段时间里，方一凡通过"蛇医"与延安的电台联络，请示能否通过贵翼的兵站运输线，完成护送任务。南方局密电只有一个字："准。"

密电来得又快又简洁,这让方一凡多多少少感到既兴奋又意外,兴奋是因为上级以最快的速度批准了行动计划,意外的是因为贵翼的身份特殊,在白色恐怖的严酷环境下,南方局能在短时间做出决断,是很难得的。要知道,考察、策反一个国民党高官没有一个三五年是很难做到的。

所以,方一凡看贵翼的眼神有了些许变化,这个英俊的"老同学"背后一定有某种不为人所知的秘密。

"关于贵党人员安全出港的问题,我已经做了周密的研究和安排。出港的人员好比'偷渡者',而侦缉处好比是'狩猎者'。狩猎者的鹰犬遍及港口、车站,敌人对于我们会采取各种监视和跟踪。这个时候,我们需要隐藏,但是,我们需要一个'移动靶'走到舞台前,吸引所有监视者和跟踪者的目光。"贵翼说,"只要'移动靶'成功地吸引住所有的捕食者,我可以保证,偷渡者一次成功。"

"你的意思是给敌人一个机会,让他们掌握我们的出港路线,而我们知道了敌人预测的出港方向,避过敌人的袭击,我们就能安全出港。"

"对,这个计策只能用一次,必须一次成功。"贵翼说。

林副官突然敲门走进来,说:"出事了。"

"谁?"贵翼警觉地问。

方一凡也站起来,资历平从林副官身后闪出,说:"我知道是谁杀了贵婉!"

"谁?"贵翼和方一凡同时问。

"资历群。"资历平答。

龙华路一千号,一座小阁楼干净清爽,留声机里咿咿呀呀地唱着评剧,那是资历群平素里最爱听的"锁麟囊"。

资历群一只手拿了文件在看,另一只手伸过去把留声机关掉。

资历安站在他背后。

"像这样东鳞西爪的吉光片羽,不济事。"资历群说,"没人会相信一个党国的要员在短短的几天里投靠共产党。你啊,要整死他,要么不做,要做就一定要置对手于死地。"

"间谍的思维,通常异于常人。"资历安向来都是"不肯受教"的,一定要犟到底。

"除非你有确凿的证据。没人会因为一两份所谓的来路不明的文件去着手调查一位军政大员，这不符合规定。"资历群把文件扔还给资历安，眼睛里掩饰不住不屑一顾的表情，这让资历安很不舒服。

"我知道，这不符合规定，但是贵翼身上疑点太多。"

"如果你有头绪，简单地说给我听听。"

资历安说："我们在红玫瑰茶餐厅布控缉捕共党，有他；我们四个特勤被杀，陆军医院的救护车是他家司机借的，跟他绝对有关；他收留共党遗孤，为共党抚养后代，这还不是'通共'是什么？"

资历群看着资历安，有时候他是真心想踹他几脚，烂泥扶不上墙。他微微叹息着，说："你听着，你总是偏离目标，不知道抓住重点。"

"我们要抓的是共党交通站护送的重要人员，不是这个贵翼。好，就拿贵翼来说事，你在红玫瑰茶餐厅布控缉捕共党，贵翼去查黑枪，有矛盾吗？他会解释说，是巧合。而你偏偏一无所获，他却是满载而归。他的司机去陆军医院借车，你找到他的司机本人了吗？你没有人证，他会反咬你一口，借机诬陷军政要员。他为共党抚养后代，你真是忘性比记性好，那个孩子是小资的'童养媳'，小资一口咬定的'事实'。他贵家不给养，难道资家给养着？你动动脑子。"

资历安被他数落了一通，黑着脸。

"我想要知道的是，贵翼和'蛇医'之间有没有联系？有什么联系？他们到底是什么关系？贵翼仅仅是因为贵婉才插手进来的吗？还是，他跟我一样！"

"大哥的意思？"

"贵翼原本就是一个隐藏很深的共产党！"资历群咬金嚼铁地说。

"啊？不可能啊！"资历安吓了一跳。

"你知道什么是'闲棋''冷灶'吗？"资历群说，"他们中共中央南方局的书记周恩来就是下闲棋的高手。平素里什么也不做，关键时刻给你下刀子，让你防不胜防，且一击即中！"

资历安的脑子明显不够用，他眼神有点慌乱。

"大哥。"

"我们需要集中精力。"资历群说,"护送小组还在做出港的准备,偷渡者潜藏在暗处寻找机会。他们会选择时间、地点,并在出发前做好一切伪装。用伪造的路线来掩饰真正的出港地点。我们必须在偷渡者行动之前找到他们的偷渡路线,把他们一网打尽。只是……贵翼这颗定时炸弹,我们很难把控。"

资历群喜欢把所有的人和事都置于自己的控制之下。凡有拿不准或者拿不住的时候,他就会多加思考,以图万全。

"要不,我再派人去——"

"还没那么糟。"资历群知道他想干吗,他说,"明目张胆地刺杀军政要员,会在上海滩掀起轩然大波。我没有你那么蠢,蠢到有一天怎么死的都不知道。"

"我们可以制造他的意外死亡事件。"

"不,他的死,必须是正法!"资历群说,"贵翼身为党国的军人,无视法纪,勾结'共谍',破坏戡乱,理应严肃法纪,予以正法,以儆效尤。"

资历安看着他,有时候他会觉得资历群和资历平一样,都有点不正常。

"我们需要一个八府巡按,手持尚方宝剑,扼制住贵翼,到那个时候,才能贼挡杀贼,佛挡杀佛。"资历群说,"'烟缸'一案,牵涉太广,必须快速结案了。"

资历安点点头,问:"苏梅呢,怎么处理?"

"她可以彻底退出历史舞台了。"资历群冷酷地说。

资历安没说话,从口袋里摸出一张照片,那是苏梅和刘玉斌秘密会面的照片,"我的人监视苏梅的时候拍的,警察局的刘玉斌跟她关系匪浅。"

"嗯,怪不得,她能够找到我的藏身之处。这张照片,可以让她多留几天。"资历群说,"先稳住了警察局那边,我不想在这个关键的节骨眼上节外生枝。等我们解决完了地下党的交通站,再回头收拾她。一个也跑不了。"

"那我回侦缉处给局长发密电了。"

"嗯,我需要更有效的人力资源。"资历群一边说,一边掏出一把手枪来搁在书桌上。

"这是?"

"贵翼的枪。"资历群说,"我从小资那里得来的。"

"有用吗?"

"当然,物尽其才,方可人尽其用。"资历群的眼睛里闪烁着诡异的光芒。

军械局的副司长办公室。电话铃声此起彼伏,林副官一边接听电话,一边在替贵翼整理文件。

"兵站的报告。"林副官站在贵翼的办公桌前。

"监听侦缉处的电台,一封电文都不能放过。"贵翼神色严峻地说。

"我们需要申请权限吗?"林副官问。

"现在是战备状态,我们有权怀疑一切。"贵翼在报告上签字,"政府机关的人利用职权,勾结日本人,出卖情报,时有发生。我们必须要严密监控各种可疑渠道。当然,最好是绝密的,不要被发现。"

"明白。我们兵站有最好的监听员和破译员。"林副官说,"还有一件很蹊跷的事情,有一个监狱的看守替苏梅送了一个口信来。"

"哦,"贵翼双眉一挑,来了兴趣,"怎么说?"

"救命。"林副官答得简明扼要。

贵翼一怔,说:"她什么情况?"

"她被押在提篮桥监狱,以'共谍'之名,秘密判处死刑。"

贵翼看着林副官,别有深意地颔首。

失望和绝望笼罩着苏梅。

她真的会被他们处死。

这得益于她清楚地知道一个死刑犯的流程。

她真的会死在冰冷的监狱里,她甚至想到让刘玉斌来收尸。可是,事到临头,她犹豫了。她被关在提篮桥监狱,刘玉斌应该会知道的,知道却不来营救,这就已经很说明问题了。她是一个可以被抛弃的棋子。

濒临死亡的苏梅开始重新考虑自己的命运。

她想到了贵翼。

她现在才不管谁是共产党,谁是自己人。只要能救命,就是恩人,就是十足真金的自己人。

她的钱物都被没收了,她手上没有任何东西可以用来打动看守。

她唯一可用的就是自己的身体。

苏梅成功了。

她用她销魂的手段勾引了一名不足十九岁的看守。

她恳求他,去替自己送一个口信。收口信的人是军械司的副司长,叫贵翼,是她的朋友。她请他来救自己。她给看守跪下,磕了三个响头,磕得头破血流。

奏效了。

看守说,你是我生命里第一个女人。我帮你去送信,然后,两清。

苏梅热泪盈眶,说,好。

苏梅可用,贵翼想。

"方小姐曾经把苏梅的画像送到了那边去求证。"贵翼说得小心翼翼,林副官默默点头。

"但是一无所获。"贵翼的表情暗藏玄机。

"您的意思,她可能不是共产党的叛徒,她是……"林副官欲说又止。

"嗯,大家都是冰山一角啊。"贵翼突然自得地笑起来,"嗯,资家兄弟为什么一定要置苏梅于死地呢?他们想尽快甩掉这个麻烦,我们正好废物利用。"

林副官站在贵翼面前,偏着头想了想,说:"要不,我去?"

"不,我亲自去,不要惊动旁人。"贵翼说。

一辆军用牌照的吉普车驶离了上海提篮桥监狱。风驰电掣的车轮下卷着滚滚沙土,保险杠几乎是从沙粒中碾过的。

林副官开着车,车后座上坐着苏梅和贵翼。苏梅的头发已经被剪成了男式小平头,这让她看起来添了几分可怜的妩媚。她的膝盖很疼,疼到令她肢体麻木,贵翼来救她之前,她被一名女看守殴打,膝盖被看守用木棍砸过。

贵翼一路上沉默不语。

他是利用自己的特权从提篮桥提走的犯人，理由是，苏梅牵涉一起军火走私案，因此案事关重大，要求监狱长严格保密，如有人问起犯人，一律以"狱中斗殴致死"作答。

　　沙土路渐渐变成洋灰马路，熟悉的街道闪现在苏梅的眼帘中，苏梅的眼眶有点湿润，到此时，她才觉得自己追逐的"戡乱"、"潜伏"、破获共党情报网，立功受奖等等都是浮云，扯谈。

　　活着才是最重要的。

　　比金钱、权利更重要的是重生。

　　"这里是五百块，你先拿着。"贵翼说。

　　苏梅抬眼望他。

　　"你去买些衣服，换换打扮。现在你还不能堂而皇之地抛头露面，你在提篮桥的监狱名册里已经是个'死人'了，你必须先隐藏好自己，不要被侦缉处的人发现你。

　　"我在大光明旅馆给你定了一个月的客房，你先住在那里。有什么需要，直接给我打电话。保持警惕，不要掉以轻心。资历群很狡猾，他不会轻易放过你。

　　"我会帮你扳回这一局的。"贵翼说。

　　"怎么扳？"苏梅问。

　　"以其人之道还治其人之身。"

　　"等这件案子完结之后，你可以坐到资历安的位置上去。在那之前，你接受我的保护，听从我的调遣。"

　　"为什么要帮我？千万别跟我说为了正义。"苏梅说。

　　"为了贵婉。"贵翼答，他转脸过去看看她，"满意了吗？"

　　苏梅沉默。

　　"我妹妹绝不会白死的，资历群必须付出代价。"

　　这句可信，苏梅想。

　　但是，她脱口而出的却是："我为什么要相信你？"

　　"与其说为什么要相信我，不如说相信我，你才能活命。"贵翼从后座上拿起一份文件，说，"我想你可能想知道，他们给你定的罪名。"

苏梅伸手接过文件。

"看来你跟资家兄弟的关系,简直一塌糊涂。"贵翼补充了一句。

苏梅翻开文件,只看了两行就感觉头晕目眩,她有点恶心,一下扔掉文件,恶狠狠地踩上一脚。

"你想让我怎么帮你?"苏梅问。

"不着急。我和你现在绑在一驾战车上,有的是时间同舟共济。"

苏梅听见"同舟共济"这句话,苦笑了一下。"同舟共济?同床异梦吧。"她说。

"其实,我很欣赏你这点,你并不会因为感激就放弃了对我的怀疑和审视。纵目四顾,于今的党国像苏小姐这样肯做事的人,实在是凤毛麟角。"

"谢谢贵军门的褒奖,苏梅当不遗余力为党国效忠,为贵军门效力。冲锋陷阵,在所不辞。"这是一个漂亮的推手,模棱两可的表态。

贵翼的嘴角上扬,微微一笑,他伸出手来拍拍苏梅的手背,大有上司对下属的肯定,那意思,你多努力,我能看见的。

贵翼安定了苏梅,然而,不到两个钟头,危机来临了。

贵翼在军械司的办公室接到了资历群的"问候"电话。资历群告诉贵翼,贵翼的配枪在他手上,他说,他在侦缉处得到了一份秘密文件,事关贵翼的生死和前程。他希望能跟贵翼在公共租界上见一面,请资历平到场。他很客气地说出最关键最毒辣的话,他说,贵军门,你可以用小资去换回你的锦绣前程。

资历群开门见山,连面具都省了。

"我真是很难理解你,资历群先生。小资难道不是你资家的人吗?怎么开口跟我贵家要人?"贵翼压制住自己的怒气,开启周旋模式,"我听说资先生是在逃通缉犯,你给我打电话,我可以视为你敲诈、勒索军政大员。"

"贵军门,真人面前不说假话。我跟小资有一笔未清之账要算,我也深知军门无辜,皆因令妹之故,卷入'共谍'案之旋涡,多少有点不得已。倘若贵军门信得过资某,明日晚上七点,带小资到华山路德国乡村俱乐部见面。我会给你看一些对你的远大前程绝对有意义的东西。"

"资先生,你是代表你个人约见呢?还是代表国民党中央组织部调查科?"

这句也是撕开资历群所有伪装的"点睛"之问。

"呵呵，贵军门真会开玩笑。军门见过一个通缉犯代表调查统计局的吗？"资历群笑着说，"拿小资来换军门的前程。来与不来，军门斟酌。"

"我来。"

"明智之举。"

"我来，不等于，我就肯换。"

"贵军门，资某人有一句良言相劝，感情没有理性的。做了这一行，动什么，都别动感情。"

"对，资先生说得对极了，感情是没有理性的，复仇心尤其不理智。"贵翼说。

资历群沉默了。

两个人都默默地几乎同时挂掉电话。

贵翼的头，开始隐隐作痛。林副官匆匆进来，把一份刚刚抄录的电文放在贵翼面前。贵翼看了电文，一跃而起，在房间里来回踱步。

南京急电，军统局即将从天津调派一名特派员赶往上海，彻查共党"烟缸"一案。

威胁升级了。

"怪不得资历群有恃无恐。"贵翼说。

林副官垂手侍立，他在等待贵翼的命令。

"特派员将拥有'见官高一级'的特权，彻查'烟缸'案，就是想把我彻底拉下马。"贵翼走到窗前，看着窗外的蓝天白云，被逼到绝境的贵翼，此时此刻已经把所有的荣辱利害放下，满途荆棘中，必杀出一条血腥之路来，才能有效突围。

他不停地思考着，脑海里灵光频闪。

露台上，一名勤务兵在浇花。

贵翼隔着玻璃窗在看。

林副官过去，敲敲窗，让勤务兵离开。勤务兵隔着玻璃窗立正，然后走开了。林副官说："这花是法国品种，娇贵。每天都得有人精心伺候。前两天，家

里的鱼缸忘了换水,鱼差点都死了。鱼要死了,妞妞小姐得哭死。"他絮絮叨叨地说些家常话,原意是分散一下贵翼的注意力,稍稍放松一下神经。

贵翼紧绷的神经一下松开了。

"说得真好,不换水,鱼就死了。死水得换成活水,鱼就有救了。"他喃喃地说,"原本复杂的事情,现在简单化了。"

"啊?"林副官诧异地叫出声,"军门,您,没事吧?"

贵翼转过身,对林副官说:"资历群刚刚打电话来,要我明天带小资去见他,用小资去换有关我破坏'戡乱'、帮助共党的文件和我的配枪。"

"啊!"林副官的眼珠子都要鼓出来了,"他疯了吧。"

"好极了。要什么就来什么。"贵翼说。

"您疯了吧?"林副官忍无可忍地吼了一句。

"战帖已下,我们没有退路了。"贵翼说,"马上联系方小姐和小资,今晚必须商量和拟定一个新的行动方案。"

在逐渐暗淡下来的光线中,墙上的油画泛着青色的光,画廊里很安静,"闲趣"画廊是小资仅有的产业,也是他可以藏身的地方。

贵翼和方一凡站在彩绘的玻璃窗前,往走廊上看。小资穿了身青色的罩衣,手上粘着点水粉,他走出来,说:"我在画室给你们泡了好茶。"

画室的灯光柔和,贵翼向方一凡和资历平讲述了自己的新计划。

资历平静静地听完,他第一个提出反对。他说,这个计划,太过冒险,而且漏洞太多。不过,这个计划是一个很好的开局。他提议,让自己入局,以牵动敌人视线。

贵翼反对。他说,你一旦入局,就是九死一生。

方一凡很紧张,她在衡量两个人拟定的同一目标不同内容的行动方案。

"资历群不会相信的。"方一凡说。

"要的就是他不相信。"资历平说。

"我、我没有听明白你的意思。"方一凡困惑不解。

"我明白了。"贵翼看着资历平,对方一凡说,"他的意思是,他要去做

'荆轲'。"

方一凡沉默。

贵翼对资历平说："小资,我很佩服你的勇气,但是,资历群没有下限,没有尺度。我反对你的计划,你这是飞蛾扑火。"

"这是冒险夺围。"资历平说。

"你得听我的。"

"你听我的。"

"我做不到。"贵翼说。

"你宁肯牺牲自己。"资历平替贵翼说出心底话。

贵翼板着脸。

"这个计划是我拟定的!"

资历平说："贵军门的计划,是一个绝妙的计划。也是我们唯一'出港'的机会。

"只有这样孤注一掷,才能让敌人变成聋子和瞎子。

"让所有的监视者,跟踪者全部放弃监视和跟踪——只有一个大前提,让敌人占据绝对的主动。

"这就像下棋,每走一步都要想好了,争取每一步都比对手看得远,想得深,走得稳,要不停地给对手制造错觉,创造错觉,只要对手猜错一子,走错一步,我们就可以赢得胜利。"

"但是,你不能去,我不同意。"贵翼说。

"资历平去的话,胜算比较高。"

很久没有说话的方一凡说话了。

几乎是一锤定音。

贵翼沉默。

"我知道,这是火中取栗,很可能引火烧身。"方一凡说,"但是,我们已经站在万丈悬崖之上,退无可退。唯有如此,才能反败为胜。"

"小资此去,倘有不测,令贵翼如何自处?莫说家父放不过我,就是我自己也过不了自己这一关。"贵翼说。

资历平站了起来，脱了罩衣，对贵翼说："贵军门，让我去吧。为了我，为了你，为了贵婉，为了妞妞。"他顿了一顿，双膝一跪，"哥，你让我去吧。"

一句"哥"，让贵翼眼眶湿润了。

凡做大事者，为人择事，为事择人。

贵翼终于下定决心。

血雨腥风就要来了。

一层薄薄的晓雾慢慢地在明亮的初阳里化开，一大片香樟树的树荫覆盖着春和医院的楼道视角。

贵翼在前，资历平和林副官左右相随，三人身穿笔挺的麦尔登呢修身中山装，步履坚定沉稳地走来。

贵闻琎是喜出望外的。

他在接到儿子的电话后，就像是服了一剂清凉散，心情无比舒畅。

烟雨江南，多少爱恨情仇，皆化为浮云烟雾，唯有天伦之乐勾起他多少"少年事"。自己年华不再，孩子则是自己的生命再生。

贵闻琎一想到资历平，就会莫名地激动。

他们来了，贵闻琎竟有点魂不守舍。

"父亲，儿子给您问安来了。"贵翼"笑吟吟"地走进来，他身后跟着资历平，林副官就站在门口侍立。

贵闻琎微笑着颔首。

"父亲最近身体怎么样？"他陪着贵闻琎坐下。

"好着呢，我这不托小资的福，赖在医院休养几日。"

贵翼笑笑，唤声："小资。"

资历平低着头，垂着眼，走到贵闻琎和贵翼面前。他尽量不去看贵闻琎的目光，他生怕父子间眼光交汇处露出什么破绽，被贵闻琎看出端倪来。

一个飞扬跋扈、神采奕奕的孩子，突然间低眉顺眼，拘谨婉约，反而让贵闻琎看着心疼，他宁愿看那个无往而不利的资历平，也不愿意看这个见父如履薄冰的"贵婉"。

"小资,你……"贵闻珽刚想说什么,就看见资历平很规矩地在自己面前跪下。

"父亲。"资历平给贵闻珽实实在在地磕了个头。

"小资。"贵闻珽是真想马上把这个孩子扶起来,跟他促膝交谈,可是长子在前,他倒也不好过于热络。

"父亲。儿在资家时,家母曾经屡次嘱咐小资。倘有朝一日,生父肯来相认。小资当敬重为先,听从管教。身体发肤受之父母,小资虽为贵家所弃,毕竟血脉相连。小资不孝。初见父时,猖狂嚣张,出言无状,有违母训。今在父亲膝前谢罪,父亲海涵……倘有朝一日,小资,有什么事……有什么过错,盼父亲大人念小资一叶孤舟,萍飘断梗,原谅小资。父亲多多保重,莫以小资为念。"

资历平的心声汩汩流溢。

贵翼听得剜心割肺,眼泪都快掉下来了。他知道,这是小资辞别生父的"临终遗言"。素来沉得住气的贵翼,强颜欢笑地垂着眼帘,企图掩饰住自己内心的波澜。

"你起来,孩子。"贵闻珽说。

资历平站起来,垂手侍立,屏息凝神。

资历平的孝心,贵翼知道。贵翼的难过,林副官知道。站在门口的林副官不时回眸,让贵闻珽感觉到了什么。

他以询问的目光扫视了一下贵翼和资历平。

"你们,不是有什么事吧?"

"我们有什么事。"贵翼忍着痛,装作无事地赔笑,"这一来啊,是父亲不日返回苏州,小资惦记着父亲,所以一定要来问安;二来嘛,小资与父亲在擂台相会,虽然是事出有因,毕竟他出手犯上,心里一直不舒服……"他也不知如何编。

"那算什么事。"贵闻珽淡淡一笑,他对资历平说,"我正想着,你来了,跟我多盘桓几日。不如,你跟我回一趟苏州吧。"

房间里的气氛一下就僵住了。

资历平勉强含笑，不作声。

林副官突然咳嗽了两声。

"父亲。"贵翼说。

"你不要告诉我，你就是带他来蜻蜓点水的。"贵闻珽打断了贵翼的话。

"父亲。"资历平开口了。

"孩子，你说。"

"……我在天津的画廊刚刚接了几幅画的订货，所以，今晚就得起程去趟天津。"

"那也没有问题。我啊，正想去趟天津，我陪你一起去。"

"父亲。"贵翼说，"母亲在家日日悬念，父亲还是先回苏州比较好。"

"是吗？"贵闻珽看看二人，问资历平，"你也是这个意思？"

资历平看着贵翼，贵翼的眼神有点飘，资历平对贵闻珽点点头，说，"等我天津的事忙完了，我一定去看父亲。"

"要是忙个不停呢？"贵闻珽的口气开始冷了。

"也有这个可能。"贵翼想打个圆场。

贵闻珽"哦"了一声，点点头，对贵翼不轻不重地说："你是不是在一些事情上过分坚持了。"

贵翼一愣，说："不是那样的，事情并非父亲所想……"

"那你来告诉我，事情是怎样的？"贵闻珽对于儿子的表情和言语有着相当精细的感觉，他心中霎时烦躁起来。

房间里很安静，安静到父子三人都能感觉到对方的紧张和不安。

"啪"的一声，贵闻珽拍案而起，突然发作。

"他哪里是来见父的，分明是来诀别的。"

贵翼赶紧站立起来，一动不敢动。

"所谓钟鸣鼎食的大户人家，没有给这个孩子一点点温暖。到头来，还要利用这孩子，逼着孩子去天津！我不知道你们要干什么，我知道，你要他去送死！不是吗？"

贵翼噤若寒蝉。

"你以为我瞎了吗？"贵闻斑失态地吼起来。

这句话太重了。

凡大家庭的长辈说出这种话来，对子孙皆属重话。譬如小家庭中，长辈说儿女不孝是一样的性质。

"父亲。"贵翼双膝跪下，"父亲息怒。"

林副官随跪。

资历平虽在资家长大，也颇知大家族的规矩重，他在贵翼身后跪下。

整个房间里，鸦雀无声。

"父亲。"贵翼打破僵局，低声唤父，"儿子有不得已的苦衷。"

"我、我，你、你不要跟我说，这是为了贵婉。"贵闻斑激动起来，"贵婉已经走了！可是，这个孩子他还活着！！"

贵翼耳膜中一片轰鸣，内心极度纠结。

贵闻斑针针见血、拳拳到肉的喝斥，一句一句撕裂贵翼的心和神经。

"父亲。"资历平站起来，说，"父亲厚爱，小资铭记在心，此事不关大哥的事。是小资一意孤行，要替妹妹完成她未尽之事。"他一边说一边往后退，"小资此来，心愿已了……"

"景轩拦住他。"贵闻斑意识到了什么。

"父亲。"贵翼伸手拉住父亲。

资历平对着生父微微一笑，转身就跑，贵翼和贵闻斑都能感应到资历平的心跳和急促的呼吸，他们都懂。小资不愿意带给贵闻斑痛苦，他宁愿跑得远远的。

其实，小资还是太年轻。贵翼想，遭人恨与遭人疼的孩子，若有不虞，带给父母的伤害都是一样的。

林副官借机跟着资历平跑开了。

"父亲，保重。"贵翼扶住了贵闻斑，他万万没有料到，贵闻斑如此敏感，二十年未见的父子相聚，竟是如此仓皇，无助。

贵闻斑有一种精神被耗蚀尽了的感觉，竟然无声地呜咽起来。贵翼心痛如绞，咬牙忍住心中的灼伤。

他的手紧紧握住父亲的手。

"间谍"是什么？是风，是光。风无影无形，无色无迹。光时隐时现，时有时灭。贵翼是风中的一线光，光中的一丝风。

资历群在德国乡村俱乐部的包间里看着手中啤酒的标签。

"图赫男爵家族啤酒厂。"

"这酒味道清爽醇和，特别细腻。"贵翼不知何时已经进来了，他和资历平就站在资历群身后。

资历群笑呵呵地站起来："哎呀，贵军门光临，资某人与有荣焉。"

"资先生请我来，敢不领情？"贵翼说，"这一来，贵家与资家，原有些渊源；这二来，我与资先生也算神交已久了。"

"那是，那是。贵军门果然气魄非凡，独往独来。"

"难道资先生带了帮手，要与资某群殴不成？"

"哈哈哈，群殴就算了，太失体统，就算要打，我宁愿选'决斗'。"资历群说。

"天下事，唯'决斗'是一蹴而就之事。"贵翼把披风解下，资历平替他拿在手里。贵翼大剌剌坐下，手一挥，"资先生请坐。"

资历群坐下。

"要喝点酒吗？"资历群问。

"可以啊。"贵翼说。

资历群看了一眼资历平，资历平站到桌子中间，给他们倒酒。

"小资的脸色可不大好，"资历群说，"最近休息不好吗？"

"小资承受了太大的压力。"贵翼说。

"那是你不了解他。"资历群高姿态地呵呵一笑。

"你只是想不择手段地去玩味别人内心的痛苦罢了。"贵翼也笑了。

"毛毛虫是可以蜕变成蝶的。"资历群举起手中酒杯，向贵翼示意，"但是毒蛇永远都学不会感恩戴德。"

贵翼举杯："是吗，资先生自认是农夫吗？"他喝了一口酒，咂了一下嘴唇，说，"可惜啊，你并不是你所扮演的角色，你不要入戏太深。"

资历群点点头："贵军门一语中的。彼此彼此。"

贵翼不答。

"贵军门，这是资某的一点外敬。"资历群依旧一张笑脸，拿出一份文件来，"望军门笑纳。"

"我要不拿，岂不是辜负了资先生一番雅意？"贵翼伸手来拿，资历群的手按住文件。

"资先生，何意？"

"自然是问军门的诚意。"资历群的眼睛扫视了一下资历平。

"你为什么一定要带走小资？"贵翼直入主题。

"因为他欠我的太多，我要全部拿回来。"

"是吗，你被他骗了？"

"他谁都要骗。"

"他对你说谎了？"

"他对谁都说谎。"

"你们资家怎么教育孩子的？"

"他从根上就不正，叫我们也是束手无策。"他反讽中带有一丝狡黠的快感。

"骂谁呢！"贵翼冷喝。

"自责呢。"资历群微笑。

"哼！"贵翼冷笑。

"我资历群做人做事，信赏必罚，光明坦荡。"

"用敲诈勒索的方法来逼人就范，还说什么光明坦荡。"贵翼反唇相讥，"资先生，亲人都可以加以利用，伤害，甚至残杀。贵某真是闻所未闻，见所未见。像你这种阴险狠毒之人，穷者独害其身，达者兼害天下！"贵翼一脸寒冰，吐字铿锵！

资历群笑起来："哈哈哈——军门这话，可是一点也不具备招安的价值。"

"哦，"贵翼感兴趣地一笑，"资先生还需要贵某人来招安吗？"

"不然呢？"资历群别有深意地说，"反之也行。"

这是暗示贵翼别有身份。

"资先生句句含沙射影，莫非指控我贵某人是隐藏的共党？"

"贵军门字字讽刺诽谤，难道不是心虚至极，恨不能积非成是，指鹿为马。"

"资先生，我今天来，并不是怕了你的凭空诬陷，而是，特意来见见杀害我亲人的'凶手'的。资先生，我已经忍耐到了极限。我之所以不提亲人的名字，是不想亵渎她曾经拥有的美好情感。"

资历群被打哑了，他叹了口气，说："人有七情六欲，谁也难免。真正难的不是超越生死，而是超越人性。"

冷场了。

二人在唇枪舌剑中得到了一种微妙的平衡。

就是不提"贵婉"。

他们谁都不会去触碰伤口。

既然如此，利用小资来打击对方，就成了必然之举。

"让我们把所有问题都回归到原点吧。"资历群说，"贵军门此来赴约，当知约定条件，贵军门留下小资，资某人把侦缉处对贵军门秘密调查的文件和军门配枪交给军门，文件你可以销毁，从此两不相干。"

"行不通的。"贵翼说。

"贵军门难道只想过去，不考虑将来？"资历群说，"你帮助'共谍'是事实，人证物证俱全。"

"物证是伪造的，俗话说得好，捉贼拿赃，捉奸拿双。"

资历群一指资历平，说："人证在此，军门难有托词了吧。"

"那我就更不能把他给你了。"贵翼说，"资先生翻手为云覆手为雨，贵某人赌不起啊。"

"赌不起。你把他带来做什么？"资历群笑笑，"这样吧，军门，我们以小资为赌注，以小资为题，就在这里赌一局。为了公平起见，你出一题，我答。我出一题，你答。让小资去选择正确答案。"

"那他一定选我。"

"那可不一定,要听题的。"资历群说,"你赢了,你就带他走,枪和文件送给你。你输了,交易有效,你拿走文件和配枪,留下小资,他得为他在这短短一个月来的所作所为负责。"

贵翼紧张且矛盾。

"要不要赌一赌?"资历群看着他。

"反正也不亏。"贵翼说。

"我能弃权吗?"资历平终于开口了。

"不能。"资历群看也不看他地回答。

"谁先来?"贵翼问。

"贵军门是客,贵军门先来。"

贵翼看看资历平,说:"既以小资为题目,于今我们都纠缠在'共谍'案里,我就赌他姓'国',还是姓'共'。"

资历群依旧一副笑模样,说:"这个题目,真的很好回答,他既不姓'国',也不姓'共',他就是一枚棋子而已。"

"这算什么回答,二选一。"贵翼说。

"你的答案不正确,就没法选了。"资历群说,"不如,军门说一下你心里的答案吧。"

贵翼冷静地想想,说:"他是共产党。"

资历群哈哈大笑起来,"军门,你够狠啊,难道军门突然改弦更张,要把所有的罪名推在一个小贼身上。"

蹊跷啊,资历群想,对方出牌怪异,不合逻辑。只有一种可能,对手慌了,乱了阵脚。

"小资,选个答案吧。"资历群说。

资历平默默地站在了资历群身边。

"我赢了。"资历群说。

"下一题。资先生请。"贵翼说。

"我赌他亲恩重,还是养恩重。"资历群一副胜券在握的表情,

贵翼看着资历平。

"我觉得这个就不要赌了,免得浪费'筹码'的精神。"资历群说,"你说,是吧,小资?"

"这不公平,要赌了才知道答案。"贵翼说。

"人心不古啊,贵军门。"

"大家都喜欢看别人的热闹,偏偏这热闹落到自己头上,就不乐意了。"贵翼冷笑,"自古来血浓于水。"

"好一个血浓于水。贵军门有没有听过'生身父母在一边,养育深恩大如天'?"

"小资,贵家盼你认祖归宗。"贵翼这句话是盯着资历群的脸说的。

资历群表现得异常兴奋,他自我感觉良好,自认在某种程度上驾驭了原来不可控制的力量,这种尖锐的你冲我突的较量,往往带给人高手对决的快感。

"其实,骨肉亲情并不需要血缘来支撑。譬如战场上,三军对垒,战士并肩,人人都是生死弟兄。反倒是那些所谓的亲兄弟,为争个父母遗产都要公堂相见,丢人现眼,不在少数。血缘,是最不堪一击的。"他语气轻蔑至极。

"树高千丈,叶落归根。"贵翼在挣扎。

"小资,你有话要对贵军门讲吗?你可以尽情地说。"资历群越发显得大度。

资历平无言,依旧站在资历群身后。

贵翼表现得很气愤。

"我赢了。"资历群站起来,说,"贵军门你太紧张了。你都不知道你自己有多紧张,多慌乱。"他把贵翼的配枪和那份文件往他眼前一送,说,"物归原主。"

"你为什么一定要带走小资?"

"军门从一进门就问到现在。其实道理很简单,小资是唯一见过'蛇医'的人,至少我是这样认为的,我需要通过小资去'拜访''蛇医'。"

贵翼瞬间拿起桌上的枪,枪口对准资历群,"信不信我一枪打死你!"

突然,房间外冲进一队人马,枪指贵翼。

资历安带人闯了进来。

"你!!"贵翼怒不可遏。

"别激动。"资历群说,"都把枪放下,贵军门的枪膛里没有子弹。"他从口袋里掏出几颗子弹来,放到桌上。

"你真有本领,果真是来群殴的。"贵翼说。

"我承认我作弊。但这些都不是重点,重点是这一局,我赢了。"资历群说。他示意所有特务放下枪。

"贵军门,说实话,我对徒劳的悲壮,一点也不欣赏。"

"远瞩纵览,十面埋伏,资先生有心了。"

"其实,从一开始,这种离题跑马的路数,就不适合我。"资历群说,"没办法,我有时也不得不采取某种极端残忍的方式去获取我所需要的情报——我特地为小资准备了一道黑色大餐。侦缉处的酷刑架盛装以待资少。"

"你是一个毫无心肝的屠夫,刽子手。"贵翼说。

"也许痛苦,会导致人的怯懦,直至背叛。"资历群达到目的,不再纠缠了,他还有更重要的事情要办。"告辞了,贵军门。如果我们有了小资详尽的口供,再来'拜会'军门。哦,对了,其实那份文件真的是可有可无,军门如果不是做贼心虚,今天真的不用来赴这场鸿门宴。不过,我还是挺欣赏你的,你说单刀赴会,就是单刀赴会,不带一兵一卒,足显英雄本色。"他拍拍贵翼的肩膀,转身走了。

资历平被带走了。

贵翼的手一用力,手中的杯子碎了,鲜血从指缝中流淌下来。

"我始终相信一点,天网恢恢疏而不漏。"他说。

地牢里,阴暗潮湿,一股霉味,一盏油灯,"呲呲"冒着浑浊不堪的青烟。资历群在咳嗽,资历平坐在刑凳上。

"我知道你们兄弟在唱双簧。一开始就是。"资历群说,"我不介意。"

"你为什么要杀贵婉?"资历平平静地问。

资历群双眼透出凌厉的光:"贵婉,贵婉。贵婉之死,对于我来说,是一场挥之不去的梦魇。你以为我想吗?我想这样吗?我把你带到这里来,就是想告诉你,如果她不死,她的下场会如何悲惨!你自己睁大眼睛看一看!这里是生不如死的屠宰场!你想让她也像你这样坐在这里吗?

"原本这场残酷的狩猎游戏,是我一己之私,与他人无关。偏偏你横刀跃马而来,你以为你是谁?你懂什么?"

隔壁牢房里一阵鬼哭狼嚎。

"我最不爱听的就是这种阴惨的叫声。"资历群说,"我一直认为你是可抟之泥,可塑之器。资家养育你,我花工夫栽培你,资家也为你铺垫、创造了无数享受生活的机会。你不知感恩戴德也就罢了,居然与资家为敌!与我为敌!!

"你在贵家原本就是个'弃儿',于今贵翼为了一支枪一份文件就可以轻易将你交换,你在他心中,与他的远大前程比较起来,不值一文。"

资历平似乎不想听地低头回避资历群的目光。

"你就是贵翼手上一颗棋子而已。

"他一直在利用你。

"我知道你们怎么打算的,贵翼故意输掉一局,把你送到我手上,然后你假意迷途知返,替我去办事。你们有重要人物出港,为了确保路线安全,你会提供给我一条伪造的路线,以遮人耳目,这样一来,你们就有效控制住了出港区域,确保出港平安。"

资历平犹疑的眼睛一下睁开了。

他的内心紧张而又焦虑。

"高明,非常高明又冒险的手段,贵翼一定很纠结,事实证明,他把你送来是低估了我资历群的智慧。

"我也很苦,"资历群说,"我是中央党部调查科培养的第一批特务,奉命打入共产党内部,我业务好,工作勤勉,很快打入地下党的交通站。我潜伏在共党组织里,蛰伏了一年多,好不容易熬成了一个交通组的组长,我又费尽心思地'掺沙子',我要用自己的人去把原小组的人替换掉,我把他们一个一个送到死路上,把他们从小组里抹掉,抹掉一切他们生存过的痕迹,包括我自己,爱的记忆。"

资历群痛痛快快地暴露出隐藏已久的秘密,仿佛也是一场人生的解脱。

他说:"我爱贵婉,我曾经有一段时间被她迷住了,我忘了自己是谁,我入戏了,我以为我就是个货真价实的地下党。有一次,我跟她说,贵婉,我们别去巴黎了,我们去乡下吧。或者,我们去一个别人都找不到我们的地方。可是,你知道她怎么说?她说,你在考验我,我是个意志坚定的共产主义战士。我不会上你的当。她笑得特别美,美得让我迷失了自己的航向。"资历群眼眶湿润,他的心口上就像被人插了一刀。

"小资,我跟你说这些,这些不能跟人讲的话,你知道这意味着什么吗?"

"……小资,死期到了。"资历平喃喃地说。

"酷刑架历来就是阴森中的'精品',黄泉路上的'绝色'。"资历群说,"我不会把这种惨绝人寰的刑罚用在你身上,你是我看着长大的,我带你来,只是告诉你一个真相而已。"

"大哥。"

资历平惨幽幽地看了资历群一眼。神智有些迷离。

资历群拿出一颗药,放到资历平手上。

"小资,你原来花天酒地,因循苟且,我犹可怜悯之。而你贻害家庭,危害党国,竟无一点悔意,也无自省之心。"

"留你在世何用?"

他说到这里,仿佛人也倦了。

"我跟你说了这么多乏味的话,你也听腻了吧。小资?"他口气里充满了惋惜和温情。

资历平抑制着内心的极度恐慌,他的牙齿在不争气地打战。很显然,他坚韧的意志开始沦陷了,在生死抉择上,他贪生了。

"我,想……活。"强烈的自尊心,逼着资历平,慢慢地说出求生的话。

可是,资历群却不再跟他纠缠了,或者说是不给他任何生机了。

"凯撒被暗杀的前一天,有人问他,说哪种死法最好?凯撒答,最仓猝最迅速的。"资历群说,"小资,去吧。你得像个男子汉。"

# 绝对控制

## 第十九章

他心底的阴影愈扩愈广,被逼迫,被围困,被压抑的感觉让他感到窒息。

资历平的双眼渐渐失去光泽。

"大哥，你是铁了心要小资的命吗？"

一个熟悉的世界突然间被人剥夺了光明，是什么样的感觉？资历群想。

这个孩子，心存妄想，还不肯自绝与屈从，"弃恩弃义，等同禽鱼草木。"资历群说，"你只管去吧，多说无益。"

"从前旧事，多多少少……大哥难道一点也不念兄弟情义？"资历平语意婉转，似有乞怜之意。

资历群突然心中一阵绞痛，气血凝滞。这是他从小看着长大的孩子，多少春秋日月，抱在手中，跑在膝边，童音天真，任性捣乱的小弟，如今要逼他去死，彻底摧毁他。

资历群的眼底流溢出一股凄怆。

"原来真是铁了心肝！"

"啪"的一声脆响，资历平不知何时脱离了刑凳的束缚，双手离铐，"倏地"站起来，他大声喊了一句："大哥！"

资历群一震，转过身躯，抬眼看他。

资历平一脸狡黠地笑。

一瞬间，那个桀骜狂放、不知死活、胡作非为的小资又回来了。

"我的哥哥们，为什么一个个都想让我死？一个个都想看我求生无望的仓皇相，我刚刚'做'给你看了，满意了？"他仰天大笑起来，"我真的很好奇啊，你们为什么那么讨厌小资？我原来听老辈人说过，人要藏拙，人要藏拙，我就不明白，现在我明白了，我真是太优秀了，一流才华，一流聪颖。我学做经济师承爹爹，学拳师承亲娘，做学问师承大哥，出道即可抗衡！从无仰视过任何人。脱缰野马，自由自在。你们是恨我还是妒忌我啊！！"

资历群忍了酸楚，笑笑："好，很好小资，继续。我就喜欢看你这副嚣张样子。你刚才那副'熊'样，我还真看不惯，不过，你的戏够足，差点骗了我，以为你真的怕死了！"

资历平说："是人谁不怕死！！我只是不想被人玩弄于股掌之中，就算要死，这死法，也得是我小资说了算！

"你说得对,我小资就是你们手上一颗无足轻重的棋子,贵翼为了自己的前程,为了一把配枪,就出卖我;你为了你所谓的党国利益,就要杀死我!我说什么都没用!没人会相信我,我欠你们所有人。我到底欠了你们什么啊?

"大哥你说句良心话,你有没有对我说过一句真话!我一直以为你是共产党,我天天为你们提心吊胆,怕你们被捕,怕你们出事!!那个时候,怎么没见你对我说句真话。大哥跟我的感情是这世上最好最亲近的!我小资以大哥马首是瞻!大嫂出事了,我替你担心,你被关押在提篮桥监狱,被判处死刑,我都快急疯了。我……我每天每夜睡不着觉,我就怕有一天你被拖出去被人给害了。那个时候,怎么没见你托人捎个口信给我,告诉我,这一切都是假的!是你做给别人看的!

"好,好,你会说你有不得已的苦衷,我明白的,你的身份不能见光嘛。但是你,有没有为我想想啊,大哥!我去救你啊!我去杀死那些'害'你的人啊!!我为什么啊?为了你啊!好,我救了你这个'共产党',你就认定我是共产党。我为了你去利用贵翼,拉贵翼下水,你就认定我们都是'共产党'。认定我与你为敌,与资家为敌!!你就逼我去死!拿死来惩罚我!你这是什么荒唐逻辑?我告诉你,我资历平才是一个无辜者,一个从头到尾被卷进漩涡的人。而你,还有那个贵翼才是真正的'元凶'!

"你们谁说的话是'真'的?你们到底是什么身份?你们敢不敢站在阳光下说自己是一个堂堂君子!烈烈丈夫!——你们不敢吧?我敢!我资历平敢!

"小资我有什么错?生来被弃,襁褓中颠沛流离;贵家一副高不可攀的得意相,仿佛我小资可以呼之即来挥之即去。是资家养我,我承认啊,用得着你们天天挂在口边,一副施舍者的样子吗?我求你们养了吗?你们养了我,就有权利杀我吗?啊?什么危害党国,贻害家庭,无非就是碍了你们的事,挡了你们荣华富贵的道!贵翼如是,资历安如是,你也如是!

"说什么最仓猝最迅速的死法,死都死了,还要你替我选死法吗?

"你把眼睛放亮了,我死给你看!

"我满足你们所有的人!我死给你们看!"

所谓三军可以夺帅,匹夫之志难夺!!

资历平身上爆发出一股摧枯拉朽的威力，兼具一股疯劲，抱着必死信念，破釜沉舟。他拿起那颗药，扔进嘴里，一口吞了。

"这是你资家给我的死法，我认了，算是还资家的养育恩情！"他倏地从袖口底抽出一个刀片，猛地割向手腕，鲜血飞飙，"这是贵家给我的血脉，我认了，一腔子血全还给贵家，至此，我资历平谁也不欠了！！"

他嘴角泛起一丝苦涩的微笑，"噗"地栽倒在地，眼前一团漆黑，血从他的手腕上汩汩流淌到黑漆漆的地上。

资历群就站在资历平扑倒之处，一动也不动。

这才是那个自我张扬，热血偾张的资历平，资历群想。他眼角的余光看着黑暗中资历平的手指痛苦地抽搐。

资历平用最后的力气，低声说："……小资幼承庭训，从不敢弃恩弃义……小资与哥哥，来生再见……什么药啊，这么疼……"他终于完全失去知觉，再也没有一点生气。

血还在慢慢往外渗……

资历群的脸上闪现出一丝矜持地心疼，他克制着自己，轻轻地转过身去，不紧不慢地往外走，他防着资历平还有知觉，所以他走得又稳又慢，就这样，一步一步走到门口。他一拉铁门，走了出去。

资历群离开地牢，步履如飞，全速跑向通道。

地牢的走廊边，资历安和几名军医、特务正等着他。资历群几乎是吼的，说："救他！快！全力救他，救活他！！"

走廊上，所有的人都跑了起来。

资历群想了想，跟着军医往回跑，一边跑一边说："直接送到陆军医院去洗胃，多洗几次，24小时，不要间断地洗。我要他活过来。"

电灯亮了。

地牢里灯火通明。

几名军医迅速在处理资历平手腕上的伤口，一边止血，一边抬上担架，一边跑，一边在插输液瓶。

过道上，脚步声凌乱，一切忙而有序，很快，资历平被送去陆军医院了。

资历群疲惫地缩在角落里,眼睛盯着地上的一片血迹,血还仿佛有热度地在"诉求",资历平那句"你们养了我,就有权利杀我吗?"一直在资历群耳边轰鸣。

小资的的确确如他所言,他是一个无辜的卷入者,但是,他卷进来以后,陷得太深了。

"大哥。"资历安站在他身后,说,"我真不明白……"

资历群猛地站起来,说:"我让你明白!"他一拳砸向资历安,资历安在毫无防备下,被他一拳打倒在地,疼得呲牙咧嘴。还没让他来得及反应,资历群一把又把他给拎起来,狠狠地又揍了他一拳,把他掀翻在地!

资历安沾了一脸地上的血污。他喘着气,吐着唾液,捂着脸,气愤至极。

"大哥,你疯了。"

"你给他换了什么药?你为什么把药给换了?混账东西!"资历群又把资历安给拎起来,说,"你也是个七尺男儿汉,自家人你让他走得有尊严,不好吗?啊?"

"我担心你下不了手,又轻易放过这小子。"资历安说。

"你换了什么药?"

"还是你的药片,我用雷公藤的水浸泡过的纸包过。我就知道你给他的药是假的。大哥,你为什么老帮着这小子,这小子跟我们资家有什么关系!"资历安越想越不值,咆哮起来,"我用雷公藤不好吗?起码24小时内可以榨干他所有的情报——"

"住嘴啊!!24小时内可以榨干他所有的情报?你以为他跟你一样怕死啊!!他在资家长大的,你对他没感觉吗?你就算养一只狗也会有感情的吧。你已经杀了他亲娘,还不够吗?"

"不够,自从他娘到了我家,父亲就没正眼看过我亲娘!我知道你不在乎,你当然不在乎了。可我在乎!"

"一场狩猎,三年心血,就差临门一脚了。你居然还沉浸在乱七八糟的家族事务上,你恨他,无非就是她娘占据了父亲的心!怪谁啊!只能怪我们的父亲!你是男人,你不懂这个道理吗?!你怪他!你总也改不了这妒忌的习惯,我怎么帮你都是白帮。不怨胜己者，才有可能脱颖而出。我告诉你，你的吃相太难看了。懂吗？混账！人做事是要有底线的。"

"你有底线？有底线，你杀了贵婉！"

空气一下凝固了。

资历安也明白自己说错话了。

资历群把揪着他衣领的手，给松开了，他替资历安整了整，冷峻地说："我再说一次，这是最后一次。以后在我面前不准提贵婉，你要再提，我宰了你。"他阴郁的眼神盯着资历安看，资历安心里发毛，只能点点头。

资历群长吸了一口冷气，转过头去。

资历安悄悄吐了一口闷气，镇定了一下。

"小资是我们找到'蛇医'，抓捕'共谋'高级干部，破获整个地下党交通站的唯一线索，不用我再跟你重复这颗棋子的重要性了吧。"资历群说，"等他醒了，好好跟他谈。小资的脾气我最了解，他最会顺势求变，我们不妨软硬兼施，他毕竟年轻，死过一次的人，比常人更惜命。"

"他要不合作呢？"

资历群淡淡地说："他肯把一腔子血还给贵家，也就是表态肯合作了。"

资历安喃喃自语："原来如此。怪不得大哥一定要救活他。"

"他如今是我们阳燧取火的'明烛'，今晚的手段虽然残忍了点，但是管用。"资历群一句话总结完了一场生死博弈的审讯。


天很黑，夜半烟烬茶干。

贵翼一直在等消息。他的嘴唇干裂，手指总是有节奏地敲着烟缸，他坐在书房里，胡思乱想着，他没法控制住自己不去想象一些残忍的画面。

资历群卑劣的笑容一直在他脑海里挥之不去。贵翼第一次感觉到了无助，原来对亲人的生死袖手旁观才是人生里最大的刑罚。

他的头痛得厉害。

贵翼手指颤抖地从药瓶里拿了一片阿司匹林出来，正倒水要吃，书房门被撞开了，贵翼手上的药片落在地毯上。

"怎么样？"贵翼问话的声音有些颤抖。

"药，药……药。"林副官一叠声地说。

"待会再说'药'，怎么样了？"

林副官伸手从贵翼手上接过水杯，"咕咚咕咚"喝了几大口，然后喘了喘气，说："吃药了。"

贵翼说："你吃药了？说呀。"

"我不是在说嘛，小资少爷吃药了。"

"什么？"

"我们兵站的刘参谋的小舅子是警备司令部江防处的，这个刘参谋的小舅子跟侦缉处的一个特务关系特别好。我刚刚得到可靠消息，资历群在地牢里逼迫小资少爷吃药——"

"吃药？"贵翼没反应过来。

"就是……"林副官用手指划了一下自己的脖子。

贵翼差点从沙发上摔下来。

"吃了吗？"

"吃了。"

贵翼眼前一黑。

"不过，资历群改主意了。"

贵翼挣扎着听。

"送到陆军医院去洗胃了。"

贵翼"腾"地一下站起来："走。"

"走哪儿去？"

"陆军医院。"

"爷，您没事吧？前前后后全是特务，这好容易资历群改了主意要救小资少爷，您这一去，不搅局吗？"

贵翼站在书房里，一动也不动。

事不关己高高挂起，事若关己，关己则乱。

不可乱，不添乱，决不能乱。贵翼想。

"爷？"

"药。"贵翼说。

"啊？"

"我的药掉地上了，帮我找找。"

"哦，好，好。您先坐着，别急。"林副官赶紧沿着沙发的抛物线寻找，被他给找着了，"在这呢。"

贵翼接过药片，林副官赶紧去倒了杯水，服侍贵翼把药吃了。

"资历群给小资吃的什么药啊？"

"那谁知道，送去洗胃，应该是能救得活的药吧。人受罪就是了。还有，刘参谋听他的小舅子说，小资少爷被抬出去的时候，浑身都是——"林副官一下卡住不说了。他看看贵翼，贵翼脸色铁青。

"资历群够毒。"贵翼说。

"爷，您放心，小资少爷聪明，知道自救。他这一关算是挺过来了。资家兄弟就是两蠢货。"

"聪明不代表不犯错，蠢货不代表不危险。何况资历群是个非常理性的聪明人。"贵翼不紧不慢地说着，他的手指终于不再敲击烟缸了。

资历群的行径已经彻底发展到令人毛骨悚然的地步，小资的苦难，令贵翼始终无法宁心静气。

种种难过与心痛渐渐地渗透到了他的身体里，血液里，皮肤的毛孔里。资历平蹚出了一条超越死亡的途径，这让贵翼于一夜间背负了太多太多的责任。

他心底的阴影愈扩愈广，被逼迫、被围困、被压抑的感觉让他感到窒息。

贵翼从来没有像今夜这样渴望阳光的照耀。

长夜将尽。

第二天清晨，林副官接到了医院内线的电话，资历平转危为安。贵翼长长地出了口气，他一颗悬在嗓子眼的心终于放下了。

他说："景轩，倘小资有事，贵翼一生良心不安。上无颜告禀高堂父母，下

不敢对黄泉贵婉,中……"他一指心窝,"良心撕裂,无法面对自身。"

林副官无言。

"资历群恶贯满盈,恶德无所制御,他会更加膨胀,变本加厉,一个间谍,既已暴露身份,就一钱不值。他还要张狂夺势,不知好歹,必将自取灭亡!"

风声爽脆,雨声淅淅沥沥。

贵翼撑着伞,走在一片伞盖的洪流中,穿过密云似的街道,一叶孤伞若游丝、若浮云地飘进了一条幽深僻静的小巷。

伞面的弧线在风雨里显得清冷,沿着小巷深处的一排排低墙瓦檐上雨水如注,雨花打落在伞面上,成串的水珠溅成白银光色,肥肥的伞叶在风中抖擞。

伞下的贵翼,稳重沉静,军姿挺拔,一双深邃的眼睛警惕地透视着四周景物。走着走着,从小巷的拐角处,迎面走来一个男子,手里也撑着一把雨伞,伞面宽阔,几乎遮住了他的眼睛。贵翼低头看看手表,约定时间,约定地点,约定目标。

男子走过来,说:"先生,借个火。"他手指上夹着一支烟。

贵翼从口袋里摸出一个金色火机,修长的手指轻扣打火机的火轮,"啪"的一声,声音清脆,火苗窜起,他姿势潇洒地把打火机火口一斜,火口正好递到烟嘴。

来人对准火口点燃了香烟,低声说:"黑灯瞎火的,人又多,路不好走。"

贵翼"嗯"了一声,说:"你一点儿没变。"

"你也是。"

贵翼递给男子一封厚厚的信函。

"打火机不错。"

"是我的动作不错。"贵翼说。

"还那么嚣张。"

"报复我啊。"

"六月债,还得快。"男子吸了一口烟说。

"送你了。"贵翼手指一弹,打火机落入来人手中。

"这算是贿赂?"

"不要还回来。"贵翼作势来"抢"。

"得,得。"男子笑着伸手一挡,"风高浪险,多保重。"他将信函揣入怀中。

"壁立千仞只争一线。"贵翼说。

资历平眼前一片模糊迷离的景象。

他浑身都疼。

整整24小时,他半昏迷半清醒地被一群人围着折腾,他感觉自己四肢漂浮,只剩躯壳了。

资历平在经历24小时不停地洗胃、输液后,奇迹般地还魂了。

"毒素的剂量较轻,所以,他不会影响到脑部,而且,经过洗胃和及时治疗,他完全可以痊愈,不会有什么后遗症,您放心吧。"

"谢谢医生,您辛苦。"资历群在跟主治医生说话。

"应该的。不过病人还需要长时间的静养,你们不能……你明白我的意思?"医生的话很含蓄。

"明白。谢谢医生。"

医生离开了。

资历群走到小资的病床前,看着他一张惨白的脸。

"小资。"

"大哥?"

资历群扯了一把椅子,坐下。

"医生说,因为抢救及时,你已经没什么大碍了。你怎么这么傻,贵家的血脉是你说还就能还的吗?好在没伤着动脉。"

资历平不说话。

"昨天的事,大哥也有错,不该那么逼你。我也是气急了,恨铁不成钢。

"大哥做事是严厉了些,原也是对你期望过高,属望太奢。大哥是真心希望你能成为一名画家,而不是沦为一个杀人犯。

"小资,你今日还魂,一切皆新。忘掉从前兄弟间不愉快的事吧,我们以后向前看。"资历群说。

"大哥想跟我说什么？"

"……你那么聪明，你明白的。"资历群的脸上闪现着矜持的微笑。

"大哥现在就要问吗？"

"不急，你先养着，我会派人过来给你录口供的。"资历群还是一副真伪莫辨的笑脸。他能感应到，自己的微笑带给小资的压力，高压之下，迫其作供，往往事半功倍。

狩猎游戏终于朝着好的方向变化了。

资历群颇为自得自赏。

两天过去了。

贵翼那边安静如猫，大门紧闭，除了买菜的保姆，谁也不能随意进出贵翼的官邸。这对于资历群来说，是一件好事，他认为，贵翼在蓄势发力，离交通站护送组出港的时间应该越来越近了。

资历平躺在病床上，经历了一次又一次的盘问和笔录，紧接着，他被送回了侦缉处的地牢。

灯开着，刑讯室的炭火熄灭了，没有什么刺鼻的味道，除了霉味去不掉，总之，是待遇比较前次略有提高。

门开了，资历群走进来，他手上拿了一叠文件，直接扔到资历平的面前。

"你又告诉了我一个谎言，只不过，这一次的谎言比较上一次，有了可信度。"

"我没说谎。"资历平说。

"是吗？"资历群往后一靠，看看他。

"我要一个保证。"资历平说。

资历群一下就坐直了："说。"

"你保证，不伤害贵翼。"

资历群的脸上闪着阴晴不定的光，他为自己的预测准确而志得意满。

"我保证。"他说，"我保证贵翼不死。"

"大哥你说话算话。"

"君子一言快马一鞭。"

"时间,这个月初六,出发地点,金沙古城,出港人员5个,共党高级干部一名,随行医务人员两名,护送人员两名。其中包括'蛇医','蛇医'的暂住地在工部局附近,工作地点,汉弥尔登大楼7楼写字间,对外是财务公司……"资历平几乎是没有表情地在叙述,竹筒倒豆子,一干二净。

审讯时间是漫长的,因为短短的几句口供,逼着资历平反反复复说。

"重新再给我说一遍。

"你刚才说汉弥尔登大楼7楼的写字间,我们查过了,不是财务公司。

"'蛇医'是医生?还是护送人员?还是二者兼具?

"贵翼是什么时候牵涉进来的?

"贵翼在这次护送中主要负责什么任务?

"贵翼是不是共产党?

"你跟'蛇医'见过几次?

"我知道你已经说了很多次了,再说一次。说仔细点,认真点,我不保证我听完你最后一遍会不会改主意。"

资历群在暗示小资,他要不满意了,就会"悲剧"重演,再演一次,就是真的了。

小资已经被狂轰乱炸得颠三倒四,语无伦次了。人又一次到了崩溃的极限。到最后小资真的哭了,说,大哥,你放过我吧,你让我死吧。别让贵翼死,我求求你。你不满意,你杀了我好了,杀到你满意为止。

资历群满意了。


"他口供里前后有矛盾。"资历安说。

"一点儿没错,才是错。"资历群说,"有错,是对的。没人在出卖自己亲大哥的时候,还保持清晰无比的头脑,有时混沌,证明他内心极度的矛盾。"

"他可一直在求你,保住贵翼。你都不怀疑吗?"

"他比我们有人性。"资历群黑着脸说。

资历安不服气。

"给他水喝,让他吃点东西,最要紧的,让他好好睡一觉。对了,别在这睡,去我的临时住所睡,让他好好休整一下。还有,别老想着害他,害死他,与你有什么好处?"资历群真心嫌弃地说,"你好歹也拿点本事出来,不要老是吃着别人的剩饭,还嫌饭馊。"

"报告资科长。"外面有特务进来。

"说。"资历安说。

"顾文清特派员到了。"

资家兄弟一起抬头。

"人在哪儿?"资历安问。

"在特派员公署。"

"还打听到了什么?"

"特派员一到上海,就马上传唤了贵军门。"

资历群和资历安都一怔,真是新官上任三把火,雷厉风行。

"准备车,马上去特派员公署。"资历安说。

"是,资科长。"

特务出去了。

资历群把目光交汇到那一叠资历平的口供上:"顾文清,我以前听过这个人的名字,无缘一见。"

"此人1927曾任南京政府印铸局的副局长,后转调立法院做过法官,顾文清据传与局座私交甚厚,还做过师部参议,这次升任西南政务委员会委员,专程转道上海,以特派员身份主持破获'烟缸'案。来势汹汹啊。"

"顾长官的传说很多,只是无缘一见。"资历群说。

"他是神龙见首不见尾。"

"嗯,最起码,我们手上有了尚方宝剑,可以对付贵翼了。"

资家兄弟赶到特派员公署,已经是下午三点左右了。特派员办公室的走廊上站着林副官,三人对面。

资历安略有意外,脱口而出:"贵军门还没有出来吗?"

林副官瞟了他一眼,说:"你问我啊,我问谁?"

有一名副官走来，请资家兄弟进去，说是特派员有请。

资历安一走进房间，就迅速地偷看了一下！

贵翼站在房间的中间位置，军姿笔直，手拿军帽，目不斜视，原先的傲气也减了三分，虽然他和特派员平级，但是，特派员"见官大一级"，他不得不以下属自居。

特派员在房间里一边踱步一边训话。

"……做人做事，不要一味偏狭，固执。少了视野和气魄。"

"长官。侦缉处二科科长资历安，奉命前来。"资历安立正。

"中央组织部调查科科员资历群，奉命前来，长官好。"资历群立正。

特派员看了看他们，并没有停止对贵翼的训话，他只是摆手示意二人而已。

"现在的形势很混乱，斗争也很激烈，而你们这些军政大员，一个个养尊处优，不思进取，敌人的势力才愈积愈厚。一个'共谍'交通站就在大上海，就在你们眼皮子底下，运转了三年，三年，而我万万没有想到的是，'共谍'里居然有一个是你的亲妹妹！！"他猛地拍案，震得整个桌面都震荡起来，桌上的文件也飞起来。

贵翼依旧岿然不动，稳如泰山。

"说话，哑巴啦？"

"贵翼确有失察之罪！"

"仅仅是失察吗？啊？这是什么？这就是'萧墙之祸'。这就是埋在我们身边的定时炸弹！贵翼，我不得不提醒你，你是党国的军人，不仅仅是你那家族的顶梁柱，眼光放得长远些，走了一个妹妹，不去反思她为什么会成为一个'共谍'，而被'正法'，却生生被拉进一个是非不分，只知骨肉亲情的旋涡。"

"特派员，有些事，贵翼是被人栽赃陷害，贵翼历来直道待人，性格刚烈，得罪了不少小人，前几天，还有人勾结黑道军火商来暗杀贵翼，贵某人险些成了枪下亡魂。请特派员不要亲信某些别有居心的人一面之词，以致为人犬马，被人利用而不自知。"

贵翼的话有"毒"，不卑不亢，上来就暗喻上司为"犬马"，资历群心底倒是蛮欣赏贵翼的，特派员的表情很严肃，导致整个房间的气压都很低。

"我希望贵军门为党国长远效力。"特派员说。

贵翼双腿一碰,振振有词:"贵翼对党国一片至诚,肝脑涂地。"

"嗯。"特派员对这个表态是满意的,"口号就不必喊了,装门面的事,我不屑做,也不愿意看。"他指了指资家兄弟,对贵翼说,"资科长是'烟缸'案的负责人,你有没有什么要对他说,或者,你觉得不方便,要避嫌疑,直接跟我说,也行。"

"贵翼无话可说。"

"理屈词穷?"特派员追着打。

"忍辱无须辩,流水不争先。"贵翼答。

"好一个忍辱无须辩,流水不争先。实话说,我对贵军门的才德、骨气还是挺欣赏的。这样吧,你先回去,闭门思过,等待结案。"

"是,长官。"贵翼敬礼。

他戴上军帽,转身走了。

贵翼走过资历群身边的时候,两人目光交汇,贵翼眼似利剑,资历群坦然无畏,空气里充满了剑拔弩张的无形硝烟。

"资科长,资先生,请坐。"特派员对资家兄弟的态度显然要和蔼得多。

资家兄弟在特派员的办公桌前坐下。

"我看了你们对'烟缸'案的报告。我很佩服。不瞒二位,我坐这个位置,每天都会看到各种案例报告。那些蝇营苟且,谄媚长官,无关得失,信口雌黄的报告,在别的长官那里,或许可以稳固官位,但是,在我这里,是行不通的。我是懂行的。"

资家兄弟对视一眼,会心一笑。同声说:"谢长官。"

"我希望这些零碎杂乱的情报,能够换一条信息完整的战线。"特派员说,"不过,有一点,资先生,你身为中统的情报员,肯为我们军统效力,我们是非常欢迎的。但是,各有建制,部门有别,所以,将来在'烟缸'案的论功行赏上,资先生的履历,未免使我为难。"

资历群一愣。

"真遗憾,资先生的工作履历中原本绚烂华彩的一笔将留下空白的遗憾。"

"顾长官。"

"你先听我说，你提供的情报很准确，价值很高。但是，以资先生的身份是不具备此次行动的指挥权的，换句话说，资先生对我军统之事，染指太多，这不符合规矩吧。"

"顾长官误会资某了。"资历群站起来，立正，"我资历群所作所为，都是为了戡乱救国，为了党国的利益。"

此时此刻，资历群的脑海里闪出一行字：引狼入室。

"我想资先生也不是图虚名，邀誉一时的人。令弟资历安，缺乏定力，容易上人的当，被人控制。但是，他有一片忠心。他会成为破获'烟缸'案，剿灭'共谍'交通站的英雄。在这一点上，是毋庸置疑的，当然啊，资先生在令弟的工作上有鞭策之功，功不可没。我要说的最后一层意思，自古豪杰之士皆无名利之心，我希望自己没有看错人。"

这简直就是直戳资历群的脊梁骨，要他不要和资历安争功。

顾长官虽然是在褒扬资历群的能干，指责资历安的无能，但是，在资历安听来却句句入耳，心中爽快。

资历安从特派员的口中听到了自己藏在内心、早有的怨言。

"顾长官的话是不错的，不过，我与此案牵连颇深，我希望能够参与……"

"此案会由我直接接手，资历安听从我的调遣。我是竭力主张戡乱'剿共'的。我知道，地方势力，总有些靠山。有些事，有些人，你们不敢明目张胆地去做，也不敢在太岁头上动土，就像贵翼这些军政大员，他们与地方官员也是关系密切，到底也是很难忽略的。要拿他，就必须证据确凿。现在，我们有了绝好的时机和目标，我希望二位与我精诚合作，一举拿下'共谍'交通站，捕获共党高官。"

资历群、资历平立正。

"倘将来，资先生肯投入我军统麾下，顾某人一定大力提携，也不辜负你三年潜伏，一朝猎谍的辛苦。"

"资某人一心一意为党国效忠。此次，与我弟弟合作，并非有意投效军统，实因历群当日走投无路，外援尽失，万不得已，才找了我二弟解困。所以，请顾长官放心,此次行动皆由你们完成,资某人做一个幕后的'影子'足矣。"

"好,资先生快人快语,果然人中龙凤。"特派员站起来,说,"资历安听令。"

"到。"资历安立正。

"马上着手准备缉捕所有人犯。"

"是。"

"资历群听令。"

"到。"资历群立正。

"你要确保情报的准确,并牢牢看住你的证人资历平,他将来的呈堂证供,是破获整个'共谍'网的关键。"

"是。"

"远到一颗星,细到一粒沙。你们都要费力气去把他们给我找出来。杀之而后快!"

"是!"资家兄弟一起立正。

资历平在资历群的住所饱睡刚醒,就闻到了鸡蛋羹的香味,资历群端了个小桌子放上床,将就小资坐在床上吃饭。

"我刚刚蒸好的鸡蛋羹,你趁热吃,对了,搁点酱油,你喜欢。"

"我下来吃就好了。"资历平说。

"身体刚复原,歇着吧。你小时候一生病就窝在床上,吃什么喝什么只管闹,怎么哄也哄不下来。"

小资笑起来。

他拿了银匙来舀蛋羹,吃了一口,满嘴蛋香,仿佛回到从前。

"我今天看见贵翼了。"资历群坐在床畔说。

资历平的手抖了一下。

正常反应,资历群想,凡内疚者都会有某种回避感。

"我觉得,他迟早会知道你出卖他的。"

"没有关系啊,是他叫我故意出卖他的啊。"

"是啊,但是,他没有叫你把真话全供出来啊。"

"大哥……"他想理解资历群的意图。

"那个妞妞……"资历群说,"你把她带回来吧。"

资历平极度紧张起来。他感觉得到自己的心脏剧烈跳动。嘴里的蛋羹像滚烫的火苗,灼烧着他的肺腑。

"那孩子与小资非亲非故。"资历平说。

"你不是说,她是你童养媳吗?你还威胁你二哥,说你二哥若动她一根毫毛,就有礼教大防。你要他身败名裂,世人唾骂。让他一直有所忌惮。"

"那是小资想保全妞妞性命。"

"送到贵家去呢,也是以你童养媳的名义?又怎么说?"

"我怕贵家不肯养,小资素来漂泊惯了。"

资历群笑笑:"那是,贵家连亲儿子都不肯养,倒肯来养一个来历不明的童养媳?她是共党遗孤,养她就是养虎遗患。"

"她是个孩子。"

"谁不是从孩子过来的?从前你也是在哥哥的笔床砚桌前玩耍嬉戏,现在呢,一夜之间,杀了四个侦缉处的情报人员。"资历群笑笑,"去把那孩子带来吧,只要你死心塌地为党国做事,我向你保证,谁都不会碰这个孩子一根手指头。"

"妞妞真不行。"资历平恳求着,"你把我捆起来吧,我若有半句虚言,你立即杀了我。"

"你一直都不畏死。说实话,你要不去,显得你心虚。也许会造成无可挽回的局面。"资历群说。

# 毕其功于一役

## 第二十章

玻璃窗里，映着三张面孔，一个脸上挂着邪魅的笑；一个脸上志得意满，仿佛胜利唾手可得；一个脸如冰霜，双眸如电。

资历平沉默片刻，抬起头来，目光正与冷静的资历群交汇，他说："大哥的意思，我明白。大哥有所不知，自从妞妞去了贵家，贵翼待如珍宝，小资就算去抢，也未必得手。大战在即，理应沉得住气，小资但凡有所异动，贵翼必有察觉，这样一来，就会危及整个行动，贵翼很可能怀疑我叛变，他就有可能修改计划……大哥你得不偿失。"

资历群冷冷地盯着资历平看，说："你刚才那番话，很有说服力。我差一点就信了。"

"我只是不想危及你的行动，"资历平说，"而且这样做，太没人性。"

"坦白说，是的。"资历群不避讳，"但是，这是唯一有效的解决方法。"

"解决什么？"

"我们相互之间的绝对信任。"

资历平心乱如麻。

"不如这样，你用说服我的理由去说服贵翼。"资历群说。

资历平下意识地吞咽着口水，以控制住自己的脉搏。

"原本也是贵翼故意派你来，给我假情报的。他低估了我的力量，高估了你的意志。如今，你也迷途知返，索性彻彻底底地跟贵家了断。就以其人之道还治其人之身。

"你就跟他说，把妞妞送给我，可以彻底洗清你的嫌疑，我就可以彻底地相信你提供的假情报，让贵翼不要因为一个小女孩就破坏了出港大计。贵翼一定会相信你的。

"小资，你要知道，这些年来，我变得愈来愈谨慎，愈来愈小心翼翼，我在无数个陷阱的边缘走着，分不清哪些陷阱是敌人的，哪些陷阱是自己人的。

"死亡总能让人清醒。

"所以我一直在锻炼自己的直觉，都快锻炼到走火入魔了。"资历群微微叹息了一声，"去把那孩子带来吧。贵翼只要是地下党，为了他们整个组织的安全，他一定会同意你的方案，让你带走妞妞的。"他站了起来，补充了一句："我会派狙击手跟着你。别让我失望。"

资历平手上的银匙摔落在小方桌上，带着一丝蛋黄的腥丝。

他喃喃自语："贵翼不是你，他会杀了我的。"

繁华的大街上，资历平走来，面对着熙熙攘攘的花花世界，有隔世之感。他人很憔悴，一副瘦骨不盈的病态。他从资历群住所出来的时候，感觉自己连路都走不稳了。

他跟资历群说，自己要出去透透气，还要买点东西。他去贵翼官邸接妞妞，必须是晚上去，他要提前做好一切准备。

资历群答应了。因为资历群知道，小资所谓的买东西，就是购置他翻墙跃屋的工具。

只不过，资历平身后总有人远远地跟着。

记录着他的一举一动，一言一行。

街角的电话亭，不间断地有特务在向资历群汇报资历平的行踪。

"报告资先生，小资少爷去百货公司买了两套童装，对，女孩穿的。"

"……他去凯司令买了栗子蛋糕，还有糖果。"

"小资少爷去兰心大戏院看了一场戏。剧名，剧名是'西施'。"

"小资少爷去体育用品店买了捆绳子，对，还有，好像买了刀具。"

"……他去仙乐斯了，他，跳舞去了。是啊，他买了一叠舞票，买谁？好像是小茉莉……还有那个最红的头牌琴小姐。"

"报告先生，他去贵翼官邸了。我们一直跟着，您放心。"

资历群在电话那头蹙着眉，说："叫狙击手准备，他要不带那女孩出来，就一枪毙了他。"

"是。"

"等等。"资历群在想，最终还是没有改变答案。

他不能容忍被人愚弄，不成功便成仁。

但是，人心有时候真是很难解释。资历群点了一支雪茄，看着窗外黑压压的一片浮云，风死云黑，竟无一丝生气。


贵翼的手指划过一朵白玫瑰，并把一盒装饰精美的枪盒给盖上了。

"明天一早给苏小姐送去。"他对林副官说。

林副官点点头，他在切水果。

"怎么这么安静啊。"贵翼看着楼上妞妞的房间。

"妞妞小姐玩了一天，累了。"

"小孩子的精力旺盛，也会累？"贵翼说。

林副官一下把水果盘搁下了，往楼上走去，一边走，一边喊："林妈？林妈……"

贵翼站起来。

林妈从楼侧的佣人房走出来，说："妞妞小姐刚睡。"

贵翼放心了。

妞妞的房间里，资历平站在窗沿上，用绳子把妞妞和自己系在一处。

"听着，妞妞，不准哭。"

妞妞听了这话，眼泪"吧嗒吧嗒"往下落。她拼命用小嘴把眼泪往回咽，满嘴都是咸咸的味道。

"不出声。"资历平硬着心肠说。

妞妞一边无声地流泪，一边点头。

"不要怕。"资历平说，"做得到吗？"

妞妞摇头，又点头，拼命点头。她的眼泪像喷泉一样往外窜。

资历平心疼得厉害，忍了忍心，说："不怕，有小资哥哥在。"

"小资哥哥。"妞妞把头埋到他怀抱里。

门被推开了。

贵翼喊了声："妞妞。"

一梭子子弹打在贵翼鞋尖边沿，溅起金属摩擦的火花，刺耳欲聋。妞妞死死地抱住了资历平的手，突然大叫一声："不要打我的大哥哥。"

这一句，喊得贵翼心窝子疼。

枪火之下，贵翼和林副官仓皇退到门外。

贵翼大声喊着："小资，别胡来。"

回答他的是子弹击穿玻璃的声音。

"我相信，相信你事出有因。"

依旧是枪火声。

"你要带妞妞到哪儿去？混账！"贵翼一跺脚，拔枪冲进去，林副官一把拦腰抱住他，"我的爷，你拿枪打谁！"

贵翼也是气疯了，其实，他谁也不能打！

"我，我打……"贵翼对准天花板猛开三枪。他猜也能猜到，这是资历群的诡计，要拿妞妞作人质。

"小资，你混账。"贵翼骂着，恨小资不跟自己商量，擅作主张。

"哗啦啦"一声，资历平抱着妞妞一跃而下，落地后，割断绳索，全速飞奔。

"去追！"贵翼喊。

资历平抱着妞妞穿过花园，到了高墙下，资历平把妞妞往背上一送，背着她，飞身攀墙，轻灵闪腾，一跃而下。

高墙对面的屋顶上，狙击手看见了妞妞，狙击手撤回长枪。

有特务上前接应资历平。

说时迟那时快，贵翼、林副官率亲兵已经冲出大门，荷枪实弹杀来。

"别伤着孩子。"贵翼声嘶力竭地喊着。

"小心保护妞妞小姐。"林副官喊着。

这一来，保护了资历平和妞妞只受包围，不受攻击。

流弹打穿了一名特务的腿，狙击手的枪对准了林副官，他毕竟不敢打贵翼——千钧一发之际，一辆汽车穿街破巷而来，速度之快，车速之猛，活像一匹脱缰的野马，倏地冲到资历平面前，一个急刹车，车轮的摩擦声剧烈，汽车几乎甩了个一百八十度的大转弯，尘土飞扬。

"嗖"地一颗子弹射在汽车车盖上，车盖替林副官挡了一枪，贵翼才发现对面楼上的狙击手，卫兵们和狙击手打成一片，狙击手居高临下，弹无虚发，卫兵们一边防卫，一边越过街面，往楼上冲。

一片枪火声中，车门打开，陈萱玉大喊一声："上车。"资历平把妞妞往车上一送，自己探身上车的瞬间，"砰"的一声枪响。资历平"哎呀"一声，弹片从手臂划过，"噗噗"地冒出血花。

资历平意识到了什么。

"军门。"林副官喊了一声。

果不出资历平所料,这一枪是贵翼打的!

贵翼持枪上前瞬间,资历平已经像弹簧一样,"嗖"地弹进汽车,车门关上,飞一样地奔驰而去。

贵翼和林副官冲到汽车边上,妞妞隔着车窗跟大哥哥挥手"再见"。贵翼眼底全是妞妞眼泪吧嗒的可怜样,他心里一阵绞痛,恨得直往黑夜里鸣枪。

狙击手咒骂着,撤枪往回跑。被冲上楼的卫兵截住,一阵枪火四溅。

狙击手被击毙。

"爷,你打伤小资少爷了。您这是干吗?"林副官说。

"你看见那司机了吗?"贵翼反问林副官。

"陈萱玉。"林副官说。

"聪明。"贵翼脱口而出。

"谁?"

"他得挂点彩……"

"谁?"林副官愣没反应过来。

卫兵抓到了两个侦缉处特务,按在地下一顿拳打脚踢,打得鬼哭狼嚎。贵翼走过去,分拨开卫兵们,站在那两个特务面前,问:"谁的命令?"

特务捂着脸,哭丧着说:"资、资科长。"

"资科长,是吧?"贵翼说,"给他们资科长打电话,马上把妞妞小姐给我送回来,不然的话,半个小时毙一个。"

"是。"林副官大声地回答。

"贵军门,贵军门,我们冤枉啊,贵军门。"特务们哀嚎着。回答他们的还是拳脚相加。"敢动我的妞妞!"贵翼发飙一样一脚踢在大门上,坚固的铁门回弹的力量痛得他一缩脚。

"爷,爷别动气。"

"小资,小资你等着。"贵翼恨恨地走了,林副官亦趋亦步地跟着他。一路上听他叫嚣着要修理资历平。

林副官叹叹气,摇摇头。

其实,贵翼心里清楚,资历平是尽了最大的努力保全妞妞,保证"出港"任务的顺利进行。

资历平处在资历群枪口的威胁下,通过自己民间的力量,"绑架"妞妞,这一点上,就足够聪明,他相信资历平有一套完整方略,可以振振有词地"虎口脱险",而妞妞藏在陈萱玉那里,也是安全可靠的。

资历平从前经营的"小团伙",毕竟属于"中立"地带。

而资历平所做的一切都是为了多争取一点时间,搅乱资历群视听。

贵翼知道,他必须马上采取积极的行动,资历平"绑架"妞妞,有助于完成两个目标,第一给贵翼口实,足以向资家兄弟发难;第二给"出港"计划压缩敌人的准备空间,先发制人。资历平在最短最急的时间内,做出了一石二鸟的选择,不可谓不机智,不可谓不聪明。现在,轮到贵翼去虚张声势,大发雷霆了。

二十分钟后,一辆车盖上点缀着弹孔的汽车停在了一条僻静的小路上。

汽车熄火。

资历平对陈萱玉说:"谢谢。"

"跟我客气什么,我跟你娘是舞台姐妹,虽然也没大家想象得那么好,至少,也没那么坏。"

资历平笑笑:"妞妞就拜托姨妈了。"

"你什么时候来领她走?我可没耐心带孩子,最多替你看两天。"

"好的,姨妈。"

妞妞主动说:"就两天哦,小资哥哥。"

资历平点头,摸摸妞妞的头,说:"不哭啊。"

妞妞含着一窝子泪笑。

资历平下车,刚要走,就听陈萱玉说:"枪留给我,以防万一。"资历平把手枪递给陈萱玉。

汽车发动,驶向茫茫夜幕中。

当资历平捂着血淋淋的胳膊回到资历群住所的时候,一屋子的特务等着他,大伙儿都虎视眈眈地望着他。

"我哥呢？"资历平问。

"资科长和资先生有紧急事务要处理，去了特派员公署。"

"为什么？"

"为什么你不知道吗？"特务口气不善。

"我需要医生。"资历平一点也没客气，"我被贵翼打了一枪。"

特务看看他一身血腥味道，说："我马上安排，你就待在这。"

资历平看看手表，时间已经是深夜十二点半了。

资历安和资历群接到特派员的紧急传唤，急三火四地赶到特派员公署。一路上资历安都在埋怨资历群不跟自己商量，让小资去绑架妞妞，他说，这明明就是挑衅贵翼，眼看就要有大动作了，这个节骨眼上，弄这一出败兴的戏，分明就是打草惊蛇。

得不偿失。

他说了和小资同样的话。

资历群沉默了。

他在想，自己是不是犯了策略上的错误。

他心思沉沉，自己太久没犯错了。

"错了吗？"他在心底反复问自己。自己只是想要一个绝对控制权罢了。

"资先生你处事行为极其不当。"特派员说。

资历群和资历安在特派员面前站得笔直。

"我不得不说，你真冷血。'绑架'一个孩子，只能是愚蠢而又懦弱！"

"我有我的做事原则。"资历群强辩，"我不会对一个孩子怎样的。"

"我并不关心那孩子的死活，我关心的是整个围捕计划，资历群！"特派员咆哮了一声，"贵翼把电话打到我这里了，说侦缉处绑架他的弟妹，要向我讨个说法。我说过，资先生的手伸得太长，对我军统的事染指太多，既不符合规矩也不符合你的身份！"

"我无意冒犯，特派员。"

"这案子跟你有重大关联,所谓当局者迷。"特派员说,"那么多的线索都与'烟缸'有关,而这个'烟缸'恰恰又曾经是你的妻子,贵翼的嫡亲妹妹,我不是怕你感情用事,我怕贵翼感情用事。大战在即,你去绑架一个孩子,贵翼一旦察觉你真正的动机,是要控制住局面,他们的'出港'计划就会马上延迟,而我们就会像一群傻瓜一样干瞪眼,而你,资先生,所有的心血都会付之东流。"

"是我错了。"资历群说。

"错了也不要紧,要紧的是,接下来不能再犯错。"特派员也适度地控制了一下自己焦躁的情绪,"实际上,有百余条小路可以离开这座城市,我们掌握到的'出港'情报,只是上百条线中的一条线而已。所幸的是,再繁杂的路线,也必经港口、车站、机场,只要控制好这三个出口,我们也就掌握了一大半的胜算。"

特派员把话题转移到"出港"抓捕的任务中来。

"以我的经验,他们肯定会选择最近的距离,以最快的速度避开所有的盘查和路障。

"第一条线,是贵翼提供给我们的假情报,要不要跟呢?我的答案是,要!必须派兵严阵以待,而且必须是资科长带队。只有这样,才能迷惑住敌人。我们相信了资历平提供的假情报。

"第二条线,也就是真正的情报所指的线,我亲自跟。"

"特派员。"资历安说,"我希望能够参与第二条线的战斗。"

"侦缉处在抓捕一两个犯人的时候,可用,在执行作战任务的时候,就是杯水车薪了,记住了,贵翼管理着兵站,我们要面对的很可能是一场厮杀,是一场小型遭遇战。我想,在作战方面,侦缉处就不要跟我们作战部去比了。"

"我们侦缉处二科可以分成两组人马……"

"我的话还没有讲完,资科长。侦缉处的人,也不是个个可信。"

"这些人都是我精心挑选的。"

"你们科里的苏梅不也是你精挑细选的吗?她不就是一个隐藏的'共谍'吗?你们二科的工作人员有多少人?你都了解他们吗?他们一直在你身边工作,

掌握你的工作方法，熟悉你的工作作风，甚至研究你的喜怒哀乐。而你，作为他们的科长，你了解他们吗？他们的家庭，他们的收入，他们的支出，个人喜好，你了解吗？"特派员加重了语气，"你不了解。"

"我不是故意要冒犯特派员，只是，贵翼太狡猾……"资历群说。

"再狡猾的狐狸也逃不过猎人的手心，不是吗，资先生？"特派员截住他的话，"我换一组全新人马是经过深思熟虑的，我不允许你们参与也是经过再三斟酌的。你们资家兄弟与贵翼渊源太深，仇隙太大。他要一旦发现你们的踪影，新仇旧恨加在一起，足以搅乱大局。"

他顿了一顿，接着说："资先生，你放心，我不会纵容任何一个罪犯，哪怕他身居高位，我也会杀他个片甲不存。"

"是，特派员。都是为了党国的利益，我明白。"

"我们要不惜一切代价，拔出这些危害党国的祸根。"

"整个案件马上就要水落石出了。"

"我已经迫不及待了。"特派员说。

"报告，"一名作战参谋走了进来，立正，说，"特派员，金沙古城的歼敌方案已经部署完毕，视野清晰，火力准备充足。"

"全面封锁这个区域。"特派员说，"只准许贵翼的人马进入，等他们所有'出港'人员进入包围圈，实行抓捕。如有反抗，格杀勿论。"

"是。"参谋高声说。

"报告，"一名副官走了进来，立正，说，"特派员，刚刚侦缉处的人打电话过来，说资历平被贵翼打伤了，他们问，资历平处理完伤口，是把人带回侦缉处，还是……"

"把人直接送过来。"特派员代替资历群回答了。

"是。"副官立正。

"那个孩子呢？"资历群依旧忍不住问了一声。

"资历平说，依照资先生您的吩咐，孩子已经送到乡下您母亲的住所去了。"副官答。

资历群真是万万没想到，小资用了这一招。反而"逼"得自己哑口无言。

资历安看看他,气得手脚冰凉。

特派员说:"好,好极了。这下我们也可以给贵翼一个圆满的答复。那个女孩原本是你们资家的童养媳,媳妇和婆婆住在一起,天经地义。贵翼也不好再大放厥词厚着脸皮跟我们要人了。"

资家兄弟哑巴吃黄连,只得勉强笑着敷衍了。

"特派员,贵翼凌晨一点去了汉弥尔登大楼,我们的人已经全面监控了。他跟那个方小姐好像在秘密约会。"副官说。

"哼,"特派员讥笑着,说,"贵翼很聪明啊,选择在法租界秘密约见共党代表,如有风吹草动,他就会为自己编排另一套说辞,什么深夜约会佳人啊,什么深入虎穴探听情报啊,他真能做到鱼目混珠。可惜啊,明天就要真相大白了……继续监视,在共党'出港'行动之前,确保他们认为自己绝对安全,千万不能打草惊蛇,功亏一篑。"

"是。"

"报告特派员,"又一名参谋走进来,立正,说:"潘司令来了,说有要紧事。"

资历安一听是警备司令部的司令长官到了,站得更加笔直,资历群也神态严肃,精神十足。

"请潘司令到这里来,正好资科长也在。"特派员说。

"潘司令……"参谋上前,低声说,"有秘事相商,有关西南政务局人事升迁……另有额外孝敬。"

参谋的声音虽然很低,断断续续仍然能够让资家兄弟听个大概。

"那就,会客厅。"特派员说。

"是。"参谋立正,转身,出去了。

"二位,你们的司令长官到了,约我有要事密谈。我就不奉陪二位了。你们今晚就在特派员公署暂住一晚,没问题吧?"

"没问题。"二人答。

"大战之前,一切都必须保持低调,保持绝密,封锁住所有的消息。资先生潜伏敌巢,披沥尽了肺腑,突显了军人的智慧和勇气,于今,网已撒开,枪已上膛,死亡已经降临到敌人眉睫,希望大家沉住气,一切行动听从指挥,毕其功于一役!"

"是。"

黑夜已过,黎明之前。

贵翼的兵站有了异动。

汉弥尔登大楼有了异动。

中共交通局护送小组开始全面行动了。

与此同时,特派员公署里,军车频发,灯火通明。资家兄弟站在玻璃窗前,心怀感慨,看着这激动人心的一幕。

资历平来了。

一名参谋把资历平带到了资历群的面前。

资历平低着头,叫了声:"大哥。"

他说:"我把妞妞送到乡下去了,她跟母亲在一起,母亲也有个伴。请大哥原谅我,我实在做不到绑架妞妞来做人质。不管是贵翼也好,你也好,我都不会把妞妞给你们。妞妞要是出了什么事,我一生一世都会活在良心的谴责中,我做不到,就算你不伤害她,我也做不到。"

"只要妞妞不在贵翼手上,大哥就放心了。"资历群说,"我也是替妞妞着想。"

资历平不说话了。

资历群看看他,看看窗外的军车,说:"都过去了,小资。来。"他抚着资历平的肩膀,资历平忍着胳膊上的伤,皱着眉头,跟资家兄弟并肩站在玻璃窗前,看着楼下"车如流水马如龙"。

"这都是你的功劳。"资历群说。

资历安笑笑,笑容里藏着寒冷的冰。

资历平忽然感觉冷,冷得刺骨,他打着寒战,身体僵硬。

玻璃窗里,映着三张面孔,一个脸上挂着邪魅的笑;一个脸上志得意满,仿佛胜利唾手可得;一个脸如冰霜,双眸如电。

"苏小姐,有人送花给你。"

苏梅打开房门,看见一枝白玫瑰镶在一只狭长的盒子上,"谢谢。"她伸手接过盒子,关上门。

苏梅打开盒子,里面是一套德式装备的武器。军刀,手枪,消音器,手雷,长枪。苏梅打开衣柜,拿出一套勤务兵穿的制服,开始行动了。

侦缉处的走廊上,一名勤务兵低着头在拖地,两名特务在走廊上说话,其中有一名特务特意看了勤务兵一眼。

"勤务兵"拖着拖着,就拖进了资历安的办公室,关上门。

苏梅一进门,就打开资历安的抽屉、保险柜,搜查一切有关"烟缸"案的资料,她把一叠厚厚的文件扔进垃圾桶,此时,门外有响动,苏梅立即站到门边。

门打开了,一名特务站在门口。

苏梅顺手把他拽过来,一枪打飞。

"噗——"枪声经消音器过滤,显得很闷,尸体扑倒在地。苏梅解开上衣领口,从怀里拿出一小瓶汽油,浇到垃圾桶里,拿出一个打火机,点燃垃圾桶,火苗"嗤嗤"往上窜。

苏梅从资历安的柜子里熟练地拎出一套中山装,她以迅雷不及掩耳之势的速度变身成一个侦缉处的特务。

苏梅整理了一下仪容,推门而出,门内是一片火焰。

离金沙古城墙的埋伏圈不到两公里的道路上,停着两辆侦缉处的车,资历安靠在吉普车旁边休息。

一辆汽车驶来,资历群下车。资历平奄奄地蜷缩在车里,眼光闪烁,飘忽不定。

"怎么样了?"资历群问。

"不知道,那边不准我们过去,到处都是兵。"资历安说。

四野安静,空气清爽,诡计多端的资历群忽然从资历安的话里嗅到了一股"不详"的味道,"到处都是兵?"资历群突感危疑震撼,他的肌肉一霎时绷紧了。

"我们是不是搞错了。"资历群说。

"啊?"资历安没听懂。

猛然一片枪声如震!

众人都下意识地偏了偏头,"开始了。"资历安说。

枪声持续了不到五分钟,四周一片死寂。除了荒凉的草木声,空气里似乎也充斥着硝烟味。

"赶尽杀绝啊。"一名特务说。

资历平眼光呆滞地走下车,资历群看着他的表情。资历平的眼泪止不住落下来:"你答应过我的,你答应过的。"

资历安厌恶地看着他,说:"这小子,又开始疯了。"

资历群不露声色地对资历安说:"你现在赶紧回警备司令部,调一队人马过来。"

"啊?"资历安不解。

"开两部车,你和你手下分头行动。"

"什么意思啊?"

"照做就是。"资历群说完,伸手抓住资历平衣领,把他塞回汽车里,自己上车,向前开去。

"他们不让——"

没等资历安的话讲完,汽车已如离弦之箭,飞速向前。

车开进金沙古城墙的埋伏圈,并无人阻挡,四周布满岗哨,制高点都有狙击手埋伏,汽车行驶到荒芜的沙地,嘎然一声,停下。

持枪的士兵们警觉地盯着车上下来的资历群和资历平。

"证件。"士兵喊。

资历群掏出证件给士兵。

资历平放眼望去,四面都是青色烟霭,泛着一股股枪火留下的残烟。一片荒烟蔓草,草丛里流窜着火苗,尸骸遍谷,一派凄风惨雨的迷离景象。

有人在就地挖坑，掩埋死尸。

资历群和资历平一起走下小山坡，特派员冷着一张脸站在高处看他们。

一名士兵跟资历群说："特派员有命令，如遇反抗，一律格杀。共党交通局的重要犯人已经全部落网，正在押送司令部的途中。"

资历群看到了林副官的尸体，一片血污盖面，资历群站在那里想了想，正要拔枪出来，补枪。突见资历平犹如狂性大发般冲进草丛，他就像灵魂出窍，谁叫他，他也听不见，就算鸣枪示警，他也没感觉，他的身体漂浮着，迅速往前移动。

资历群感觉不好，对士兵说："别开枪，我弟弟受了刺激，没事的，没事，别开枪。"他收了枪，朝资历平跑去。

原来，资历平远远看见了贵翼的尸体。他一瞬悲恸交集，仿佛慈悲心崩溃决堤，爆裂般痛哭失声。

"小资。"资历群喊着。

"你骗我，你骗我，你说过不杀他的，你答应我的。你答应过我什么，他死了！他因为我的出卖，他死了！！"资历平难以控制狂躁和悲情，一下从资历群的枪盒里拔出他的手枪！

"小资。别胡来。"资历群一声惊呼。

"你骗我，小资天良丧尽，害死亲兄，小资有何面目，忝活人世！！"

"小资，小资你冷静一下，听大哥说——你把枪放下！！"资历群在吼。

资历平"噗通"一声跪在贵翼脚下，枪顶自己的脑门星，哭叫一声："大哥！"他手指弯曲，就要扣动扳机！

资历群魂飞天外！

"小资！"

"砰"的一声枪响了。

魂飞天外的不止资历群一人。

还有一个贵翼。

# 换谍者

## 第二十一章

  阳光毫不吝啬地将最美最亮的光线投射给了这一家三兄妹，贵翼双臂展开，将资历平和妞妞揽入怀抱，历经艰难，一家团圆。
  团圆在美丽灿烂的新中国！

资历平的生命脆弱得像一根绷紧的弦,仿佛随时随地"弦"都有可能断裂。半空中一声枪响,资历平的性命被抛掷在半空中悬着。

贵翼耳之所闻,不寒而栗。惊得心跳都快要停止了。他的手指忍不住地往泥土里掐去,他的脚趾瑟瑟发抖。

资历群目之所及,大惊失色,想也不想,以迅雷不及掩耳之势扑向资历平。

枪是真的响了,子弹飞了。

资历群是在资历平扣响扳机的刹那打斜了枪管,子弹朝半空中飞去,弹壳飞溅。

资历平嚎啕大哭起来。

听到资历平哭声的贵翼终于一颗心落在肚子里,他浑身上下,冷汗湿透了,索性自己躺在泥土上,荒草蒿蒿,遮了一半面目,他的手指张开,"瞑目"了。

资历群拼命地打掉资历平手上的枪,兄弟俩在草丛中搏命般挣扎,一番较量后,资历群竭尽全力制止了资历平的狂躁,他大声吼着:"小资,大哥也不想的。这是特派员的指令,贵翼被正法,是党国的铁律!你醒醒好吗?小资!"

资历平面如死灰般静了下来。

他四肢张开,呼吸减弱,一阵安静。

安静得就像他已经死去。

资历群叹了口气。

两名副官用最快的速度向他们靠拢,副官建议,资家兄弟立即离开现场,免得特派员问责。还有,特派员对资历平的态度很不满意。

资历群懂了,特派员不想看到有人在屠杀现场"哭丧",这是犯忌。

两名副官帮忙架着资历平走向来时的公路,资历群回首处,漫天杀气。

侦缉处的吉普车飞驰在街上,突然,一辆军用卡车迎面驶来。卡车上,手握方向盘的苏梅狠狠地开车撞向吉普车。

吉普车被撞飞起来,卡车刹住了。

苏梅穿着一双军靴,手持长枪,气势汹汹地走来。吉普车上,三个人都受了重伤,气息奄奄,资历安看见苏梅,不知不觉鼓起了一双死鱼眼,他完全懵了。

他看见了一支黑黑的枪管,"砰、砰、砰"三枪连发,枪枪打爆资历安的头。苏梅撤回长枪,离开吉普车的同时,朝车上扔了一个手雷。

"轰"的一声,吉普车炸开了花。

苏梅扛着枪,从一片硝烟中走出。

她的嘴唇边衔了一支白玫瑰。


一个人在接近"死亡"的时候,多多少少都有真性情流露出来,让他人一览无余。资历群深知小资饱受痛苦的煎熬,兄弟一场,他也不想做得过于决绝。

资历群开车载着小资离开金沙古城墙,山谷里渐渐升腾起了火焰,所有诡诈的秘密随着山谷里的火焰慢慢燃烧起来,销毁殆尽。

资历平仿佛被"良知"炙烤着,他五脏六腑都在翻江倒海。刺目的真实景象足以让资历平"发疯"。

资历群一路上都在安慰他,说得口干舌燥,终于稳住了资历平的情绪。

资历群感觉资历平生病了,浑身火烫,怕真有什么大碍,直接把资历平送去了陆军医院,好言好语哄着他。

医生说,资历平发高烧,需要留院输液,资历群只好同意了,他心里挂念着资历安那边,所以,打电话去侦缉处二科,值班的特务告诉他,资科长从警备司令部调了一班人马去金沙古城墙了,重要犯人已经全部押送回来了。

资历群放心了。

他坐在一条长椅上,拿出一支雪茄来抽,烟雾腾腾中,他长长地出了一口气。


"做得好。"侦缉处的值班电话被苏梅挂掉了。苏梅拿着枪对准一名特务的头,"砰"的一声枪响了。

小特务一头栽倒在地。

苏梅身后站着一排宪兵,苏梅吹了一口枪管,说:"侦缉处二科,以资历安为首,勾结黑市军火商,暗杀军政要员,据可靠情报,他派人暗杀军械司副司长贵翼,事情败露后,恼羞成怒,又派人伏击前来调查'军火走私'案的顾特派员。据悉,顾特派员在上海石桥镇遇袭,不幸遇难。我苏梅临危受命于警备司令部潘司令长官,清查败类,永除后患。"

"是。"宪兵等人立正。

苏梅阴冷地一笑,说:"所有伤害过我的人必将付出惨痛代价。我苏梅一个都不会放过。"她拉响枪栓。

一个金色的打火机,"啪"的一声点燃了香烟,"特派员"站在城头上,感叹着,"经典之作啊。"

贵翼一身泥浆地走上城楼,登高远眺,胸襟壮阔起来,说:"谁的经典之作?"

"我的。""特派员"说。

"谁的?"贵翼眉毛一挑,继续问。

"我的。""特派员"说。

"顾特派员已经死了。"

"得了,他死了,我活着呀。"

"得了吧你,打火机还来。"

"别妄想了。"

"好了,演习结束了。赶紧回去吧。"贵翼说。

"你叫我来,我就得来,你叫我走,我就得走,我也太没面子了。"

假特派员,叶宗辅,中共秘密党员,公开身份,国民党西南党务特派员。贵翼的老友兼战友。

贵翼,公开身份,国民党军械司副司长,真实身份,中共秘密党员,代号"冰蚕"。

冰蚕,有剧毒,丝极韧,刀剑皆不可断,做琴瑟弦,远胜凡丝。冰蚕茧破,九死九生,冰蚕魄以烈火锻之,得之,为人间至宝。

叶宗辅是贵翼的入党介绍人，贵翼和叶宗辅都是直接受命于南方局最高领导人，贵翼奉命"沉睡"，已然三年，如果不是"烟缸"案迫使自己浮出水面，他是不能参与组织的任何行动的。

贵翼是南方局下的一枚"闲棋"。

也是一把插入敌人心脏的利剑。

"那边怎么样了？"贵翼问。

"7号首长安全出境，放心吧，他们已经上了海轮，借道巴黎，直达莫斯科。"

"方小姐呢？"

"走了。'蛇医'护送7号安全出港，方一凡去了西南局。"

贵翼点点头。

"你呢？"

"马上走，准备入川。"叶宗辅说，"南方局命令，这件事过后，你立即回归'休眠'状态，不得再介入任何秘密情报组的工作。"

"是，"贵翼说，"不知'冰蚕'何时破冰？"

"不知道。"

"长夜漫漫啊。"

"嗯，耐得寂寞，始有大成。"叶宗辅说。

林副官一身是土地跑上来，立正，说："报告军门，特派员公署和军械局的联合演习正式结束，警备司令部的潘司令为了答谢军械司特批的一批德式装备，今晚在'万家灯火'设宴，招待军门。"

贵翼点点头，问："小资呢？"

"我问过跟去的人了，小资少爷在陆军医院，资历群回家了。"

"打扫战场，我们去换身衣服，先去接小资，然后去拜会拜会资历群。"

"是。"林副官说。

"走了。"贵翼对叶宗辅说。

"再会。"

陆军医院的走廊上，贵翼迈着军人的步伐铿锵有力地走在前头，林副官跟在他后面，几乎用跑的。他看贵翼面色不善，心里替资历平捏把汗，又不敢劝。

白色布帘一拉开，资历平还没反应过来，就被贵翼从病床上给拎起来，迎面给了他一拳，资历平一个趔趄，摔在门口，林副官正好接住他。

"军门，有话好说。有话好好说，吓着孩子了。"林副官说。

"你个混蛋！"贵翼指着资历平骂，"你刚才疯了，真开枪啊，你真够胆量。吓死人不偿命啊！你知不知道，有多少人为此时此刻费劲心血，你差一点儿害大伙功亏一篑，你要害死人的啊！你明白吗？"

"爷，他也是为了牵制住资历群——他也不得已。"

"不得已？他那叫不得已吗？他是真心寻死！"

林副官愣住，手里推了一把资历平："不会吧，小资少爷你不会犯糊涂犯到这份上吧？要真是这样，别说你大哥要揍你，我这回，也不帮你了。"

资历平刚刚经历了人生中最艰难的时刻，他低头对贵翼说了声："对不起……我不是故意的，我当时很混乱，我分不清什么是真实的，什么是幻觉，对不起，大哥，吓着您了。"

"你！"贵翼恨得牙痒痒，他也是刚刚经历了生命中最危险的时刻，他眼睁睁看小弟要自绝性命，他竟无能为力的感觉，想想就生气，他"打残"小资的心都有。

"景轩，出去守着。"贵翼说。

林副官应声，暗中推了小资一下，暗示他别犟嘴。林副官出门，带上门。病房里只剩下贵翼和资历平。

贵翼稍稍调整了一下情绪。

"我告诉你，小资。你不是为了'贵婉'而战，你是为了心中的理想和信仰而战！我们从来都不是穷军孤客，我们的背后是四万万同胞，你为了一己私念，枉顾大局，惊痛养兄末日，恍恍惚惚，戚戚怨怨，哪里像一个战士！！资历群恶贯满盈，此恶不除，何以对九泉下的烈士英灵！！"

资历平恍如醍醐灌顶，顿时惊觉还魂。

"你就该受点教训！空有乌获孟贲之勇，全无敏捷决断之心。一片私恩故情就让你摇摆不定，倘若今日资历群出手迟缓，倘若那一枪真的夺走你的性命，倘若当时我失控而起，整盘棋因你而废！前功尽弃！！"

资历平冷汗淋漓。

"你要知道，今日之事，是以特派员公署与军械局联合演习的名义而为之，现场的官兵，有自己人，也有不知内情的敌人。倘若资历群真的发现破绽，大声嘶喊，枪声再起，一定会惊动外围的士兵，到那个时候，就是真正的一场恶战！为尔一念之差，网破鱼飞，星月沉底，倘有重大牺牲，我问你，你将如何自处？你该庆幸，你不是我的部下，小资，你今日之举，倘若是我部下为之，我立即对你执行战场纪律，绝不会心慈手软！！"

资历平低头无语。

"……我错了，"他说，"我控制不了自己，我错了。我原意并非如此，我只是想转移资历群的注意力，可是，我……我错了。我原来很多事都做不到。"

"小资，你还有很长的一段路要走，你需要长期的忍耐和努力。你表面玩世不恭，骨子里太重情义，将来，你要面对的比今日之局更加残酷，更加凶险。你要分清同情心和责任心。否则，不是我恐吓你，你会死无葬身之地！！"

资历平不敢辩解求情，自认糊涂，答应贵翼，绝不再犯。其实，贵翼也明白，资历平的糊涂是一种意气光明的糊涂。

贵翼见他面无血色，也肯低头受教，也就偃旗息鼓。因为，等待他们的还有一场"重头戏"，拿贵翼的话来说，他要给资历群一个谢幕的舞台。

真相隐藏得太久了。

贵翼想。

汽车一路驶来，树影车声，多少风云故事像走马灯一样，在贵翼和资历平的脑海里穿梭往复。

车到了资历群的住所，三人下车。

"下面待着。"贵翼对林副官说。

林副官一愣："啊？"他说，"不好吧，军门，资历群是个卑鄙小人，手段阴毒，输不起，我们一块上去吧，人多势众。"

"群殴啊？人多势众？"贵翼冷言冷语，林副官却步。

"走，小资。"

"小资少爷，替我看着你大哥啊，还有，小心提防你大哥狗急跳墙。"他一下卡住了，贵翼回头瞪他一眼，林副官说，"我没说你。那什么，注意安全。"

资历群看到贵翼气宇轩昂地走进来的一霎那，简直就像看见了"鬼"，他脸色顿时蜡黄，紧接着，他看到尾随贵翼而来的资历平。

他知道，自己"输"了，输得很惨。

恐怕迎面而来的是人，而自己是一个"鬼"了。资历群打了个寒战。

贵翼和蔼地说："抱歉，资先生，贵某人不请自来，冒昧造访了。资先生不请我进去坐坐？"

资历群稍微清醒了些，"呵呵"一乐，说："贵军门光临寒舍，资某人荣幸之至，蓬荜生辉。贵军门请——"

"谢谢资先生。"

"哎呀，都怪我，都怪我，我历来都不喜欢打扫战场，看起来，这一次，真是小河沟里翻了船。"资历群说。

贵翼摘了军帽，伸手捋了捋整齐的头发，说："资先生不屑于打扫战场这类小事，理解，贵某人非常理解。哎呀，贵某就没有资先生的福气了，凡事都得亲力亲为。"

贵翼浑身上下都散发着一股英武之气，充满了威严和自信。

"小资，见到你大哥，也不吭一声，没礼貌。"贵翼说。

资历平走过来，低低叫了声："大哥。"

资历群瞥了他一眼，笑笑，说："你的戏愈来愈好了。"他伸手过来拍拍小资的肩膀，借势一拧小资的伤口，小资顿时头昏目眩，倏地低吟一声，冷汗直淋。

"资先生有点雅量好吗？"贵翼说。

"真令人不可思议。"资历群松了手，转身过来陪贵翼坐，"我亲眼目睹的'现场'……"

"当然全都是假的。"贵翼坦然一笑。

"是，是，那是，除了那些真的。"资历群的话明显有恭维的嫌疑。

资历平忍着伤口的痛，皱着眉，他嘴角还留着挨打后的血丝。

"小资又干什么了，搞成这个样子？"资历群笑问贵翼。

"没什么大不了的，"贵翼说，"资先生就别操心了。"他转对资历平说，"去厨房洗把脸，免得你大哥担心。"

资历平应声。

"顺便拿瓶酒过来，"资历群说，"我好与你大哥喝一杯。"

资历平又应声。

资历平走进厨房，看了看刚刚盛上来的红烧鱼，他脚步有点迟钝，走到水池边，洗了洗脸，用毛巾揩干净了嘴角边的伤。

他打开橱柜的门，拿出一瓶酒来，再拿了两个酒杯。

资历平走到厨房门口，回头望了望桌上的"鱼"，那条鱼还热气腾腾的。他想到，鱼温尚热，而资历群的末日已经到了，他的情绪霎时起起伏伏，感觉走路飘飘摇摇。

资历平走到两个哥哥的面前，显得疲惫不堪。他替二人各自斟酒一杯。

"小资挺任性的，不过，看上去，你们相处得不错。"

"是啊，这得益于你资家的良好家教。"贵翼说，"来，敬家庭教育一杯。"

二人客气举杯，同饮。

"绍兴花雕，又称'状元红'。"资历群咂了咂满口的酒，说，"不知道贵军门喜不喜欢？"

"嗯，这酒好啊，应景。"贵翼说，"喝起来，甜酸苦辣咸涩俱全，最适合今日之局。"

"贵军门厉害，军门的品味真是无可挑剔。状元红，埋于泥土，数十年的光阴，不见天日，一朝见天，光彩熠熠，那些凡夫俗子是绝品不出其中三味。贵军门就不一样了，正如军门所言，此酒应景，这景就应在你我二人的身上，不是吗？"

"哈哈哈……资先生其实是一个内心张狂的人，你日日夜夜都想成为万众瞩目的目标，不幸的是，你选择的这个职业，真的是太微妙了。不得不深埋于地。

有的酒一朝见天，光彩熠熠，也有败兴的酒，永无见天之日，与泥土同腐。"

"贵军门是来盘根究底的？"资历群问。

"不，我是来跟你结账的。"贵翼说。

资历平替二人斟满第二杯酒，侍立于侧。

"贵军门要跟资某人清算旧账，资某人乐意奉陪。我资历群是国民政府党务调查科培养的第一批特务，实不相瞒，今日之祸，并非资某人道行肤浅。实因决策者短视，握权妒功，急功近利，导致惨败。一个大家庭里的人离心离德，怎么能怪他人团结的家庭兴旺发达呢？"

贵翼点头，表示赞同。

"权责重叠，往往内部竞争会导致部分成员自相残杀。"

"譬如苏梅？"

"是啊。"资历群叹了口气，"唉，变化太过急剧了，资某人一时半会儿还真有点接受无能。三年潜伏，一朝败露，杀了一组'共谍'，今日路过黄泉，也不算掷地无声了。"资历群把玩着手中的酒杯，说，"三年啊……我从来没有绝望过，直到今日。我一个人任务压身，孤独地流徙，隐忍不发，甚至孤身坐牢，面对自己人，或是敌人的审看、怀疑，做出一副大度的样子来，战战兢兢地生活在'暴露'与'隐藏'的边缘……我费尽心思，用尽力气，首开'掺沙子'换谍的先河。原以为胜利就在眼前了，错就错在，为了对付军门，千里迢迢去请了一个草包特派员，不，也许不是草包……"

"资先生果然道行不浅，真的不是什么'草包'，而是'调包'。不好意思，贵某人忘了通知资先生，特派员是我安排的人，此特派员非彼特派员，'掺沙子'的计划，我活学活用了。谢谢你啊资先生，你是一语点醒梦中人。"

资历群苦笑起来。

"人在乱世，命贱如苇草。"他看了看贵翼，说，"你是智慧占了上风啊。"

"错，是正义！"贵翼纠正。

"真是下了血本。"资历群微笑。

"与毒同谋罢了。"贵翼浅笑。

"贵婉的死，我也很痛惜。"资历群盯着贵翼的脸说，"我是真的爱过她，真心爱过她。警察局那帮混蛋为了抢功,逼迫我提前结案,这些蝇营狗苟之辈,偶尔抓捕两个、诸如大街上交通员兼做卖花女的小角色,也要叫嚣一番,抓住这样一个大线索,怎么肯轻易放弃?我没办法,我就是一个抓'共谍'的人!我没退路,要么把贵婉交给他们,要么——"他偏了偏头,咳嗽了一声。

"至少,她走得从容,不受苦。"

"住口!恶贼!"贵翼暴喝一声,"在这个世界上,我从未见过像资先生这样鲜廉寡耻之徒,杀了人还要惺惺作态,我最痛恨的莫过于你的懦弱和阴毒。

"你口口声声爱她,这种'爱'真是太残忍了,因为从一开始就注定要杀戮的结局。你所谓的'爱',就是一个冷酷阴森的陷阱,你步步为营,处心积虑要置她于死地!所谓浓情蜜意,全是刀剑暗伏。你把一个纯真女子的爱情和信仰玩弄于股掌之上,怎不叫人彻骨寒心。

"你把她的坚忍和爱意当作了踏脚石,当作你扶摇直上的青云梯。

"刽子手杀了人,还要在一旁吆喝,看,这是我的杰作,我是多么多么的善良,多么多么的为'遇难'的人着想,你恶心残忍的程度,实与禽兽无异。

"你所谓的利剑都是从阴暗处刺来的,你不敢让她看到你真实的嘴脸,你懦弱到让贵婉昂首挺胸走向刑场的勇气都没有!!"

资历群也咆哮起来:"我也是为了我的信仰和主义,我为了达到目的,我不惜亲手杀了自己的妻子,利用同党、折磨兄弟。你以为我心里好受吗?别人的家庭是多么的温暖,大家都能享受到阳光雨露,而我呢?我不过是一个影子罢了,哪怕阳光满地,阴影无处不在。我忍受了多少苦难,原以为大功告成,可以成就功业。可惜啊,半路杀出个程咬金,我所有的事业功名全都半途而废,真令人遗憾终身。"

"资历群你又做人又做鬼,爱自己如珍宝,视他人如瓦砾。把自己所谓的功业建立在别人的牺牲和痛苦中,还要忝称为了信仰而牺牲,你牺牲的不是自己的'信仰',而是他人的'信仰',你践踏了自己的'主义',因为你根本就没有一点革命的精神。"

"贵军门难道不知成事不说,既往不咎吗?"

贵翼仰天一叹:"呵呵,似资先生这种为人为谍的手段,自私残忍,实在可恶至极。"

资历群"嗤嗤"讥笑着："浑浑噩噩的大众懂什么是共产主义，晓得什么是三民主义？他们只要吃饱了饭，什么都不会在乎。谁还会在乎什么是革命的精神？"

"资先生口中的大众，其实就是千千万万的普通民众。资先生有没有听过这样一句话，胜利属于人民！"

"呵呵，"资历群冷笑一声，"贵军门终于原形毕露了，这话的口气分明就是共产党啊。大家不过是各为其主，做人做事，方法不同，各有所宜，各取所需。这副重担压在我身上已经有三年了，我已不堪重负，于今一旦放下，浑身轻松。"

"只怕资先生轻松不了了。"贵翼冷笑说，"资历群是上海提篮桥监狱越狱的死刑犯，警察局正在全城通缉你，我们军械局已经通知了警察局的刘玉斌科长和侦缉处二科新任科长苏梅，他们正在缉拿你的路上，提篮桥监狱的绞索架已经盛装以待资先生。"

"你！赶尽杀绝啊。"

"是啊，你现在演的是你这场戏的最后一幕。"贵翼笑笑。

"猎手输给了好猎手，不丢人。"

"资先生言不由衷啊。"

"这个城市里有很多美好的东西。"资历群无意中朝窗外看了一眼，"现在的中国，无论客观条件还是主观见识，都不可能摆脱帝国主义的阴影，资本主义的束缚。至于遥远的共产主义，鄙人认为那是遥不可及的理想主义而已。"

贵翼不说话。

"贵军门，其实——"他想了想话题，说，"别人抓'共谍'，都是千方百计地去抓去杀，毁掉交通站，联络点。而我就不同了，我是唯一一个想重建交通站的人，大换血，掺沙子，直至重新构建一个又一个在我控制范围内的联络点。这样做的好处是，资某人可以为双方长远建功。"

"哦。"贵翼的嘴角不经意地露出一丝鄙夷的浅笑。

"嘿。"资历群不露痕迹地"求生"。

两人对视一眼，各自笑起来。一个笑得风轻云淡，一个笑得忐忑不安。

"如果贵军门愿意让资某人效力的话——"

"我不收'破烂'。"贵翼说。

资历群的笑容凝固在脸上，僵住。一线生机，被掐断了，好在这"求生"的态度并不明显，被人拒绝后，也不至于太过狼狈，他索性就放声大笑起来。

"给自己壮胆啊。"贵翼不失风趣地一笑。

一语道破天机。

"小资，给你大哥斟杯离别酒，也不枉资家教养你成人成材。"

资历平低头上前，拿起酒瓶，给资历群倒酒。

"猎谍游戏，古来就有，就像一种永无止境的棋局，胜者为王败者为寇。其实，我也没有什么好抱怨的。"资历群笑盈盈地说，"失败者总是络绎不绝，不止我一个。"

"错！我替贵婉说一句吧。正义总会来临，哪怕来迟一步。"

"那这杯酒岂非是资某的断头酒？"

"你说呢？"

"这酒喝下去，也不知道对我有没有用？"

"不知道，好像对临刑者多少有点用处。"贵翼说。

"是吗？"资历群抬头看看贵翼，"不知何年何月，何时何地轮到军门？"

"时刻准备着。"贵翼说得既含蓄又具体。他低头俯视资历群，说，"不瞒资先生说，贵翼为了家国信仰，白刃可蹈，火海可葬！"

资历平的双目炯炯有神地看着贵翼，这一瞬间，他意识到了什么。贵翼与贵婉必是同道之人。

资历群笑笑，"你我确是同路之人。"

"又错了，我与你永远都不会同路。"贵翼说，"我始终相信，正义战胜邪恶。至于将来的死路，对于我来说，也是洒尽英雄血的阳光大道。就像我胞妹贵婉，她的鲜血绝不会白流，她为了她的信仰，献出了最宝贵的生命，最美的青春年华，是贵婉的光荣，是贵翼的榜样。"

这是赤裸裸地承认了自己的身份，毫无顾忌、毫无悬念地预示着资历群必死无疑！

资历群一口干了杯中酒。

资历平有点站立不稳。

"小资，其实你不用太难过。你亲娘是死在我资家兄弟手上的。"资历群说。

"你说什么！"资历平猛地回眸，他倏地扑向资历群，抓住他的领口，吼叫，"为什么？为什么啊！"

"她无意中听到我和你二哥的谈话，知道了我的真实身份。是她自己惊慌失措，慌不择路，失足掉到花园的枯井里，你二哥为了替我保守住秘密，把井给填了。"资历群说得很轻松。

"你！你，你们杀了我亲娘，还像没事人一样跟我称兄道弟！！我要杀了你！！"资历平一拳猛力地砸在资历群头上，"我要杀了你！我要杀了你！你还我娘来！！"

"小资。"贵翼一把拽住了狂躁的资历平，说，"把他交给警察局吧，让警察来执行死刑，名正言顺。"

资历群竭力克制住自己对死亡的恐惧和绝望的心情，尽可能地在贵翼面前保持住以往的风度和镇定。

"我落到这步田地，也是自作自受！"资历群自嘲地一笑。

贵翼拍拍他的肩膀，说："临刑不变色，资先生确有大将风度。告辞了。"

资历平头脑一片混沌，眼睛一片漆黑。

"鸟之将亡其鸣也哀，人之将死其言也善。"资历群说，"小资，去吧，不必愧疚，不必祭奠，还有，记得每年给爹爹上坟，给我们的母亲寄生活费。"

沉默。

片刻沉寂。

资历平没动，贵翼也没有催促。

"爹爹坟前植土，母亲生活供养，小资尽心，只要小资活着……"他别过头去，"吧嗒。"一滴眼泪恰恰落在贵翼的皮鞋尖上。

贵翼抬头看他，小资对着亲兄又不敢太过悲凉，仓皇一笑。

这一笑，让贵翼觉得心疼小资，有情有义，张扬跋扈的孩子生生被逼迫到不敢露声色的地步。

贵翼拉着资历平离开房间。

他们从阁楼里下来，正好遇见苏梅带领一队人马上楼缉拿资历群。

枪响了。

苏梅带人冲进房间的时候，资历群已经吞枪自尽。

华灯初上，街面上灯火错杂，资历平想着亲娘无辜惨死，想着资历群伏法，霎时幽明两隔的世界，令他心中有一股难以名状的痛楚。

资历群居住的阁楼上，一缕渺茫的光线渗透下来，像极了血色。

结束了。

数日后，资历平安葬了亲娘与资家兄弟，他和妞妞一起身穿孝服，随贵闻珽返回苏州。

一路上，也有官员、学者送行，小资素服侍坐在贵闻珽身边，贵闻珽知道他心中负累太多，愈发怜惜、爱护，父子间渐有温暖关照。

妞妞聪颖、乖巧，在苏州甚得贵家人喜爱，至此，贵家的一段传奇公案也算得以圆满解决。

一九三七年七月七日，抗日战争全面爆发。

一九三七年九月二十二日，国民党中央通讯社发表了《中共中央为公布国共合作宣言》。

贵闻珽举家迁往重庆。

贵翼率部开赴抗日前线，与日寇浴血奋战。

一九三八年二月十八日，重庆大轰炸开始了。

资历平与妞妞在重庆大轰炸中与贵家失联。

贵翼在前线的战壕中，接到父亲的书信，信中附带一枚带血的发卡。

贵翼心如刀绞，那是他亲手别在妞妞发髻间的，他艰难地吞咽着自己喉咙里泛出的苦水，无穷无尽的悲恸也挽救不了他撕心裂肺的痛。

战火纷飞，寒风凛冽。贵翼始终相信妞妞活着，活在一个没有战火硝烟的家园里，他也相信"贵婉"活着，活在一片祥和宁静的田园。

在贵翼的心底，生命的烈焰永远不会熄灭。

一九四五年八月十五日，抗战胜利。
一九四五年八月，解放战争开始了。
贵翼调入西南长官公署任职。

一九四六年，冬天。
南方局红色特工"蝴蝶"唤醒"冰蚕"。
"冰蚕"正式破冰。

一九四八年年末，中国人民解放军包围北平。
一九四九年十月一日，中华人民共和国诞生。

一九五二年，上海，一个明媚的下午。
贵翼和林景轩去军区开会回程，车行到南京路口，一辆小汽车迎面开过，贵翼一愣神，一张熟悉的面孔如惊鸿掠影般划过，贵翼抬头张目，大叫一声："停车！"

林景轩很诧异，问："军长，怎么啦？"

贵翼说："追上刚刚过去的那辆车。"

"干吗呀？"

"资历平。"贵翼说。

"看花眼了吧。"

"追啊！"贵翼吼起来。

军用吉普车一个掉头，直"杀"下去。因为街面上车辆不多，所以，前面的小汽车很快就发现了尾随而来的吉普车。

小汽车开始加速飞驰，吉普车紧咬着不放。

此时此刻，贵翼心中一片澄明。小汽车被吉普车死咬不放，左突右旋，实在没辙，小汽车被逼进了一条死胡同，终于停车了。

吉普车堵在胡同口，贵翼足蹬一双雪亮的军靴，下了车，林景轩紧跟着他。

"下车。"贵翼"啪"地一打汽车前盖，只见一个身穿中山装的男子笑吟吟走下车来。"解放军同志——"资历平话音未落，就被贵翼死死地摁在汽车车盖上。

司机探出头来喊："干什么？干什么？"

林景轩把司机的头给摁回去，说："解放军怀疑你们是美蒋特务。老实待着。"

"不是，你们……"

贵翼猛地将资历平身子扳正，"大哥。"资历平喊着，司机一听这话，立马安静了。"谁是你大哥？"贵翼板着一张脸，把资历平往后一扔。林荫道上，正好有一排整齐的红墙，资历平正好被他给扔到红墙上，兄弟俩就这么面对面地站着。

"跑啊，怎么不跑了。"贵翼说。

"我、我没跑啊。"资历平笑着说。

"你没跑？"

"没、没跑。"

"你没跑？我追的谁啊？啊？"贵翼上前给他一脚，"怎么不接着跑啊？"

"没、没路了。"

"哦，走投无路啊，你业务退步了。胡同里有路没路都搞不清楚啊。"

"是，是，是。"资历平一叠声地说"是"。

"站好了。"

"大哥——不，解放军同志，您这是？"

"先生贵姓啊？"贵翼问。

"免贵，姓贵。"

"姓贵是吧？"

"是，是。"

"证件拿出来看看。"

"在上衣口袋里。"

贵翼偏偏从他裤兜里拿出一个证件来。

"证件上的这个人，嗯，不错，是你。"

"是，是。如假包换。"资历平说。

"怎么姓崔啊？"

"拿错了，拿错了。"

"拿错了是吧？"贵翼顺手就拿证件抽他的头。

"局长，没事吧？"司机实在看不下去了。

"没事，没事。"资历平狼狈不堪。

"局长？"贵翼问，"当官啦？"

资历平一脸无可奈何地苦笑，"是，是。"

"什么局啊？"贵翼问。

"旅游局。"

"旅游局？"

"对，对。旅游局。"

"打算游哪儿去啊？"

资历平浅笑。

"游到香港？还是游到台湾啊？"贵翼继续问。

"游不了，体力有限。"资历平说。

"哦，那这张证件怎么写的是文工团啊？"

"拿错了。"

"谁拿错了？"贵翼抬手又打。

"说错了。我说错了。"

"到底哪个局啊？"贵翼吼了一声。

"文化局，文化局。"

"文化局啊？"

"对，对——那什么，文工团归文化局。"他还解释一下。

"哦，你在文工团干吗？"

"我，唱歌，歌唱演员。"

"你不唱戏啦？"

"啊。"资历平不知怎么回答。

"改唱歌了。"贵翼继续审他，"唱的什么歌啊？"

"革命歌曲，革命歌曲。"

"唱来听听。"

"大哥，不要这么较真吧？"

"谁跟你嬉皮笑脸的？站好了。"贵翼冷喝一声。

林景轩在一旁笑，他看了看司机，说："你那么喜欢看你们领导笑话啊？你不想进步啦？"司机忍着笑，开始倒车，司机把车开到里面去了。

"唱啊，"贵翼说，"资局长，才情横溢，机会难得，我跟林参谋一块，有歌同听，有戏共赏。"

"贵军门，不，不是，贵军长，贵军长你爱民如子，有口皆碑，放过小资吧。"

"说什么？"

"哥哥。"

"住嘴吧。林参谋，去把我的马鞭拿来。"

"我的天，"资历平叫出来了，"大哥，现在新社会了，不能随便打人啊。"

"我没随便打，我打的就是你！"

"大哥。"资历平一看不是路，贵翼是来真的，他真的心虚了，对着林景轩叫，"林大哥，好大哥，帮帮忙啊。"

"帮帮忙，帮帮忙。"林景轩说，"你跟我说没用，跟你大哥说。"他顺手就把一根马鞭递给贵翼。

贵翼接过马鞭，对准资历平的膝盖就是一鞭子。

"大哥，大哥我错了，大哥，别这样猫戏老鼠啊，好疼的。"资历平一味求饶。

"疼是吧？"贵翼的眼睛里闪烁着轻松的笑意，说，"疼就对了。"他举手又是一鞭子，抽到资历平的鞋面上，资历平疼得直跳脚，说："嘿，嘿，"他所幸就唱开了，"嘿啦啦啦嘿啦啦啦，天空出彩霞呀，地下开红花呀。中朝人民力量大，打败了美国兵呀。全世界人民拍手笑，帝国主义害了怕呀。嘿啦啦啦嘿啦啦啦……"

林景轩忍俊不禁，笑得直不起腰。

偏偏贵翼绷着不笑，资历平真是哭笑不得。"……嘿啦啦啦嘿啦啦啦，全世界人民团结紧，把反动势力连根拔那个连根拔！"

林景轩彻底笑翻天。

"完了？"贵翼问。

"完了。"资历平点头。

"这就完了？"

"哥哥，你不会吧？这大马路上——"

"接着唱。"

"啊？"资历平一副"委屈"面孔，"大哥——"

贵翼开始挽袖子，抡马鞭。

"好，好，我唱，我唱。"资历平说。

"解放区的天是晴朗的天，解放区的人民好喜欢，民主政府爱人民呀——"

"共产党的恩情说不完，"一个清朗明亮的女声从巷口飘然而至，"呀呼嗨嗨，一个呀嗨——"

一个20岁出头的女子出现在贵翼面前，她甜美地微笑着，穿一身质朴简约的"列宁"装，西服领，双排扣，一股英姿潇洒的清爽气扑面而来。

贵翼眼眶瞬间湿润，恍如隔世。

"妞妞？"贵翼霎时百念丛生，百感交集。

"大哥哥！"妞妞甜甜地叫着，依旧温馨如故。

"妞妞，妞妞。"

阳光下，妞妞向贵翼跑来，贵翼扔了马鞭，向妞妞张开怀抱，妞妞直接扑进他怀里，贵翼抱起妞妞在绚丽的阳光下旋转，旋转。

"要不要这样厚此薄彼啊。"资历平可怜兮兮地站在墙角说。

"你闭嘴吧。"林景轩此时此刻也幸福得眼泪直飞。

贵翼把妞妞放下，说："丫头，太没良心了。为什么不早点跟我联系？啊？"

妞妞看着资历平。

贵翼说："我的马鞭呢？"

林景轩蹲在地上笑。

"大哥哥，"妞妞拉住贵翼说，"我们是因为执行秘密任务，所以不能跟家里联系，大哥哥原谅我们吧。我已经买了去苏州的票，正打算一起回家看爹爹和妈妈呢。大哥哥，大哥哥。你就原谅小资哥哥吧。"

"好了好了，"贵翼投降了，一指资历平，"过来。"

资历平笑吟吟从红墙下走来，林景轩满眼欣慰地看着他们一家人在红尘中的团聚。

"大哥。"资历平眼眶红红的，喊着贵翼。

"大哥哥。"妞妞亲切而温暖地看着贵翼。

阳光毫不吝啬地将最美最亮的光线投射给了这一家三兄妹，贵翼双臂展开，将资历平和妞妞揽入怀抱，历经艰难，一家团圆。

团圆在美丽灿烂的新中国！

贵翼脸上洋溢着无比的满足和自豪。


一切都是新的！

崭新的世界！

崭新的新中国！！


贵婉不死，精神永恒！